增订本

闲看水浒

字缝里的梁山规则与江湖世界

十年砍柴 著

山西出版传媒集团
山西人民出版社

图书在版编目（CIP）数据

闲看水浒：字缝里的梁山规则与江湖世界/十年砍柴著.--增订本.--太原：山西人民出版社，2020.5
ISBN 978-7-203-11374-4

Ⅰ.①闲… Ⅱ.①十… Ⅲ.①《水浒》研究 Ⅳ.I207.412

中国版本图书馆CIP数据核字（2019）第053114号

闲看水浒：字缝里的梁山规则与江湖世界（增订本）

著　　者：	十年砍柴
责任编辑：	贾　娟
复　　审：	傅晓红
终　　审：	梁晋华
出 版 者：	山西出版传媒集团·山西人民出版社
地　　址：	太原市建设南路21号
邮　　编：	030012
发行营销：	010-62142290
	0351-4922220　4955996　4956039
	0351-4922127（传真）　4956038（邮购）
天猫官网：	http://sxrmebs.tmall.com　电话：0351-4922159
E-mail：	sxskcb@163.com（发行部）
	sxskcb@163.com（总编室）
网　　址：	www.sxskcb.com
出 版 者：	山西出版传媒集团·山西人民出版社
承 印 厂：	北京汇林印务有限公司
开　　本：	850mm×1168mm　1/32
印　　张：	11.5
字　　数：	212千字
版　　次：	2020年5月　第1版
印　　次：	2020年5月　第1次印刷
书　　号：	ISBN 978-7-203-11374-4
定　　价：	58.00元

如有印装质量问题请与本社联系调换

增订本序 边缘人与社会秩序

这本书2004年首次出版,岁月不居,已十六年矣。

书中收录的部分文章,最早是2003年左右发表在"天涯社区"的"关天茶舍"和"天涯杂谈"板块上。"天涯"算得上BBS时代中国的人文内容生产最重要、水准最高、最具代表性的网络社区,这里大家云集、精品迭出。作品甚至一两段感言发表在此,总能受到恰如其分的评价和反馈。"奇文共欣赏,疑义相与析"是天涯网友自动遵循的一种社区规范,这里辩论虽激烈但辩风优雅,持论者和诘难者大多能有理有据,虽不留情面但很少进行人身攻击。——网友们只在乎文本本身而不管写作者是谁。大家蒙面写作,是BBS时代的一大特点,充分体现了网络时代初期的开放与平等。

我评论《水浒传》人物的几篇文章上传到天涯社区后,许多网友不吝给予肯定与夸赞,使那时尚在官方媒体写主旋律报道的我获得了莫大的鼓励,对自己的文字产生了信心。于是就接着写下去,有了《闲看水浒》这本书,"十年砍柴"也从天涯的一个ID成为我常用的笔名。我能够进入相对自由的写作状态，并以此安身立命，拜天涯社区所赐，《闲看水浒》这本书则是基石。感谢天涯社区，怀念那个时代。

那时候，我的知识实在是贫乏，没有看过萨孟武先生的《〈水浒传〉与中国社会》，没有读过王学泰先生的《游民文化与中国社会》。这本书出版后，才在一位读者的提示下，去图书馆找到萨先生的书读完，也有幸结识了提携后进不遗余力的王学泰先生，向他请益颇多。幸亏如此，如果早就看过萨先生和王先生的书，我是没有勇气写这本书的。一晃王学泰先生已作古两年多了，愿他在另一个世界得到安息。现在看来，我写《闲看水浒》找到了一个很讨巧的角度，以《水浒传》这部中国人颇为熟悉的小说为标本，或曰言说的"容器"，以小说里的人物或故事情节为切入点，来论述我对中国历史、文化以及现实问题的看法。如此，写作起来似乎总有一个依傍、一个标尺，不至于言论流于凌虚蹈空。

当然，我知道历史小说不等于历史，《水浒传》只是借北宋宣和年间宋江等人纵横河朔的史实，进行发挥、联想，演绎出一部家喻户晓的小说。但我也隐隐约约觉得，写历史小说的人不可能凭空想象，必须有真实的历史背景做依托。故事虽发生在北宋末年，但作者是元明之际的人物，我更愿意将《水浒传》所描写的世界看作元末动荡之际的社会状况。朝廷对底层社会失去了控制力，流民人数庞大，纷纷抱团自保，读书人彷徨迷茫在寻找建立新秩序的"真命天子"……后来，我看到钱钟书先生的一段论述，将我的那点感受说透了。钱先生在《〈宋诗选注〉序》中言：

> ……使我们愈加明白文学创作的真实不等于历史考订的真实，因此不能机械地把考据来测验文学作品的真实，恰像不能天真地靠文学作品来供给历史的事实。历史考据只扣住表面的迹象，这正是他的克己的美德，要不然它就丧失了谨严，算不得考据，或者变成不安本分、遇事生风的考据，所谓穿凿附会；而文学创作可以深挖事物的隐藏的本质，曲传人物的未吐露的心理，否则它就没有尽它的艺术的责任，抛弃了它的创造的职权。考订只断定已然，而艺术可以想象当然和揣度所以然。在这个意义上，我们不妨说诗歌、小说、戏剧比史书来得高明。

2010年，这本书经过我较大幅度的修订，重新出版。前不久有出版商找到我，希望再一次出版此书时，说实话我有些迟疑。我一向不喜欢再版自己的作品，总认为那是写作能力枯竭的标志，自己还未到一次次整理、再版作品的时候。但出版社认为这书还有一定的价值和市场，让其沉睡在过去的时光里，未免可惜，于是遂其所求。

从此书的初版至今，我经历由青年到中年，这是一个人最忙碌、最劳累也经事尤多、阅世愈深的时期。我对人与事、文学与历史的看法，和写作《闲看水浒》书稿时有所不同，如果我现在再来重新写这本书，可能大不一样，但没到悔少作的地步。

过去的十几年内，中国和世界发生巨大的变化，于国内而言,城市化进程加快;于世界而言,全球化程度提速。乡村和小城镇的人大批涌向城市,发展中国家的人移民到发达国家。人的迁徙会带来诸多问题,其中最突出的是移民及其后代对新环境的适应性难题。原有文化环境与新的文化环境冲突带来心理和生存的冲击,移民及移民二代的骚动在过去十几年内,国内与国外均有不同规模的爆发。这些人对一个城市原来的居民来说,是外来者,他们中间的一部分算是边缘人吧。这些边缘人的命运将对一座城市或曰一个日益城市化的国家,产生巨大的影响。

今天,这类边缘人如果对现实不满,不可能啸聚山林了,现代社会的管控能力使世上没有"梁山水泊"存在的空间,但一些通衢大都的街巷,可能会成为这些人的"梁山水泊"。香港20世纪70、80年代的古惑仔,和梁山水泊上的好汉,某些行事方式和精神气质是相通的。

回过头来审视《水浒传》中那些人的命运,再来看都市社会的边缘群落,我以为现在值得关注的是边缘人群体对秩序的需要,以及他们需要何种秩序、如何建立秩序。这是《闲看水浒》涉及未深的大问题。

这个社会的绝大多数人,哪怕对现实再不满,亦有对秩序的需要,秩序让人获得安全感,一个人无论是处于高位还是身份卑微,勇敢还是怯弱,都想获得安全感。在《水浒传》的世界也可以说在中国古代社会,秩序的建立是依据身份而尊卑分明。在家族内部以辈分、年齿、性别分尊卑,而在社会公共领域则以职位高低分尊卑。《荀子·君子篇》所言:"故尚贤使能,则主尊下安；贵贱有等，则令行而不流；亲疏有分，则施行而不悖；长幼有序，则事业捷成而有所休。"这是儒家理想的社会秩序，其核心是尊卑。

处于社会底层或边缘的许多人，对社会的现有秩序不满。有些人虽不满，但认可这种现实，希望通过自己的努力，按照官方认可的方式改变社会地位，即在排序中晋位；而有一些人则以官方不许可的方式来挑战旧有秩序。一种如宋江身在官府，心在江湖那样，建立与官方秩序并行的"暗秩序"。宋江一个面相是郓城县的小吏，另一面相是江湖上赫赫有名的"及时雨"宋大哥。由"暗秩序"主导的群体和行为构成了黑社会。这种潜行的秩序如果不对官方秩序构成威胁，在许多时期和一些地区是被默许存在的。但如果官方控制欲太强或者其对官方秩序已构成威胁，那么就会对"暗秩序"进行打击。清朝末期，湘军早期将领罗信南的儿子罗长裪翰林出身，后继父志书生典兵，统率一支新军驻扎在西藏。他获知属下一件事大为震怒，原来军队中数位四川籍的"袍哥"在营外开香堂，其排序和军营里完全不一样。军营里的士卒竟然是大哥，而营中处上位的连长、排长，则是小弟，向大哥跪拜。袍哥社会的秩序已经威胁到治军了，罗长裪手段老辣，杀了几个袍哥首领来威慑，但结怨于广大袍哥兄弟。不久，武昌起义发生了，各地新军附和，罗长裪被兵变的部下勒杀，尸体亦被焚烧。

如果像宋江那样，给劫取生辰纲的晁盖等人通风报信的事露馅，"暗秩序"维持不下去了，一些人的选择就是上梁山，扯开造反的大旗。中国历史上大大小小类似梁山水泊众头领聚集在一起的造反队伍，他们在破坏旧秩序时，急需建立的是内部的新秩序，非如此无法组织化，不组织化的团队是一盘散沙，没什么战斗力。所以《水浒传》的故事是围绕"排座次"展开的，即建立新的尊卑格局，这个格局和从前在官方秩序里排序有变动，小吏成了排第一的首领，小牢子成了大将，而官兵的中层军官屈居其下。但本质上和官方的秩序没有什么不一样，梁山就是个小朝廷。从古至今，类似梁山好汉的造反者无非是三种命运：被剿灭，被招安，或成功地建立新政权。但无论哪种结局，最终要回归到旧秩序，分清楚尊卑来确定权力有差。这是中国人过去两千多年农耕时代的历史宿命。

当中国告别农耕社会进入工商业社会，乡村居民占主流变成城市居民占主流，世无梁山栖宋江，我以为依据身份分尊卑贵贱从而来确定社会秩序已不能持续下去了。由身份到契约是大势所趋，谁也不能阻挡。社会正在经历巨大变化，身处其中或许只是当局者迷，变化中出现的种种问题必将得到解决，只是时间或长或短，代价或大或小。

这些是《闲看水浒》出版后十几年来我的一些观察和体会，并未系统成文，现芹献于此，但愿能聊补这本书的一些不足之处。感谢老读者对这本书的厚爱，也希望有更多的新读者还能喜欢这本书。若这本书经十几年时光依然有一点存在的价值，对以文字立身的人来说，是最值得欣慰的事。

十年砍柴
2020年4月于北京

目 录

修订版序 …………………………………… 01
第一版序 …………………………………… 07
引　言　对梁山说声"再见"………………… 11

第一编　江湖庙堂路几重

万事最大：排座次　定名分 ………………… 003
梁山的"山头" ……………………………… 009
"窝囊废"的资源整合能力 …………………… 016
为人做嫁衣的王伦 …………………………… 022
假如晁盖不早死 ……………………………… 028
谈梁山公司被收购 …………………………… 034
"二把手"的生存之道 ………………………… 039
再无梁山栖宋江 ……………………………… 048
《水浒传》中的人物喝的什么酒？…………… 053
那些因喝酒改变的人生 ……………………… 059

第二编　乱世生存的技巧

几人是干净的，几人是安全的 ……………… 069

基层干部不好当	077
基层干部能量大	085
中国商人富不过三代的宿命	094
那些失败的生意人	103
大宋忠臣黄文炳之死的警示	111
文字的罪过甚于杀人放火	120
统帅三军之能不如薄技在身	130
官府的钓鱼执法和民间的做局	136
有大功劳的三个小人物	145

第三编　避免黑暗伤害的智慧

有"黑官司"则必有"躲猫猫"	155
黑老大在监狱中的幸福生活	162
铁牛哥哥眼中的法律	168
董超、薛霸的象征意义：朝廷送人上梁山	172
官军为何不如民团	181
两类"吃人"的比较	187
匪性和奴性的结合	192

第四编　情欲的罪与罚

| 正常的女人和爱情哪去了？ | 197 |

民间歌谣与传言 …………………… 203
三位"二奶"的成败 …………………… 210
皇帝偷情是风流,草民偷情是罪过 219
扈三娘:卿本佳人,奈何从贼 …… 229
王婆说风情的"智慧" …………………… 234
顾大嫂的母性之爱 …………………… 240

第五编 英雄的末路选择

四条汉子的末路 …………………… 247
两位孤独者的友情 …………………… 256
黑道的规矩和武松的品牌 ………… 265
李逵、悟空的顽童性格 …………… 274
两大间谍的比较 …………………… 281
逃避的艺术 …………………………… 290
家庭—江湖—朝廷:三位一体的罗网 303
杨志的买官、卖刀与渎职 ………… 307
史进落草:处在兵匪之间的民团 … 313

结　语　天道无常　谁人可替 …… 319
附录一　禁《水浒传》的那些往事 … 325
附录二　借《水浒传》反思中国社会 … 333

修订版序

一晃,《闲看水浒》这本书出版已有整六年了。这是我出版的第一本书,因此我格外看重它,尽管现在读起来一些段落显得行文轻率,且逻辑层次并不那么严密。

六年的时光,在中国几千年的历史中,即使放置在《水浒传》诞生以来的七百来年中,也只是短短的一瞬。而对人的一生来说,可算是不短的岁月,它让我从青年步入中年,让我告别了圈养的记者生涯,成为一位"读书、写书、编书、卖书"的书业人士。而对多数中国人来说,六年间这个社会的变化亦是巨大的:网络已然普及,不再如六年前那般被看成是少数现实中不得意者的表演舞台;汽车越来越多,堵车不再是大都市的"专利";房价越来越高,"房奴""蚁族"成为一些年轻人生存的状态……但在有些方面,许多人可能觉得变化不是太大,且类似《水浒传》中的一些恶性事件,似乎在现实中上演的频率越来越高。

比如,一位云南青年蹊跷地死在看守所里,警方最初宣布的原因是"躲猫猫"撞死。网络上有人专门总结了近年来看守所里嫌疑人的离奇死法：做梦死、激动死、喝水死、骷髅死、针刺死……让人想起了武松进入孟州大牢后，老囚犯给他讲的那段令人毛骨悚然的话。尽管，现在有了迥异于宋代、更着重保护人权的成文法，尽管，现在也有了二十四小时监控监听的监视器，但是，在关键时刻，法律和监视器总是同时失效。其中的缘由，令人深思。

刚到上海打工的河南青年孙中界，因免费让"钩子"搭车，而被污为"黑车司机"，为自证清白，他一怒之下砍下了自己的手指。此事经媒体报道后，上海某区执法部门钓鱼执法、以公权谋私的黑幕被层层揭开。好在孙中界遇到的不是高太尉，否则的话，他很可能像林冲误入白虎堂那样，被钓鱼执法后百口莫辩。

毋庸置疑，如果从整个社会的财富总量来评价，从普通人生活水平、福利保障水平等指数来衡量，当下确实好于中国任何一个历史时代，纵向对比说它是盛世亦无不可，毕竟日新月异的高科技、全球化市场带来的福祉，同样惠及勤劳坚韧的中国人。但为什么还有那么多普通人觉得不公平呢？为什么会有那么多恶性事件发生呢？问题到底出在哪里？

我不想从宏观方面做过多的分析，只想提供一个视角：信息技术发达让普通人获取信息更为便利，发生在这片广袤土地上一个个角落里的丑恶，被掩盖遮蔽的难度越来越大了。就某一个人来说，只有知道了丑事恶行，才会引发同情、悲伤、愤怒等情感。他的邻村发生某恶霸欺男霸女的事情，他如果不知道，就等于没有发生；而他在网上看到了离他千万里的韩局长"性爱日记"，他会觉得丑恶就发生在自己的身边，会义愤填膺。当丑事恶行被更多的人获知时，这种个人的情感就会汇聚成一种群体情绪。

有些人看到这种现象后很悲观，相反，我持有的态度是乐观的。我相信，遏制丑恶的第一步是让丑恶曝光，公然为恶总比悄悄为恶不为人知的压力要大，成本要高。信息无阻碍地流通是社会走向公平公正的开始。

我们以《水浒传》里的世界为例。

假如高太尉府派遣的两个公差来引诱林冲持刀进白虎堂让太尉过目时，林冲在与他们闲谈时用带有摄像头的手机拍下两人的面目，并及时发到自己的微博上；在进白虎堂的途中，通过微博一路直播，高太尉要诬陷林冲图谋刺杀他，恐怕难度要大得多。

假如西门庆和潘金莲勾搭成奸后，察觉此事的郓哥在人气很高的"天涯杂谈"网上发帖，披露了此事，而在东京出差的武松在旅馆里上网时看到此帖，他会想办法通知武大郎早作防备，或者提前回阳谷县处理此事，或者在网上发表义正词严的警告。这样，西门庆和潘金莲或许就很难谋杀武大郎，也就不会有日后因为司法不公，武松不得已自己执法杀死西门庆和潘金莲的惨剧了。

假如柴进在得知高唐州的叔叔的花园遭遇知府的小舅子殷天锡强拆后，将这个事件以及宋太祖颁发的誓书铁券照片发到凯迪论坛的"猫眼看人"上，江湖上一帮子网友纷纷跟帖，并发表评论，造成相当大的舆论声势，殷天锡和他的姐夫，估计也会掂量掂量。

当然，信息的充分流通和迅速传播并不能当然地阻止罪恶的发生。高太尉也有可能利用权力封掉林冲的微博，并指示开封府所有的媒体包括网络不得报道、讨论此案；西门庆可能花钱买通郓哥不要发帖；殷天锡仗着高知府和高太尉的权势，也可能真的不把誓书铁券放在眼里，该强拆还是强拆。但无论如何，随着信息的公开，作恶的成本会逐步上升，当成本高于或接近收益时，丑恶会逐渐地减少，或许一种从根本上防范丑恶的制度会由此产生。

若在信息传播层面，官家没有足够的优势，那么不改弦易辙，是难以为继的。高太尉的不堪、宋徽宗的荒淫、陆谦的为虎作伥、林冲的冤屈，在那个时代仅仅是小范围的人能够获知。传播的范围有限，传播的速度很慢，因此，朝廷从上到下，对危机的反应也是极慢的。直到金人南下，二帝"北狩"，这时候醒悟过来就已经太晚了。

在这本书的首版序言中，吴思先生对我提出了殷切的希望："这只是初步的成绩，前边仍有继续解读的广阔空间。譬如，梁山好汉的座次到底是根据什么排的？更宽泛地说，历代王朝如何分封功臣？如何分配官爵？战功、山头、资格、谋略、勤勉、人缘、名望、职务、超自然能力、与首领的关系、出身和血统，等等等等，这些要素在分配中各占多大的权重？这是一个大问题。在理解中国历史方面，这个问题的地位，就好比'市场如何配置资源'在经济学中的地位。"

这确实是一个值得终生去研究的大问题,这六年间,随着阅历的增加以及读书、思考的深入,对吴思先生提出的问题,我下了一番工夫,也有了一些粗浅的见解。因此修订后的第一章,就是分析"排座次、定名分"这件中国社会,包括家庭、江湖和庙堂的头等大事。以梁山一百单八将为例,仪表堂堂、武艺出众又有开山之功的林冲只能排第六,而武艺平平、长相寒碜的宋江则能当老大,这是因为宋江用心计、手腕和江湖声望等软实力弥补了硬实力的不足。而声望这类软实力的打造,传播技巧十分重要。一个县衙门的小押司,其仗义疏财的美名却能远播江湖,这是一个非常有意思的传播学课题。而在最终排名出笼之前的造舆论、做宣传,也需要恰到好处。

我这本书的写作,受吴思先生"潜规则""血酬定律"以及黄仁宇先生"大历史观"的影响甚大,我也有意识地利用吴先生的"血酬"理论,即暴力的成本收益理论,来分析《水浒传》中的诸多人物。经过这六年,这种思考我以为更为成熟。比如林冲、武松最终采取暴力手段讨公道之前,是经过精细的利弊衡量的,且每个人由于所处的社会地位不一样,其算计的方式和决定采取暴力手段的临界点是不同的。林冲、杨志这类家世清白的职业军官,上梁山是最难的,一定要到迫不得已的地步;而雷横、武松这类小吏,则稍微容易一些,他们的忍耐力没有林冲、杨志那么好,更易冲动惹祸;至于李逵这种从小就是古惑仔的江湖人士,梁山简直就是为他预设的。但饶是如此,绝大多数人,哪怕李逵那样的出身,也不是不问条件就采用暴力手段的,他们拿"血酬"同样经过算计。趋利避害,人之本性。薛霸、董超之所以答应陆谦在押解途中结果林冲的性命，一是杀了人就会有一笔不菲的报酬，二是他们算计干这个活风险不大，因为是高太尉吩咐，在高太尉的权势笼罩下，林冲只是只死老虎。这也能解释为什么当下一些地方政府在拆迁征地时，黑道背景的人愿意受其驱使。道理一样，不但能拿钱，而且在地方政府"依法拆迁"的大旗下，风险会降到最低，被伤害者几乎不可能通过当地官府来惩罚这些强拆者。但世上并没有毫无风险、一本万利的买卖，董超、薛霸以为依靠高太尉就能顺顺利利拿到"血酬"，却难防得住鲁达的禅杖、燕青的神箭。同样，指挥强拆的开发区副主任被杨义杀死的案例一多，并经媒体迅速传播，有可能引起效仿作用，那么拿命博钱的职业强拆者就会考虑风险了，这对强拆行为多多少少会有一些震慑作用。

信息传播的迅捷，会使各类丑恶现象很快被披露，当然也会带来一些视觉冲击，似乎暴力事件多了起来。但从长远看，这是件好事，掩盖、回避丑恶与暴力，才是掩耳盗铃，最终带来的结果是灾难性的。信息的畅通，会逐渐增加为恶的成本，从而一点点消减暴力。这也是我对告别暴力为王的梁山规则与弱肉强食的江湖世界抱有信心的原因。世界，毕竟是不同了。

此书虽经修订，但我不满意处仍然很多。若读者觉得比首版略有进步，那将使我备感欣喜。

十年砍柴
2010年4月19日于北京定福庄

第一版序

这本书很好看,新见与妙语迭出,读者一翻便知,无须作序者多嘴。作者留给我插嘴的空间是:介绍贯穿本书的一条重要逻辑——生命与生存资源交换的逻辑。我的介绍重复了一些已经发表的文章的内容,还有些枯燥,读者若感觉不耐烦,不妨跳过,直接阅读正文。

讨论生命与生存资源交换的逻辑,最关键的一个词是"血酬"。

血酬是流血拼命换来的钱。土匪军阀依靠血酬过活,正如劳动者靠工资过活,地主靠地租过活。血酬的价值,取决于拼抢对象的价值。同样是卖命抢劫,抢百万富翁当然比抢贫下中农合算。在这个意义上,梁山好汉吃大户打土豪的行为,其实是在追求血酬最大化,与道德标榜并无直接关系。

拿性命换钱是否合算呢?这要做具体分析。我听到过一句口号,灾民吃大户,抢粮食,他们在旗帜上写道:"王法虽重饥难忍"。土匪抢劫,按律当斩。饥民冒死抢劫,是因为走这条路活下来的可能性更大,显然,他们觉得拼命合算。一般地说,上述计算的实质是:为了活命,可以冒多大的死亡风险?为了获得生存资源,可以把资源的需求者伤害到什么程度?这是极其古老的权衡计算,别说哺乳动物了,连爬行动物都懂。

从血酬的角度看问题,土匪和军阀都是血本家。梁山好汉的头领们也是血本家。他们的老本是武器弹药和士兵喽啰的性命,他们掠夺搜刮之所得,扣除成本之后,就是血本带来的血利。在官本位的社会里,官爵往往可以作为利益的衡量标准,作为血利的一种存在形式,于是我们看到了"要当官,杀人放火受招安"的血本经营策略。

秦国曾经建立了严密的军功制度,敌人一颗首级,换取一级爵位。最低的一级是"公士",赏赐田一顷、宅五亩。第十九级就封侯了,"关内侯"。二十级为最高级,"彻侯"。这套贵族制度,其实是血本经营中的激励机制。在这种制度的激励下,暴力团伙进如锋矢,战如雷霆,在首领的指挥下破六国,打天下。历代王朝打天下都离不开这套制度。

暴力最强者打下江山,坐了江山,然后立法定规。暴力最强者说了算,这就是"元规则",决定规则的规则。皇帝是暴力集团的头子,贵族们则是协助他打天下共同创业的股东。

最强大的暴力是如何获得的?在宋江和刘备身上,我们可以找到一个深刻答案。这二位都以仁慈体贴著称,在他们身上,暴力集团的成员们寄托了最佳预期,血酬收入最大化的预期,在他们的麾下卖命,可以卖个好价钱。因此,刘备和宋江无须逞匹夫之勇,他们的才干是当好一个商人,扩大地盘,获取血利，然后公平分配。这个道理，我们其实早就懂得，只是没有明确说出来罢了。试想，假如及时雨宋江和黑旋风李逵分别招兵买马，我们愿意跟谁走？我肯定跟宋江走。比较起来，宋江更善于抓住外部的机会，更能掌握内部的公正，这是领导暴力集团发展壮大的关键本领。

以上就是生命与生存资源交换的逻辑及其相关制度。

我们很熟悉物物交换的逻辑，大家兜里的货币就是一般等价物；我们也熟悉以劳动换取生存资源的逻辑，多数人循此养家糊口。生命与生存资源交换的逻辑与这两种逻辑有什么关系呢？

这三者之间并不矛盾，但又有所不同。

劳动本身就是生命的活动，劳动挣钱即是生命与生存资源交换的一种特殊形式，这是不矛盾的道理之一。在以物易物的现象背后，一定隐藏着一项条件，即白拿或抢劫是有风险的，闹不好还有生命危险，交易反倒比白拿合算，这是不矛盾的道理之二。不过，一旦破产失业，到了要钱没有、要命有一条的境地，抢劫拼命的生存机会比较大，原来不合算的选择反而合算了。这种逻辑，即以命相搏，以暴力获取生存资源的逻辑，是前两条逻辑所不能包容的。应该说，直接由这种逻辑支配的社会，肯定不是一个好社会。前边已经说过，血酬的价值取决于拼抢对象的价值，行使暴力并不能创造财富，这是破坏，不是建设。这是破坏力，不是生产力。

最后再说说这本书。

我参加过"文革"中的批《水浒传》运动，写过许多评论文章，有一年我们的高中语文考试就是批《水浒传》，这种经历很令人反胃。读批《水浒传》的文章，在生理上就不舒服。不过，这本书我读得津津有味，常常感到眼睛一亮。我觉得砍柴选了一个贴切的解读角度，说不定还是迄今为止最贴切的角度。从这个角度解读《水浒传》之类的作品，丝毫没有令人反胃的方枘圆凿之感。

但是，这只是初步的成绩，前边仍有继续解读的广阔空间。譬如，梁山好汉的座次到底是根据什么排的？更宽泛地说，历代王朝如何分封功臣？如何分配官爵？成功、山头、资格、谋略、勤勉、人缘、名望、职务、超自然能力、与首领的关系、出身和血统，等等等等，这些要素在分配中各占多大的权重？这是一个大问题。在理解中国历史方面，这个问题的地位，就好比"市场如何配置资源"在经济学中的地位。

千炖豆腐万炖鱼。砍柴，别上斧子，快上山吧。我们要健康，还要美味。

吴 思

2004年4月20日

引言 对梁山说声"再见"

我的少年时代是在一个偏僻的山村度过的,在那里,书籍和食品一样匮乏。我在小学五年级时,从一位当过小学老师的叔叔那里借到了一本残破的小说——《水浒传》。我记得上面似乎还印着"揭露投降派宋江"之类的黑体字,现在想起来,这应该是"文革"末期的版本,是在全国人民批《水浒传》的热潮中赶印出来的。

年少懵懂的我自然不知道这本书在中国文学史上的地位,也不知道这本书从问世以来遭受的毁誉沉浮。它曾被一次次翻印,一次次删改,一次次禁毁,一次次被从政者利用或诠释。这本书,在一个政治早熟的农业国家,在一个皇权曾经通吃一切的社会,从来就不是作为一本简单的小说而存在的。

当然,这些东西随着眼界的开阔、年岁渐长而逐步明白。当时那个山村的男孩,对这本书唯一的感觉就是好看、有趣。

我如饥似渴地阅读着,也一点点沉浸在梁山好汉的世界中。我不敢相信世界上还有高太尉那样的坏人,也对武松从容杀了十几口人还在墙壁上留名感到恐惧;喜欢李逵的率真和"杀将去"的口头禅,甚至在受到大孩子的欺负时,恨不得自己有两把板斧,砍了那个"鸟人"。

我想,很多人在成长过程中都有过类似的经历。梁山好汉大块吃肉大碗喝酒的豪爽及痛快,符合一个半大孩子青春期的梦想,符合不谙世事的少年对成人世界的种种想象。

后来,山里的孩子长大了,走出了大山,认识了很多人,碰到了很多事,读过了很多书。再一遍遍重温《水浒传》时,不仅对年少时的"水浒"情结有种较为清晰的解剖,阅读起来也没有了当年的如饮甘霖之感,而是有一丝沉重。

梁山聚集的是一帮叛逆者,他们无君无父,无老无少,想吃就吃,想喝就喝,想玩就玩,有仇报仇有恩报恩,本领高强义气为重,他们不服世俗权力的管辖,不受礼法的约束。这是个快乐的乌托邦,也是某些青春期孩子心中的天堂。民间有种说法:"少莫看《水浒》",其原因是《水浒传》中的梁山好汉们,不遵从国家的律法,不循守社会固有的秩序,不在乎通行的善与恶、美与丑的标准,这样一个世界,会助长孩子们的反叛性,从而阻碍其顺利长大、融入成人世界的步伐。

这样的担心并非没有道理。但正如宋江、李逵们最终被招安,叛逆的孩子最终会长大,会变得成熟和世故,最后像他们的父亲曾经做过的那样,担心自己尚处在青春期的孩子。

从某种角度来看,梁山的规则就是"板斧"说了算,即由暴力最强者决定一切,这里没有博弈没有谈判也很少有妥协,用动物界猴群推选猴王的规则建立集团秩序。其中的合纵连横、巧用权谋也是以暴力为后盾，宋江、吴用的智慧，无非是使暴力的使用更经济、更节省成本而已。

《水浒传》的世界里，政治活动、司法活动、经济活动乃至婚姻家庭中，读者看到的是处处不公正，处处由权和钱说了算。蔡太师权倾朝野，于是他的儿子、女婿们都能做大官；高俅因为做了皇帝的亲信，就从一个泼皮升为太尉，一人得道，鸡犬升天，连他的干儿子、堂弟及堂弟的小舅子也跟着作威作福；几乎所有的官司都是黑幕重重，靠权力和金钱来左右诉讼的输赢；做买卖的要么巴结官员寻求保护，要么就做杀人害命或者走私的勾当。在上梁山之前，权力和金钱就是李逵的两把板斧。百姓和小吏、小吏和小官、小官和大官、大官和皇帝之间发生争端，决定输赢胜负的不是理也不是法，而是彼此所掌握的暴力资源。整个大宋似乎由大大小小的梁山构成，奉行的就是"该出手时就出手"，出手的自然不是法也不是理，而是钱、权或者拳头和斧头。

梁山人中许多是被迫为寇的，但他们的组织结构和朝廷无异，他们的行事原则与官场无异。如果李逵不是做游戏而是真的坐衙寿张县，当了县太爷，他能给当地百姓带来公正吗？显然不能。如果宋江真的打到东京夺了皇位，世上就没有高俅、蔡京了吗？显然不会。因为从刘邦到朱元璋，历史已经一次次证明，奴隶做了主子，往往比以前的主子更狠。

所以我们在《水浒传》中看到那么多逼上梁山的故事，看到那么多的冤屈与不平。他们最终寻求解决的路子，无一不是以暴易暴。而梁山上的权力分配，依然由这种规则决定。王伦对这点认识不清，面对势力远远强于自己的"智取生辰纲集团"，还摆出主人的架子，所以他被火并；宋江和晁盖以兄弟相称，但要顺利做老大，必须一点点收罗各路英豪，逐渐地培植自己的势力。

最后，宋江李逵们离开他们的梁山，但走入了另外一个"梁山"。梁山作为一个暴力集团，没有能力吞并另一个更大的暴力集团——大宋王朝，不得已被更大的暴力集团收购。强盗成了政府军，奉命去吞并另一个农民武装——方腊，最后力量相互抵消，只剩下残兵败将回到东京。

《水浒传》中处处讲"忠义"，但我从中看到的真正属于"忠义"的很少，更多的是暴力比拼，赢者通吃。

《水浒传》之所以从诞生以来，在华人中有如此大的影响，我想和中国的社会变迁、中国的历史规律、中国人的集体心理不无关系。我们的祖先造字组词很有智慧，将做强盗说成"落草"，将强盗说成"绿林人士"和"草莽英雄"，这种命名大概不仅仅因为强盗总藏在深山中，也许还因为他们的生存方式、处事原则更接近人类的共同发源地——大林莽中的诸多动物，动物抢食物时靠力量来决定一切。人类在很长的一段时间内，也都是按照"丛林规则"分配资源、确定秩序的。战争是政治活动的最高形式，便是这一规则的最佳解释。这种规则带来的是血腥和残酷，往往如李逵的板斧，不论官民都砍瓜切菜般杀将去，具有极大的破坏性。

中国两千余年的帝制时代，总陷入"分合"与"治乱"的循环，总坚守"胜王败寇"的历史观，总上演"城头变幻大王旗"的连续剧,在一次次的王朝更替中,生灵涂炭,山河哭泣,经济与文化出现大倒退。人们一次次满怀希望地迎来新主人,却又一次次失望,新主人奉行的依然是"梁山规则",他们生活的依然是"水浒社会":用武力决定一切,用暴力控制一切。顶多在"天道"等外观的装饰艺术上有所差别。

随着人类的进步、文明的发展,人类也一直在寻求建立突破"丛林法则""梁山结构"的社会。因为暴力代替暴力,人类付出的代价太大了,最后在暴力的相互碰撞、相互抵消中,很难有真正的胜利者。于是,人类学会了谈判,不仅仅在经济利益的分配上,在政治权力的分配上同样引进了谈判的方法。让有不同利益诉求的人走到一起,不是打仗而是开会,在开会中互相让步、妥协,最后达成一个彼此都能接受的分配方案。

金圣叹在评点《水浒传》第一回史进出场时说:"一部书一百单八人,而为头先叙史进,作者盖自许其书,进于史矣。"金氏可谓慧眼,《水浒传》就是一部史书。如今当我阅读《水浒传》时,心中充满着对那个时代中国人的悲悯。如果林冲被陷害后,能有合理的救济渠道,这位才干出众忠心耿耿的职业军人不会上梁山;如果潘金莲能够支配自己的爱情和婚姻,她也不会沦落为毒害亲夫的罪犯;武松如果能通过正常的司法程序为死去的武大讨个公道,他也不会举起复仇的尖刀;如果梁中书等人不是通过搜刮民脂民膏来孝敬太师,他们的收入暴露在阳光下,晁盖们也很难认为自己的抢劫行为是正义的……但我知道,这一切没有如果,历史总是这样一次次重复着《水浒传》的故事。

任何人都并非天生就是土匪和奴才，有着五千年文明史的中国人尽管屡遭外敌入侵，内战纷纷，但是一直没有停止过寻求"告别梁山"的路径。推翻帝制，首造共和，许多仁人志士在找这条路；反对独裁，追求民主，一代代中国人在找这条路；提倡法治，反对人治，政府高层和民间的有识之士也在寻找这条路。一个有着两千年帝制传统的国度，治国者和被治者都会有种惰性，有种路径依赖，因此在迷雾与荆棘中，找到这条路也许会比别的民族要更艰难一些，但一个伟大的民族应当有自信，民主与法治并不是特定民族才能享受的奢侈品。

今天，我们的国家重视和保障人权，这是因为一个人不论贫富贵贱，他的一些天然的权利不能让渡，他作为人的起码尊严应该得到尊重。只有真正做到法律面前人人平等，而不是由暴力最强者任意设定或修改规则，林冲那样的人在法律面前才可能和高太尉享有一样的权利，因而也就再难以有林冲的悲剧，更不会有梁山水泊存在的空间。要实现我们党提出的"权为民所用，利为民所谋，情为民所系"的要求，只能靠民主与法治。任何公民、任何集团、任何党派、任何组织都不能凌驾于法律之上，这是建设法治中国和建设政治文明最起码的要求。

阅读《水浒传》时，我拉拉杂杂写下了一些读书笔记，这无非是一个"好读书，不求甚解"的人的所思所想，这些所思所想凌乱而无规则，有些观点未必经得起推敲。但我认为思想无所谓绝对的正确错误绝对的积极消极，我只是一点点把它记录下来。我要特别感谢吴思老师，他是我在新闻界的前辈，也是作为一个新闻人应该学习的榜样。他的一些著作开启了我的思路，开阔了我认识世界认识历史的视野。我也要感谢许多熟悉或陌生的朋友，他们在看了我的几篇读书笔记后，给予了无数溢美之词，也给予我莫大的鼓励，使我有信心一篇篇写下去，直到现在这个模样。朋友们也指出了文中许多硬伤和低级错误，可能使成书后留下的笑柄减少了很多。在此一并感谢。

我期待着大家的进一步批评指正，我更想说的一句话是：写这些东西只是想表达一个普通中国人的朴实愿望——

再见，梁山！

十年砍柴
2004年3月2日

第一编 江湖庙堂路几重

万事最大：排座次　定名分

《水浒传》诞生差不多七百年了，它是中国人熟得不能再熟的一部小说。这几百年来，识字的人读它，不识字的人听它。这样一部书，我们今天重读，能读出什么新花样呢？而一百二十回的《水浒传》，咱们该从何讲起呢？"水浒"中，最重要的学问是什么呢？

我觉得，"水浒"中那么多梁山好汉，做了那么多"该出手时就出手，风风火火闯九州"的事，所取得最重要的成果只是一块排座次的石碑。

《水浒传》第七十回《忠义堂石碣受天文　梁山泊英雄惊恶梦》写到，宋江打下东平东昌，回到山寨，给死去的晁盖这位革命先烈做完法事以后，在夜半三更的时候，听到一声巨响，天上掉下一个火球，钻到地下去了——那样子好像《阿凡达》中的外星人来做客地球。天明后，宋江叫人在火球落下的地方掘土，挖出一块石碑，上面写着天书文字。谁也认不得，偏偏有个何道士，说他家留下一本专门辨认天书的字典，然后将这石碑文字翻译出来，原来是"水浒"一百单八将的座次表。宋江当然排第一，接下来是卢俊义、吴用、公孙胜……

这当然是宋江、吴用、公孙胜等人鼓捣出来的鬼把戏。——陈胜、吴广在大泽乡起事，往鱼肚子里塞写着"大楚兴，陈胜王"的绢条，这种装神弄鬼来忽悠人的把戏，可算是国粹之一。

梁山水泊的人，是生活在江湖上的人，也可以说是被主流社会抛弃的边缘人，他们自己管自己，靠暴力生存下来。他们在暴力中建立了自己的秩序，也就是说有一套江湖规则。这套江湖规则看起来只属于离我们正常人很遥远的另一个世界，但若仔细分析起来，其实我们一点也不陌生。江湖，其实是山寨版朝廷，同时，也是放大了的家族。排座次，定名分，这是中国社会最重要的学问之一，无论是在家庭还是在江湖，或是在庙堂。

为什么这样说呢？

比如，几个小学生刚学会识字，看完《水浒传》后在一起比记性，最可能相互考问的题目，多半是一百单八将的排序以及他们的江湖绰号。中国人对排名格外敏感，20世纪六、七十年代时，中国基本上对西方世界封闭，西方人就是通过中国官方报纸上领导人排名顺序的变动，来推测中国政局的变化。排名学，几乎是中国人的必修童子功。年少时看《隋唐演义》，许多精彩的故事情节可能已经忘记了，但多数人还能背出来：第一条好汉李元霸，第二条好汉宇文成都，第三条好汉裴元庆……

排名学对中国社会来说，之所以如此重要，是因为中国几千年来一直是一个礼法社会。"礼"的核心是什么？是要讲规矩。这种规矩的核心是六个字："排座次，定名分"。

这个规矩和现代法律规则并不一样，现代法律的核心是基本权利平等，即天赋人权，人人平等，任何人的生存权、财产权均不可剥夺。社会靠契约来调整，宪法是最权威的契约。一个穷光蛋和一个富翁在订立的合同面前，是平等的民事主体。"礼"则是强调等级差别的规矩，别亲疏尊卑，是传统中国社会最重要的事情。横向比，就是亲疏。谁是你的父亲，谁是你的爷爷，谁是你的叔父，谁是你的堂叔父，必须分得清清楚楚，同辈兄弟在一起论亲疏，要问是同父同母的，还是同父异母的，还是共祖父的，是共曾祖父的还是共高祖的。亲疏不同，感情固然不同，相应的权利义务也是不一样的。哥哥责备自己的亲弟弟——哪怕这个弟弟已经成年，好像天经地义，但去责备自己的堂弟弟，就没有那么理直气壮了。

古代中国一个人离开家族，去外面的世界，一般说来首选是读书应科举，进入官场，那么同样，排座次是最重要的学问。官场排座次，凭什么？凭官职的高低，官大一级压死人。级别是最高标准，开会坐主席台，一个人若是年纪大，级别不大，对不起，在这个场合你不能倚老卖老了，谁叫你的官没有后辈大呢？座位往后排去。如果级别一样，那怎么排？看你所在的机构位阶高低，同样是五品官，从朝廷下来的比地方官员排得靠前。——钦差例外，钦差代表皇帝，哪怕是七品官下来，也排在地方二品大员的前面，不是这个七品芝麻官本人参加排序，而是他狐假虎威——皇帝的权威至高无上。如果两人在同一个衙门或位阶一样的衙门，官职级别又相同，按什么排呢？按科举资历，谁先中进士，谁就是前辈，排在前面。如果同级别的官员，同一届的进士，那就按年龄，年兄排在前面。——总之，咱们中国人在家或不在家，两个人以上，就一定要把座次排好，分个你高我低，才能开始干工作。农村里办酒席，老人们在一起为谁坐上席要谦让许久——这正体现在中国排座次的重要性。等座次排定，才能动筷子吃饭。

我国古代四大名著，可以说都是在写排座次，如果没有排座次，四大小说里的故事就没法讲下去。《三国演义》里，刘、关、张三个毫无血缘关系的人碰到一起，很投缘，但必须桃园三结义，结拜兄弟，分出大哥、二哥、三弟，才能开始创业。还好，这种拟血亲的结义兄弟排序，和后来创业成功后朝廷里的排序是对应的，比较和谐。我们设想一下，如果后来当皇帝的是二弟或三弟，那把大哥刘备往哪儿排？大哥恐怕只能在二弟登基前光荣殉职。刘备的老祖宗汉高祖刘邦就碰到这个难题，当了皇帝后，他老爸还在。天下人都得听皇帝的，他去看老爸太公时，太公老老实实以臣子之礼接待儿子，家庭内的排序和官场上的排序冲突了，刘邦很苦恼，萧何出了个主意，尊太公为太上皇，虽然没权力，但排座次的难题解决了。《西游记》里无论是神灵仙道，还是妖魔鬼怪，也都要排座次分高低。玉皇大帝就好比人世间的皇帝，手下的神仙按照官职高低排座次。孙悟空之所以造反，就是对排座次的结果不满意，先当了个弼马温，根本不入流；后来让他顶着个"齐天大圣"的虚衔，看管蟠桃园，可连参加王母娘娘主办的国宴、进场排座次的资格都没有。后来在取经路上，必须分师父、大师兄、二师兄、三师弟。古代人到外面混世界，除了当官外，多是学手艺、学武艺或者做生意，就是这样也得按照家族的伦理，老大、老二、老三这样排下去。《红楼梦》那就更不用说了，在贾府这个大家族内，按辈分高低、大老婆所生还是小妾所生、同辈的年岁长幼，分得清清楚楚，王熙凤再威风八面，在嫂子李纨面前，表面上还得客客气气。

那么《水浒传》讲的是一帮江湖人士杀人放火受招安的故事，不能按照朝廷原有的官职分高低——他们本来就是要反对现有的体制；也不能按家族内辈分、长幼排座次，那怎么办？如果座次不排定，长期处在无序状态，梁山水泊的事业就没法做下去了。

《水浒传》里的故事和所有的江湖故事一样，都有一段座次没排定的无序状态时期，这个时期内，老大、老二、老三的名分还没有确定，谁都有资格去争。和"秦失其鹿，天下共逐之"一个道理。春秋时有一个寓言，一只兔子窜进街市，所有看见的人纷纷追捕，都想据为己有。兔子逃走后，众人纷纷止步，却对满街肉铺中挂着的上百只已杀死的兔子漠不关心。为什么？前面那只兔子是无主的，谁抓住就是谁的；后面肉铺里的兔子，产权是明晰的，你只能用钱去买，否则就是偷窃抢劫。

江湖上排座次，靠的是综合实力。这种力量掺杂江湖地位、贡献、武艺、计谋等多种因素，说到底，就是对暴力资源的控制水平，谁控制的暴力资源最多，谁就是大哥。

在忠义堂排座次之前，晁盖没死的时候，他的大哥位置是约定俗成的，因为他在众好汉中，领导了"智取生辰纲"，相当于武昌起义，当然地位很高。在林冲火并王伦后，当时的梁山已有个排序，这种排序的理由，林冲做了一番说明：晁盖第一把交椅，在当时是众望所归。接下来是吴用，林冲说的理由是:"学究先生在此,便请做军师,执掌兵权,调用将校,须坐第二位。"接下来是公孙胜坐了第三把交椅,理由是:"公孙先生名闻江湖,善能用兵,有神鬼不测之机,呼风唤雨之能,哪个及得?"林冲第四把交椅,接下来是刘唐第五,阮氏三兄弟第六、七、八,王伦手下的旧部杜迁、宋万、朱贵等人当然只能往后排。

等江州劫法场后,宋江带了好多人上了梁山,力量远远大于晁盖主持梁山的时候,这下,必须要重新排座次,也就是利益必须重新分配。这次分配中,最大的难题是:晁盖和宋江,谁是真正的大哥。只有晁盖死了,这个问题才能迎刃而解,一百单八将大排座次的时机才成熟。

假托上天排出的忠义堂座次,非常有学问,精确地反映了梁山上的各种实力。排座次,无论在朝廷,还是在江湖,反映的就是分肉喝汤的方案,即蛋糕如何分配。

梁山的"山头"

梁山排完座次，整个集团可以说领导层的构架已经稳定了，看起来一团和气，老大宋江对谁似乎都一视同仁，表现出一碗水端平的样子。但实际上，亲疏尊卑分得清清楚楚，梁山，自始至终存在着大大小小的山头。

以第七十一回里的一幕为例：梁山泊排定座次后，宋江名正言顺地当上了梁山的老大，他便立即为自己和梁山人找出路，打出了"招安"的大旗。让乐和唱《满江红》，唱到"望天王降诏早招安"时，引起了一些人的不满。

只见武松叫道："今日也要招安，明日也要招安去，冷了弟兄们的心！""黑旋风"睁圆怪眼，大叫道："招安，招安，招甚鸟安！"……鲁智深说道："只今满朝文武，多是奸邪，蒙蔽圣聪，就比俺的直裰染做皂了，洗杀怎得干净？招安不济事，便拜辞了，明日一个个各去寻趁罢。"

三位性格刚烈的汉子同样反对招安，可是宋江劝服他们仨的态度完全不一样。他对李逵是——大喝道："这黑厮怎敢如此无礼！左右与我推去，斩讫报来。"而对武松与鲁智深，却是这样说的："兄弟，你也是个晓事的人，我主张招安，要改邪归正，为国家臣子，如何便冷了众人的心？""众兄弟听说：今皇上至圣至明，只被奸臣闭塞，暂时昏昧，有日云开见日，知我等替天行道,不扰良民,赦罪招安,同心报国,青史留名,有何不美!因此只愿早早招安,别无他意。"

从对李逵的呵斥和对武松、鲁智深等人的安抚解释就可看出《水浒传》里的"山头",对同样火一样性子的李、武、鲁,宋江的表现亲疏有别。李逵是家奴,是宋江在江州脱险带出来的亲信,反对自己招安大计,宋自然很伤心,而且对家奴大声呵斥不以为过,还能起到敲山震虎的作用,给心中还反对招安的其他人看看。当然,宋江知道别的弟兄会替李逵求情,他也会就坡下驴,你以为他真的会杀自己最管用、最忠诚的打手吗?而对武松、鲁智深这两个二龙山来的头领,他只能安抚,因为二龙山人马和梁山人马近似一种联盟关系,一家小公司和大公司合并成一个新公司而已,大公司不可能完全控制小公司的高层人士。

梁山人马的基本构架是"一大"加"四小"。"一大"是原来的梁山人马,"四小"指的是青州的二龙山、桃花山、白虎山和华阴的少华山,这好比是一个大集团公司的核心层企业和其他松散型子公司的关系。后来为了营救孔明,"三山聚义打青州,众虎同心归水泊"。众山归水泊是实,然而"同心"却未必。众山会师同归梁山,是为了生存,免得被政府军各个击破。他们和梁山有共同的利益——活下去,但同样有一些分歧。作为核心层企业的老总,宋江有更长远的政治追求,显然不是李忠、周通那样仅仅为了过着有银子有美女的日子。而且招安之后,宋江、吴用等作为主要人员也许能进入皇帝的视野,而其他人作为一般的跟随者,命运如何更未可知,尤其是武松、鲁智深这些和原来体制有着难以调和矛盾的一帮人。

归附梁山的"四山"中,二龙山的实力最大,他们的头领是鲁智深、杨志、武松、曹正、施恩、张青、孙二娘。鲁、杨、武三人名望很高,更兼武艺出众,是真正的重量级选手,不亚于原来梁山的任何一员战将,因此在梁山排座次后,这股势力在四个"地方根据地"中占据了最重要的位置。鲁、杨、武都进了三十六天罡,级别较高。且在职务分工中,分充了先锋使和步军头领。其次就是少华山,史进、朱武、陈达、杨春几位头领中,史进进了三十六天罡,朱武成为七十二地煞之首。桃花山势力最弱,李忠、周通不但武艺平平,而且一人吝啬,一人好色,被江湖人瞧不起,只能排名靠后,在梁山上基本失去了话语权。白虎山从一开始就可算成梁山的支系,头领孔明、孔亮是宋江的徒弟。宋江除了权谋过人外,在拳脚、棍棒方面的造诣实在有限,他指导出来的徒弟能高明到哪里去?这股人马的势力可以忽略不计。

鲁智深、武松、杨志对梁山一直保持某种自觉的疏远。杨志因为晁盖、吴用等人劫了生辰纲而受到连累,不得不逃亡,因此他对梁山诸人,如朱仝对李逵一样,有某种难以释怀的心结。而且与梁山前期以地方恶霸、流浪汉等底层人物为骨干相比,鲁、武、杨三人具有相似的经历、共同的语言,鲁为提辖,杨为制使,武为打虎英雄兼都头,其名望不在一个小县押司宋江之下。他们不像阮氏兄弟、刘唐一样,能主动爽快地做强盗,而是不得已上山逃避。归顺梁山,是因为慕容知府和呼延灼即将大举征剿三山,凭他们的力量难以抵挡官军。如果他们早想去梁山，何必推迟到此时？更何况在柴进庄上，宋江曾对武松极力拉拢过，鲁智深相交最厚的兄弟林冲早就上了梁山。

当杨志提出请宋公明前来帮忙时，鲁智深的一席话饶有意味："正是如此，我只见今日也有人说宋三郎好，明日也有人说宋三郎好，可惜洒家不曾相会。众人说他的名字，聒得洒家耳朵也聋了，想必其人是个真男子，以致天下闻名。"在盛赞之下，包含的是一种怀疑。世人皆曰善未必是真善，鲁智深故说"想必"是个真男子。到了梁山后，鲁智深、武松确也一直坚持相对独立的行事风格，尽量避免和宋江的人马过多地混在一起。

而在梁山原来的人马中，也是派系林立。林冲这位既有武艺又有智慧而且善于决断的独立人士不属于任何一派，在感情上他则更亲近晁盖的人马。柴进从情感上亲近宋江，但以其出身，他不可能像李、戴那样成为宋江的奴才。和晁盖一同起事的人中间，吴用这位智多星审时度势，和宋江结成了利益联盟，阮氏三兄弟、刘唐是晁盖旧部，晁死后不得已归于宋江，但未必对宋江忠心耿耿。最后归附的一股势力卢俊义、燕青、蔡福、蔡庆，和宋江基本上处于平行的结盟关系，不存在彼此谁被谁控制的问题。即使是江州劫法场后，白龙庙小聚义的那些人马，也非全部是宋江的人马。在揭阳岭碰到的李俊、李立、童威、童猛四个地方恶霸，也是倚宋江之名望壮大自己，对宋江的招安选择，一直心存怀疑。宋江真正可以倚仗的，除李逵、戴宗外，重量级的选手就是花荣、张顺、张横、雷横、朱仝。他在刺配途中收容的燕顺、郑天寿、王英、吕方、郭盛、薛永等人，才艺平平，不但没法和二龙山的人马比，连与少华山的相比，都逊一筹。

当众山人马上了梁山后，表面上兵强马壮，但彼此的关系更加复杂，山头更多。而宋江也明白自己的亲信，和其他山头比没什么优势。那么他要如何才能控盘，成为梁山名副其实的CEO呢？最重要的就是要整合一切对自己有利的资源，挖墙脚也罢，掺沙子也罢，搞统战也罢，就是要使自己处于控股的优势。而且要在价格最高的时候将股权转让出去来套现。

你看，宋江在初期，无论在郓城县，还是在江州，一路收罗的都是层次不高的人，比如矮脚虎王英以及燕顺那样的人。戴宗、花荣在早期他笼络的人中，就算综合素质相当高了。而当他上了梁山，有要取代晁盖的趋势后，特别是从三打祝家庄后，一直留心网罗朝廷的武官，比如大刀关胜、双鞭呼延灼、双枪董平、金枪手徐宁，等等。在四十多年前全民评《水浒传》时，这番行为被斥为"做投降的准备"——撇开当时的意识形态因素，这种评价是很到位的。如果不改变梁山的队伍构成，不但"招安大计"无人附和，就是那些不同出身、分属不同山头的各位好汉，都难以摆平。而且后期归附梁山的朝廷军官，在体制内级别越高，上梁山就越受宋江重视，排名也更靠前。那些早期上梁山的，比如第一拨和王伦一起的杜迁、宋万等人，第二拨跟晁盖的刘唐、阮氏兄弟等人，就几乎失去了话语权。真是"早革命不如晚革命，晚革命不如反革命"。

排完座次后，梁山表面上处于最兴盛的时期，这也是宋江和朝廷讨价还价最好的时机，这时候如果还不被招安，如果再拖下去，各个山头的人矛盾显现出来，宋江仅仅凭自己的权谋，凭戴宗、李逵、花荣等人，是难以控制住局势的。到了那时，宋江能否说了算，都很难预测。以二龙山为例，二龙山的鲁达和少华山的史进以及桃花山的李忠更为亲近，且原梁山的林冲也有可能偏向二龙山，除了他和鲁达有真正的兄弟情谊外，他的徒弟曹正也是从二龙山起家的。因此招安这件事，人多做不得，人少也做不得，太早做不得，太晚也做不得。

招安后宋江等人奉诏征辽，征田虎、王庆、方腊，不仅仅是朝廷利用外敌和内逆削弱梁山的力量，也可看成宋江在征战中削弱非嫡系人马。一百单八将中，第一个阵亡的是梁山的"超级元老"宋万，属王伦时期的重要人物，这绝非闲笔。征方腊后，三分之二的人马阵亡，跟随宋江回东京的十二名主将（属三十六天罡）中无一人是二龙山、少华山、桃花山的人马。这十二人中，阮小七属于早期晁盖的下属，卢俊义、吴用和宋江是同盟关系，其余的关胜、呼延灼、花荣、柴进、李应、朱仝、戴宗、李逵，都是宋江真正的嫡系。宋江的嫡系阵亡比例最低，难道是偶然的吗？

其实在征方腊的过程中，各山头的矛盾已逐渐显露。李俊等人在太湖小结义，等于另立山头，早选好了退路，最后出海南下东南亚，去了泰国占山为王。杨志、林冲、鲁达在浙江，要么病死要么圆寂，武松执意要在六和寺出家，一是表明和朝廷、和宋江决裂，二是表明在当地守住与鲁、杨、林的情分，守住二龙山兄弟同生死的誓言。而燕青在征辽途中的双林镇，就设计好后路。公孙胜一直就对宋江若即若离，几次要远离梁山的山头之争，征方腊后回家修行。

真正死心塌地跟宋江回来的就是花荣、李逵、戴宗等人。等宋江、卢俊义、戴宗、李逵死后，吴用和花荣在宋江、李逵坟前上吊身亡，与其说他俩是在大树倒后害怕朝廷清算，不如说是后悔。吴用和花荣在宋江的事业中出力很大，吴用为此还背弃了晁天王，将宋江看作能依托成事的主公，最后兄弟们死的死，逃的逃，恐怕吴用根本没有勇气隐居江湖，和还苟活的梁山人交往，只有一死了之。

可以说，宋江在梁山一百单八将中，重用自己的亲信，算计别的山头的人——尽管在口头上大家都是兄弟亲如一家。可自招安后，他到底算计不过朝廷。

一部《水浒传》，直到结束，依然可以看出梁山原先种种的"山头"。

"窝囊废"的资源整合能力

宋江在造反前,只是郓城县的一个小吏,见到七品官县太爷还要打躬作揖;他的武艺平平,一百单八将中恐怕一大半比他强;论计谋,自然不如吴用、公孙胜;要论家产,不如卢俊义和柴进。他凭什么当老大?

我们比较一下,《水浒传》《三国演义》《西游记》这三部小说,虽非同一个人写出,但有一个共同点,就是书中统率群雄的几位老大——宋江、刘备、唐僧,都是平常人看来的窝囊废,没有什么人格魅力,更无一丝英雄气度。宋江武艺不如寻常的地煞星,计谋不如吴用等人;民间奚落刘备的江山——是哭来的,一遇到危险就痛哭流涕,演一出"悲情秀";而唐僧呢,斗妖除魔的本事不但不及手下的三个徒儿,连胯下的白龙马都不如,身陷险境时,唯一能做的是念救苦救难观世音的名号,或者叫"徒儿快来救我"。

宋江以群盗之首招安拜将;刘备三分天下;唐僧取得真经,功德圆满。三个"无能"的窝囊废最终成就大业,究竟是造化厚他,命该如此?还是别的原因?其实我们仔细一分析,就会发现三人都具备"无能"之能,即个人的文武资质未必出众,但有驾驭群雄、审时度势、借力打力、合纵连横的出众才能。他们更掌握一种要登堂入室、脱离草莽而必不可少的政治资源。而这些才能和资源，在中国的政治生态和社会背景下，往往能使其克服自身的文才武略之不足，脱颖而出。

先说驾驭群雄、审时度势的才能。宋江广收天下英雄，积累了雄厚的人脉关系，最后因为在浔阳江头题写了反诗而入狱，在法场上被众兄弟劫了后，终于决心上梁山。此时上梁山正是恰到火候。如果杀了阎婆惜就上梁山，他无非和林冲一样是避祸上山，虽然有大恩于晁盖，但终不免寄人篱下的味道。等到白龙庙小聚义时，自己搜罗的新人马已经超过晁盖的旧部，此时上山不再是投奔，而是两支部队的胜利会师。宋江被晁盖等人救出后，对晁盖表白："小弟来江湖上走了这几遭，虽是受了些惊恐，却也结识得许多好汉。今日同哥哥上山去，这回只得死心塌地，与哥哥同死共生。"——首先表明自己的功劳，并非空手上山，而是有功于梁山；其次，再撕掉当初满口忠孝、不反官府不违父命不从草寇的面纱，表达了铁心从寇的决心。如果宋江再晚点上梁山，如卢俊义那样，梁山事业进行得如火如荼的时候，就有投机的嫌疑，而且无尺寸之功，甭说想代替晁天王，即使想坐第二把交椅，恐怕梁山众人都不会服气。宋江有吏的圆滑手段、吏的通达精明，其驾驭群雄之能力，远超晁盖，而晁盖徒有匹夫之勇和江湖义气。

刘备从一个卖草鞋的破落皇族起家，本钱没法和挟天子以令诸侯、文武都有盖世之能的曹孟德相比，就是和守父兄之业、多谋善断的孙权，似乎也不是一个重量级的。刘备选择的策略完全是基于自身条件，套用一句流行语：一切从实际出发。先不断地依附群雄，他曾依附过刘焉、卢植、刘表等人，在此期间，不断网罗了关、张、赵、诸葛等武将谋士，最后时机一到，自领益州牧，玩了个空手道，骗取了天府之地。此时便可和曹、孙一决雌雄。

唐僧能借以驾驭齐天大圣孙悟空的东西是紧箍咒。其实现实生活中老大驾驭众兄弟，和这个和尚管教一帮杀人放火出身的徒儿的手段差不多："胡萝卜加大棒"。"胡萝卜"就是恩惠，唐僧把悟空从五指山下救了出来，接着用悟空之力收编了八戒、沙僧，自此在徒儿面前，唐僧一直有种道德优势，即师父是你们的恩人。但降服这些神魔出身、本领高强的徒弟，仅仅靠恩情显然不够，他还有观世音给的最厉害的一个东西——紧箍咒。俗世间的老大驾驭众人，都会有各种各样的紧箍咒：或宗教教义，或利益，或胁迫。如忠王李秀成的老母被留在天京作为人质，朱元璋令大将出征后，必将其家人留在大本营。一手硬一手软，这是老大们干大事从古到今必具的两手，作为暴力集团，最终决定老大权威和威慑力的，是道德优势加紧箍咒。

宋江、刘备、唐僧能做老大除了以上原因外，另一个重要的本钱就是其政治资源。这些资源在皇权社会里包括道德、礼法甚至谶言，等等。

先说宋江，刚刚上梁山，他就申明了自己作为造反头子的"天然资源"——童谣："耗国因家木，刀兵点水工。纵横三十六，播乱在山东。"所应的就是我宋公明，上天叫我做造反头子，这便是天然合法性。再加上九天玄女授兵书、梁山石碣排座次这些把戏，更是强化了老大的合法性。中国造反者都喜欢这套神秘的愚人把戏,从"陈胜王"到"苍天已死,黄天当立",再到"莫道石人一只眼,此物一出天下反",一直到洪秀全装上帝次子的鬼把戏,都是如此。不过造反的天然理由和天命所归的理由并不完全相同,强盗们放下屠刀立地成佛,成为"万民之主"必须有一个合法性的转移。陈胜能首先造反,但天命却应在另外一个斩白蛇的造反者刘邦身上。刘福通等人起事,但成功者是一个小和尚朱元璋。宋江具有造反头子的合法性,但他不愿意在造反这条路上走到黑,必须漂白自己,最终修成正果。那么只有两条路——打下东京当皇帝,梁山还不具备这个实力,只有受招安,当大官了。宋江一旦确定了招安的目标,那么必须舍弃"播乱在山东"这样的"天命",进行革命战略方针的转移,此时的道德资源就是"忠义"——而且"忠"必须在"义"之前。从"播乱"到"忠义"的蜕变,便是"造反"到"招安"的理论准备。宋江非常明白理论准备之重要,在排定座次后,推行"忠义"之说,使他掌握了主导招安的理论和道德制高点,最后使招安水到渠成。

刘备最大的资源就是他的DNA和汉高祖刘邦发生了关系,尽管经过几百年,那个不事产业的流氓皇帝刘邦的DNA,到了这个父亲早亡、流落为小商贩的刘玄德身上,已经稀释得所剩无几了。但在群雄并起、霸道横行的汉末,皇室之后还是一面很管用的旗帜。你看刘备和张飞、关羽刚见面,就亮出了自己的政治优势:"我本汉室宗亲,姓刘名备。"三人合伙做生意,组成一个黑社会性质的公司,虽然关羽、张飞武艺比刘备高得多,但比起杀猪的翼德、推车的云长,汉宗室旁支的旁支的旁支刘备，其无形资产依然使他最具备做董事长的资格，自然，桃园三结义只能由刘备做老大。公司这一基本格局一直维持到白帝托孤，尽管在公司漫长的经营中，董事会成员越来越多。

刘备知道自己一穷二白，要干出点名堂，唯一拿得出手的资本就是"汉中山王之后"这块招牌，所以在《三国演义》中我们看到，像祥林嫂一样，刘备无数次不厌其烦地表明自己的汉宗室身份。初出江湖，募兵去投幽州太守刘焉，"玄德说起宗派，刘焉大喜，遂认玄德为侄"——最后这块招牌擦得越来越亮，直到和汉献帝论宗派，成了"皇叔"，那就更不得了，其正统的合法性更无可置疑。连皇后都保不住的傀儡汉献帝〔《曹瞒传》：公（操）遣华歆勒兵入宫收后，后闭户匿壁中。歆坏户发壁牵后出。帝时与御史大夫郗虑坐，后被发徒跣过，执帝手曰："不能复相活邪？"帝曰："我亦不自知命在何时也。"〕，有个带兵的宗室名义上支持自己，甭说皇叔，就是"皇爷爷"他都愿意相认。就因为他的刘氏血统，于西南一隅称帝，不是割据而是复兴汉室，人中之龙的诸葛亮不辅佐占据大半个中国的曹操，也不投奔有东南膏腴之地的孙权，而是在刘备无立锥之地时，因三顾茅庐出山，不能不说孔明先生也看好"刘氏宗室"的潜在价值。曹操封魏王，加九锡，但就是不敢称帝，当手下人劝进时，他说："若天命归我，我当作周文王。"显然，统一了北中国的曹孟德非常明智，自己称帝就把以前所做的一切，包括在百姓心中积累的民望几乎全部抵消，这是桩不合算的买卖，而他的儿子曹丕则无历史包袱，但还是搞出个"禅让"的把戏，让献帝自己承认："天命不于常，惟归有德。汉道陵迟，世失其序；降及朕躬……"曹氏两代人处心积虑要克服的合法性难题，对刘备而言，根本不是个问题，就是因为他姓刘，是汉高祖的后代，这世道就是如此不公平。

唐僧的道德资源便是奉旨取经——虽然历史上的唐玄奘去天竺取经是非组织行为，在边关九死一生才得以偷渡出国，但到了小说家的笔下，不能不做一些改变，否则凭什么唐僧有资格做老大？于是在《西游记》中，唐僧成了状元陈光蕊的遗孤——以显示血统高贵。唐太宗为回报从阴曹地府还阳，选拔了大德高僧玄奘去取经。得到皇帝的恩准取经，那么唐僧就具备借用一切力量的合法性，可以让观世音帮忙，可以驭使有七十二般变化的孙猴子，唐僧取经成功后，成为第一大功臣，修成正果，成为旃檀功德佛也理所当然了。

为人做嫁衣的王伦

我们知道,梁山水泊最早的寨主是王伦,但王伦只是给晁盖等人做了嫁衣裳。

王伦是个书生。中国古代社会,书生接受的书本知识比一般的百姓多,他们读过经典,或者应过科举,在多数大字不识的农民面前,显得见多识广,更通晓社会各种显规则、潜规则,看上去似乎聪明许多。可聪明也分三六九等,像王伦这样的落第书生是小聪明;像黄巢、洪秀全那样的落第书生是大聪明。

为什么说王伦是小聪明呢?关键是这人没有自知之明。对自己和别人的能力、手腕了解不够,不会审时度势,该出手的时候不出手,不该出手的时候乱出手。

晁盖等人劫了生辰纲,无路可走,听从了阮小二几兄弟的建议,上了梁山。仅凭晁盖等七个乡间匹夫,就能将何观察等一干官军杀得屁滚尿流,这些人的胆略智谋让王伦心惊胆战。他担心被晁盖等人取而代之不是没有道理的,想拒绝晁盖入伙,礼送出寨也是一种自我保护方法。《水浒传》第十八回《林冲水寨大火并　晁盖梁山小夺泊》中写到,晁盖等一帮人,将何观察率领的五百余名官军杀得屁滚尿流,并俘虏了何观察,割掉他两只耳朵,让他滚回去通风报信,给看不起这帮草寇的官府狠狠地来了个下马威。到了梁山，王伦出来迎接。王伦说："小可王伦，久闻晁天王大名，如雷灌耳，今日且喜光临草寨。"晁盖道："晁某是个不读书史的人。甚是粗卤，今日事在藏拙，甘心与头领帐下做一小卒，不弃幸甚。"——这两人都在说虚头巴脑的客气话。看到兵强马壮的晁盖，王伦怎么可能"且喜"他光临山寨。而晁盖这样的人物，又怎么可能甘愿做一名小卒。二者的冲突，从一见面就存在了。

王伦其不智之处就是他只具备小聪明。他没有想到，晁盖、吴用等人有敢劫当朝第一权臣生辰纲的胆量，有打败何观察的智谋，以其心狠手辣的程度，端的什么事都会做出来。他竟然毫无防备，以"显规则"来处理晁盖难题，仅用"五锭大银"送给晁盖等人，并谦称："只恨敝山小寨，是一洼之水，如何安得许多真龙？聊备些小薄礼，万望笑留，烦投大寨歇马，小可使人亲到麾下纳降。"依世上的一般办事规则，王伦做得够意思了，招待好吃喝，再给盘缠，而山寨是我的，不接纳晁盖等人也是自己的权力。

王伦的悲剧是，自己做了强盗却还以书生的手段来办事，使点书生的小聪明，反而更容易自取其祸。绿林就是大森林，盛行的是赤裸裸的暴力至上原则，当然有智谋的暴力就更厉害。大鱼吃小鱼，小鱼吃虾米，成王败寇天经地义。做了强盗的书生往往比李逵、鲁达这样的武夫做强盗更让人提防，因为书生读过书，有计谋，有自己的独立思维，别的强盗更害怕他，逮住机会就会消灭他。而李逵这样的强盗，一旦有个主人降服他，就会愚忠到底。可惜王伦没有参透这点，还以为是家里摆酒席请客，彼此温情脉脉的，不能伤了和气。

对于晁盖的来投，王伦只有两种选择，但这两种选择要么不做，要做就做透、做彻底。

第一种选择就是一开始就不接纳他们，既然搞武大郎开店，压根儿就不让武二郎进店。可当时他为了壮大自己的势力，"领着一班头领，出关迎接"。也许他是因为必须给他的恩人小旋风柴进面子，虚情假意来应付一番。可江湖是要凭实力说话的，有实力才有资格讲客气，摆pose。他作为山寨之主，连对和梁山泊相距不远的郓城县出了晁盖、吴用这样能力出众的大盗的基本情况都不了解，匆匆忙忙、毫无防备地引狼入室，显然是脑子进了水。王伦犯这样的低级错误，和他心胸狭隘、目光短浅有直接关系。

在晁盖等人投梁山之前，林冲一人来投梁山。对走投无路的林教头，他都不敢接纳，几番刁难，让他三天之内杀个人做"投名状"，这等胸襟如何能干大事？当时林冲对他没有直接威胁，一个家破人亡的丧家之犬，给一个栖身之地，他就会感激莫名。特别是自己在梁山已经营日久，林武师一人纵有天大的本事也掀不起大浪来。王伦若如宋江那样办事，笼络林冲，林冲会成为他忠心耿耿的属下，再团结好宋万、杜迁、朱贵等人，晁盖这些人即使进了山寨，也翻不了天。如果第二天准备将他们赶出梁山，可提前做好两手准备，和林冲等旧部商量好，埋伏好刀斧手，晁盖等人一旦想鸠占鹊巢，就来个先下手为强，将他们就地解决。毕竟自己是地头蛇，只要人心齐，准备充足，这点完全可以做到，搞定晁盖，还得了生辰纲这笔金银宝贝,岂不一举两得。在统战术方面,王伦和晁盖、吴用等人明显就不是一个重量级的。统战术的要害就是"掺沙子,挖墙脚",即一方面要巩固自己的阵营,一方面要拉拢、分化对方的人马。王伦在梁山的原班人马,只有林冲一人是盖世英雄,文武双全,本是他要依靠的重点对象,可他心胸狭隘,得罪了林冲。而晁盖、吴用正好相反,他们看到了王伦阵营的矛盾,看到了林冲的实力,两下子就激怒了林冲,让对方阵营内部相残,自己得了渔翁之利。而这林冲呢?可以说是心甘情愿给晁盖、吴用做枪手,因为这样做对他只有好处没有坏处。本来在晁盖来梁山前,因为王伦的嫉贤妒能,他成了被孤立的少数派。而且他看出来梁山在王伦这种人的手中,不会有大发展。而杀了王伦,不但报了受排挤的私仇,而且用实际行动表达了自己投向晁盖阵营的意愿,日后必定地位稳固。他投奔王伦时,最终没能杀掉杨志,没能给王伦一个"投名状",此番杀了王伦,可算是给了晁盖、吴用这个阵营货真价实的"投名状"。不过要说林冲心里有没有对王伦的一丝愧疚呢?应该说有的。他日后十分低调,尤其不愿意当梁山寨主,就说明这点。一是他觉得自己仍然不属于晁盖的派别,一个人没办法镇住这帮天不怕地不怕的"智取生辰纲集团"。二是林冲是有着道德洁癖的人,他必须撇清自己,杀王伦不是为了私利,而是为了梁山事业的发展。所以他说:"我今日只为众豪杰义气为重上头,火并了这不仁之贼,实无心要谋此位。今日吴兄却让此第一位与林冲坐,岂不惹天下英雄耻笑?若欲相逼,宁死而已。""据林冲虽系禁军遭配到此,今日为众豪杰至此相聚,争奈王伦心胸狭隘，嫉贤妒能，推故不纳，因此火并了这厮，非林冲要图此位。据着我胸襟胆气，焉敢拒敌官军，他日剪除君侧元凶首恶？今有晁兄，仗义疏财，智勇足备，方今天下人闻其名，无有不伏。我今日以义气为重，立他为山寨之主，好么？"这番话说到晁盖等人的心坎里，而且只有他说出来才合适，才能给晁盖、吴用解套。他推举晁盖为首，又让了吴用、公孙胜排在自己前头，也是一种自我保护的技巧。因林冲，解决了梁山第一次权力危机。

王伦的第二种选择就是开门纳英雄。如果王伦接纳了晁盖等人，他会不会被火并？应当说，他被火并的危险还是存在的。王伦如真有做大事的气度和权谋，他应在接纳晁盖后，再想法分化他们。首先巩固自己在林冲、杜迁等旧部中的领导地位，然后笼络吴用、三阮等人，时时提防晁盖这个新人马中的老大。等新人中完全认同自己老大的位置后，再想办法让晁盖服服帖帖，如晁盖还有火并的念头，就找个借口结果了他。因为吴用等人和晁盖是为利益才一起劫生辰纲，其联盟并非牢不可破，因利结盟，那么同样可以用利益打破这种同盟。

可这个书生，做了前一种选择却没有相应的对策，又没有做第二种选择的气度与自信，他要不被火并，这江湖还叫江湖吗？王伦这个落第秀才，至死都没有完成从书生到盗贼的身份转变，到头来两头都不靠，他算是真正上错了贼船。

江湖险恶，就如《天龙八部》中星宿派掌门丁春秋那帮徒弟们，谁的武功高谁就是大师兄，当了大师兄也得时时提防师弟、师妹有一天武功超过自己，将自己杀死。

不要太相信属下对旧主的忠心,有些人只忠于在位的老大。当年齐桓公即位前,管仲是另外一位具有继位资格的公子纠的忠实部下,还射了桓公一箭,可齐桓公赢了后,管仲却成了他能干的相国;魏征在"玄武门之变"前,是太子府的人,可后来成了唐太宗十分器重的大臣。书生王伦,却不能以史为鉴,不亦悲哉?

我们设想,洪秀全在杨秀清总揽了兵马大权,逼自己封其为万岁后,没有采取断然措施,令韦昌辉提前动手;或者杨秀清干脆一不做二不休,在暴露自己想当万岁的野心之前,学朱元璋对小明王那样,发动宫廷政变,搞掉天王,对外谎称"天王暴病而亡"。东王兵权在握,谁人敢不相信?反正洪秀全整天沉溺于酒色,身体本来就不好。如果真是这样,天国的历史也许会改写。顶多再留下一个"斧声烛影"的疑案而已。可洪秀全没有王伦那样傻,杨秀清也没有吴用那样聪明。

作为一个书生,要么就不做强盗,如果选择做强盗,就要比普通强盗"厚黑"数倍,否则死无葬身之地。王伦毕竟是书生,无力做英雄,真是该死!

假如晁盖不早死

看《水浒传》的时候,我总有一个假设:假如托塔天王晁盖不死于史文恭箭下,将来梁山诸人将何去何从?水泊事业往何处发展?晁、宋关系如何?会不会出现太平天国杨秀清向洪秀全逼宫那样的一幕?这实在是一个大难题。好在施耐庵先生大笔如椽,在一百零八名天罡地煞排座次前,便使晁天王死去,让宋公明独自领衔唱这出大戏。

其实就晁天王而言,他对梁山大业所起的作用实在是有限。历代流民造反,先是因缘巧合,历史潮流让一些很平常的草根人士成为带头起事者,但历史自有其淘汰无能者的规律,最后干成一番轰轰烈烈大事的领导人,必有过人之处。

晁盖只是乡间一仗义疏财、任侠好勇的匹夫而已,既无宗教上的感召力,又无远谋深虑及驭使群雄的权谋,他对梁山最大的功劳是"打响对大宋王朝的第一枪",搞了个"智取生辰纲"。这一票买卖显然没有什么政治方面的诉求,无非是觉得梁中书给老丈人蔡京的生日礼物取之不义,那么劫之无妨。而劫生辰纲最大的功臣是吴用,之所以要依附晁盖干这个勾当,主要看中晁盖在江湖上稍有威望,家中殷实,自己做着里正,在当地人脉关系不错,因此以晁天王为首抢劫当朝太师的生日礼物,安全系数高一点。在吴用、公孙胜、刘唐、三阮和白胜这个八人小集团中，晁盖还具备些做团伙老大方面的素质。

后来事败，幸亏宋公明哥哥通风报信，才仓皇逃到梁山。冒着被朝廷捉住杀头的危险，晁盖等人只能一条道走到黑，上了梁山避祸，最后不得已激林冲火并了王伦。和王伦属下旧人相比，新来的晁盖诸人在财力、武力上均占优势，自然"新桃换旧符"，晁盖做了老大。晁盖做了老大，是阴差阳错，并非他有什么过人之处。晁天王从上梁山到亡于箭伤，他的铁哥们其实只有阮氏三雄、白胜、刘唐而已。公孙胜是道士，还一度脱离组织，以奉养老母为理由远离江湖，最后被宋江再度请出了山；而吴用这样的儒生是依人成事的，自己不能领袖群雄，必须找一个有雄才大略的主公，晁盖与宋江相比，宋江显然更合适。读书人和引车卖浆之流相较，考虑问题更加理智，因此吴用倒向宋江，是顺理成章的事情。

和晁盖相比，宋江少点英雄气质，但正如项羽比刘邦更像个英雄而刘邦却能成事一样，比起晁盖的匹夫之勇，宋江的合纵连横术、驭人术炉火纯青，做过吏的宋江也更具有出众的组织才能。宋江上山之前，梁山诸人还停留在绿林"粗放型"的经营模式，简单地排定座次，干的还是一般蟊贼的行径勾当，碰到什么就抢什么，抢完之后大家瓜分，没有长远的打算和较精细的策划——以晁盖之能，是难以提升梁山这支造反队伍的层次的。可以说，宋江综合了熟读书史的王伦和心狠手辣的晁盖两人的长处。

真正能将梁山组织成一个像样的公司的，非宋江莫属。

宋江杀了阎婆惜避祸他乡后，一路结交了柴进、武松、孔明、孔亮、花荣、郑天寿、王矮虎、燕顺等人，等到了梁山人劫法场，救出宋江、戴宗二人，白龙庙英雄小聚义时，又增加了戴宗、李逵、张顺、李俊、张横、穆弘、穆春、薛永、童威、童猛等人，这些人都是宋江带到梁山的，此时宋派实力已经远胜过晁派。新旧两支部队会师后，分成两列站立，左边是晁盖的旧部，是林冲、刘唐、阮氏三兄弟、杜迁、宋万、朱贵、白胜。这里面杜、宋、朱本是王伦的部下，未必真心信服晁盖，林冲的地位比较中立，以他的见识与武艺，谁的心腹都不会做，白胜基本上不入流。右边站着27人，金圣叹评点道："中间止萧让、金大坚非宋江相识。"此时，宋江俨然真正的山寨之主。

晁盖出让第一把交椅也许是诚心，出于感谢宋江的救命之恩，而宋江婉拒的理由是："仁兄，论年齿，兄长也大十岁，宋江若坐了，岂不自羞？"金圣叹斥之为"权诈之极"，成大事者不能没有"权诈"，此时宋江心中自度论能力、功绩和人缘关系，他已超过晁盖，只是刚上梁山就谋了第一把交椅，众人难以心服，必须用行动来证明自己的领导地位。

自宋江上梁山起，不管晁、宋二人之间如何温情脉脉，两人之间的矛盾已经种下，斗争不可避免，这是由中国社会的政治传统和权力斗争的规律决定的。在最高权力面前，所有的恩怨都不值一谈。吴用跟随晁盖上了梁山后，已明白所托非人，暗中留意能成大事的"大老板"，从吴用用计劫江州法场看，大约他心中所许的"大老板"就是宋江——吴用的立场改变，是宋江最大的胜利。"智多星"认可自己的领导地位，比起李逵动不动就叫着"打下东京,公明哥哥当皇帝"的忠心,对宋江而言有用得多。大家注意,宋江刚上梁山,公孙胜就提出回家养母,最后隐姓埋名,不与梁山人接触。这显然不是因为他是出家人,生性淡泊,如果这样他就不会参与劫生辰纲了。可以解释的理由是,在梁山上下庆贺队伍壮大之时,他和吴用两个聪明人已经清楚地看到"一山二虎"的局面,权力斗争的激化迟早要来,要么像吴用那样及时转投宋江,而作为和晁盖一起起事的人,"入云龙"公孙胜于心不忍,那么只有远离这个旋涡。

宋江比晁盖,最可称道的就是他的"统战"路线。梁山本来就是个大杂烩,干什么的都有,如果仅仅保证出身贫苦者的话语权,那么自然要依靠阮氏兄弟、李逵这样根正苗红的人——首先造反,也乐意造反的往往是这样的穷苦人。但要使打家劫舍的流氓队伍变成有组织、有规模的军事单位,靠这帮人是不行的,必须扩大领导层,搞统一战线。在这点上,做过押司、官场和江湖规则都明白的宋江显然看得比晁盖更准。

随着秦明、呼延灼、柴进、花荣、黄信、徐宁、孙立等与旧体制有着千丝万缕关系的人上了梁山,梁山基本力量的成分发生了变化,所谓的"队伍纯洁性"更是天方夜谭,这时调整梁山的基本路线是必须的。"反贪官不反皇帝"是梁山人能凝聚最大多数头领、能师出有名的最佳选择。如果说阮小五刚劫生辰纲时所唱的"酷吏赃官都杀尽,忠心报答赵官家",只是底层人囿于传统文化的不自觉表现,那么,后来宋江的选择就是梁山人为了求生存的自觉意识。

纵观整部《水浒传》,梁山人从来没有并吞宇内、代替赵宋的雄心与能力。其原因是大宋朝比起其他朝代,商品经济发达,市民阶层的人数增多,官府的赋税相当一部分出自商业、手工业、矿业,这和重农轻商的其他朝代不一样,因而官民矛盾,特别是普通农民和官府的矛盾,较其他朝代并不特别突出,大宋主要的威胁是外敌入侵。比起西汉末年的赤眉、绿林起义,东汉末年的黄巾起义,唐代的黄巢起义,包括南宋在内的整个宋代,除了宋江、方腊、王小波、杨幺几次地方性造反外,没有席卷全国的大暴动。真正能给旧王朝雷霆一击的暴动必须得天时、地利、人和,统治者已搞得民怨沸腾,用儒家的话来说,天命已经归于别人;如秦末一样,一地起事,天下便像点燃烟花爆竹一样,到处响应,让官军难以应付;起义的部队逐步掌握更多的资源,包括土地、可提供后勤的百姓、杰出的人才,等等。这几点,梁山人都不具备。康王南渡后,还能在东南建立新的统治中心并享国一百五十年,说明大宋境内无隋末那种遍地狼烟的群众基础,而多是梁山这样的占据一地而不能席卷全国的反叛者。

晁、宋领导梁山诸人,打的大部分仗是防御战,是不得已的"反围剿",很少有主动的进攻,打青州、打大名府也是为了救人而采取的偷袭。葬送一个王朝的起义必须有大规模反攻,难道梁山人就不想打下东京坐龙廷吗?只是历史没有给他们这个条件。宋江等人看到了这一点,所以以招安为目标,以"忠义"为旗号,这是种现实的选择。所谓树忠义大旗,从来就是一种为了生存的手段,哪个时代的造反者有真的忠?真的义?

而晁盖一直就是个没有明确目标的造反者，乐于过着当一天强盗抢一天粮、今朝有酒今朝醉的日子——这日子李逵这样的人愿意过，而越来越多如卢俊义这样不得已造反的人，不愿意一生都为草寇。随着梁山战略方针的调整，晁盖便成为一个摆设，一个因为首义而成就的象征符号，这个符号随着宋江势力的崛起，也越来越没有用。

当朱元璋经过"高筑墙、广积粮、缓称王"这一过程，羽翼丰满后，就感觉到已经不需要小明王这个傀儡了，便派部将凿穿小明王的龙船，将其淹死并彻底消灭龙凤王朝的档案。而去干这个脏活的大将廖永忠，在朱元璋坐稳龙廷后，终不免兔死狗烹的下场。朱元璋的理由是："坐僭用龙凤诸不法事，赐死。"其实真正原因是老大心里有鬼，他要让肚里装着大秘密的廖将军永远不再说话。太平天国在紫荆山起事后，一直实行的是"双中心"制，洪秀全和杨秀清的关系类似司令和政委。洪秀全装神弄鬼，称自己是上帝的次子，蛊惑众多老百姓跟随他们。这一幕戏的导演是杨秀清，是杨等广西的烧炭工兄弟把洪秀全推上神坛。而杨秀清则装扮成上帝和其"次子"之间的信使，可以传上帝的口谕来训斥洪秀全，客观上对洪的权力起到了制约作用，但从两人合作开始，便埋下了权力火并的隐患。所谓能同患难，不能共富贵，到了南京，占据了半壁江山，二人的摊牌是肯定的结局，杨的逼宫，洪的反扑，符合中国政治传统。

晁盖若不是死在史文恭的箭下，他和宋江之间，早晚有洪秀全、杨秀清那一出戏。

谈梁山公司被收购

我曾在前文提到梁山在寻求招安的过程中，并非是上下同心，梁山内部有许多不同的声音。有些头领对此深深地怀疑与担忧。其中有深刻了解朝廷行事原则的人，如林冲和卓有远见的李俊等；有天生喜欢杀人放火、喜欢自己支配自己、不喜欢公司改变经营方式的人，如李逵等；有原是另一拨强盗的领导人，不得已和梁山合并的人，如鲁智深、武松等。

那么，除宋江几个人外，明确表示支持招安的并非占多数，为什么招安的基本政策能得以顺利推行？

要回答这些问题，我们首先要弄清楚，梁山如果是一家公司的话，它究竟是一种什么样的公司？它是如何经营的？它的高层职员乃至普通职员有没有股权？有多大的股权？

按照吴思先生的"血酬定律"，梁山从宋江而下，都是干着用生命博取生存资源的买卖，他们用自己的身家性命投资，获取的收益也就是血酬。许多人上梁山之前，都是个体经营者，为复仇或为生存杀人放火，但摆摊设点的小商贩们，既要担心官府衙役的骚扰，又降低不了经营成本，很难扩大规模，经营的风险很大，于是想起了几人合伙，便有了四处开花的小公司。周通和李忠合伙，鲁智深、武松、杨志、张青、孙二娘等合伙，史进和朱武、陈达、杨春合伙，李俊、李立合伙，童威、童猛合伙，燕顺、王英、郑天寿合伙，樊瑞、项充、李衮合伙。他们有的是兄弟搭档，有的是夫妻一起经营，有的是朋友合伙做买卖。公司规模普遍不大，那么产权也没必要那样明晰，尤其在草创阶段，大伙儿为了生存都拼命地干活，分红的时候不多，因此合伙者的矛盾并不突出。

在经营过程中，小公司发现自己的抗风险能力还是不行，短时间内也难以做强做大，必须和别的公司联合，那么被梁山这个大公司收购是顺理成章的事情。自己公司被合并，原来的董事长总经理自然要丧失重大事情的决策权，因此稍稍有些规模的公司不到万不得已不走这一步，如鲁智深、杨志、武松他们，在青州知府慕容的咄咄逼人之势下，才投奔梁山以求自保；有的公司还不知天高地厚想吞并梁山，如总部设在芒砀山的樊瑞公司，两个公司一交手，便感觉到和梁山的规模、实力差距不是一星半点，于是决定干脆被梁山收购得了。

众山英雄归水泊以后，梁山这家公司规模越来越大，管理层急剧膨胀。经营方式必须进行与时俱进的改革。在梁山初期，可看作董事长为晁盖，总经理为宋江。高级职员主要是三个来源，原来王伦旧部、晁盖生辰纲那派人马、宋江流配江州一路收罗的人马。管理层人数不多，晁董宋总的配合还算默契，两人矛盾没有显现出来，梁山的经营状况蒸蒸日上。晁盖死后，宋江集董事长、总经理二职于一身，梁山的生存、发展压力摆在了诸人的面前，当然，承受最大压力的自然是宋江。

这家公司面前有三条路。一是彻底做大，将赵宋公司吞并，就如李逵所说的那样："杀去东京，夺了鸟位，在那里快活，却不好？不强似这个鸟水泊里！"要做到这一步，必须具备天时地利人和，长于权谋、善审时度势的宋江觉得自己没有吞并赵宋这个超级大公司的能力。二是一直独立经营下去。这也有一定的困难，一要应对朝廷的征剿，二要养活越来越多的公司职员，而且公司上下对分红的渴望越来越强烈，固守于梁山，连李逵这个粗人也知道"鸟水泊"不是可以长待的地方。梁山的后期一直在为生存打拼，李逵这些只会大碗喝酒大块吃肉的高级职员，不当家不知道柴米贵。宋江几次主动出击，如攻打大名府，除营救卢俊义外，一个重要的原因是卢家富有，大名府粮草充足。如果经营方式没有大的变化，长此以往，公司规模必然萎缩直至被吞并。三是将公司做到一定的规模后，以合理的价格被更大的公司收购。

宋江上梁山之初，甚至在此之前就瞅准了最后一种经营模式，因此他在收罗那些体制内的小吏、军官时，总是用公司最后的宏伟目标打动他们："你们在赵宋公司只是个普通的业务员，来咱这里给你一个部门经理当当。反正公司做大了还会让老赵家收购，你不来才是傻瓜。"晁盖一死，宋江刚刚代理董事长，便发表了自己的施政方针，为被收购做组织和舆论上的准备。首先改"聚义厅"为"忠义堂"，宣示了公司的经营宗旨，再对各位高级职员进行重新分工。如此条理分明，自然是宋江在当老二时日日深思的方案，因此金圣叹讽刺道："如此十三章，岂是临时猝办之言？前书谦让，后书分拨，以深表宋江之权诈也。"

宋江一方面拼命地从赵宋公司里挖人，使更多的人认同自己的经营理念，减少被收购的内部阻力；二是利用梁山产权不清晰的特点，剥夺了大多数职员的话语权，推行自己的理念。

尽管梁山的董事会成员达到了一百零八员之多，但由于产权不明晰，董事会的议事规则也不明确，最后由几个大股东说了算。直到梁山被招安，它还是个糊里糊涂的集体所有制企业，梁山归众兄弟们特别是一百零八人所有，但具体到每个人，究竟拥有多少股权却是笔糊涂账。在晁盖上山之前，宋万、杜迁、朱贵等人已经在这里经营多时，这块地皮能不能折合股权？如果能折合的话，这三位超级元老不至于没一人进三十六天罡，他们开拓梁山之功在生前从来没得到承认，基本丧失了话语权；那些如二龙山、少华山的小公司在合并前，烧了自家的山寨，收拾所掠夺的金银财宝，带领喽啰们来梁山，他们的本金如何计算？由于所谓的"义气"，他们带资入伙被当然地视为把自己本钱的处置权交给了董事长兼总经理宋江，从此变成了沉默的大多数。只有二龙山这个规模较大的公司的原领导表现得激烈：我靠，老子好不容易积累点血本，全拿来投到你这个公司，你倒好，拿着咱的血本去寻求被老赵家收购，早知如此，我还不如直接找老赵家谈判哪！但宋江已经把董事会核心层的大多数人搞定了，鲁智深、武松、史进等人也翻不起大浪来。

一百单八将中大多数人都没有自由表达主张的权利，只能在董事会上被动地举起森林一般的手臂，众多的校尉、兵士的意见就更不足论了。如果梁山能够民主到搞一个"全民投票表决"，梁山就不是梁山了。

于是，梁山公司按照宋江的安排，一步步寻求被收购。宋老大和燕青等人化装去找赵宋公司老总的"二奶"李师师及高级职员宿太尉，就是希望被收购时能得个好价钱；三败高太尉则是为了提升本公司的名望，显示本公司不俗的业绩，为谈判争取更有利的位置；扯圣旨偷御酒是因为最初收购方案出的价码太低。

应当说，赵宋公司给的收购条件并不算低，至少梁山作为一个独立的子公司还继续存在了一段时间，没有被拆分。但总公司不拆分他们是有所图的，让他们去一个人生地不熟的异国他乡开拓新市场，最后在强行吞并另一家民营公司——方腊时，本钱输得所剩无几了，这时候原公司的老总、副总只能被总公司任意处置了。——还是燕青等人聪明，拿着自己的红利，找了个地方去养老。

这个结果，宋江应该能想到，因为原来别的公司被梁山收购后，那些公司的老板照样被他夺去了发言权。"暴力最强者说了算"的规矩总是打破不了的，在朝廷和在江湖没有什么区别。

"二把手"的生存之道

在中国古代，一个大家庭中最难做的是"二房"，她既要小心谨慎地面对大老婆的淫威，又要提防众小妾的嫉妒与中伤；而在官场，最难做的是"二把手"。二把手要是表现得太突出，在群众中的威望太高，就可能功高盖主，引起一把手的猜忌，更给自己带来祸患；而要是表现得太无能，不能给一把手分担工作压力，不能提出合理化建议，做不出什么业绩，这样的二把手要你又有什么用？不但老大看不起你，连下面的三把手、四把手、五把手都会看不起你，想取而代之。

《水浒传》中有两个做得非常成功的"二把手"，一个是前期辅佐晁盖的宋江，另一个是后期辅佐宋江的卢俊义。

宋江在江州被梁山众人从刀下救出后，带着自己收罗的新人上了梁山。此时，晁盖为报答宋江担着血海干系来通风报信的恩，提出把第一把交椅让给宋江，但宋江眼界、智谋都远远高于晁盖。此时第一把交椅已非晁盖的私人钱物，可以私相授受，这是领导梁山群雄的职务，远非两人之间的事情。即使宋江当时真有心取而代之，也不能贸然接受，对宋江而言，当时的第一把交椅是个火山口，他不会傻得寸功未立便坐上去，仅仅因为自己对晁盖有恩就坦然做老大，那他还想不想在江湖上混了？此番晁盖也许是真心相让，宋江却未必是真心拒绝。

宋江想做老大,只是时机未到,上山之后他表面上行事低调,在晁盖面前十分谦恭,私下里却不断扩大自己的嫡系人马,分化"智取生辰纲集团"并减弱其影响,将晁盖架空。自己则大半时间带领人马出去攻城掠地,一则为了积累资本,二则扩大自己在一线将士中的威望,三则尽量避免和晁盖的近距离接触——这是"二把手"的避祸之术。晁天王不过一乡间不读经史的匹夫,面对宋江这番太极拳,束手无策,最后逞勇出战,死在史文恭箭下。

宋公明上山之初,晁天王可以出自报恩情结相让老大位置,可后来,老大、老二共事这些日子,权力争斗暗流涌动,晁盖对宋江的态度从感恩到怨甚至是恨了——这是权力场中的必然轨迹。老大草创之初,和辅佐他的老二大多有一段"蜜月期",公司规模扩大了,红利多了,一对"恩爱夫妻"大多会反目成仇。这就是所谓能共患难不能同富贵。照理说,晁盖殁后,老二宋江应当自然接替。可晁天王显然不甘心宋江顺利做老大,他留下了给梁山权力交替带来无限不确定因素的遗训。他对宋江说:"贤弟莫怪我说:若那个捉得射死我的,便教他做梁山泊主。"这句话简直给宋江、给梁山出了天大的难题。因为宋江武艺平平,像刘唐、李逵、三阮都有可能生擒史文恭,宋江却无此可能。这样为梁山泊带来了太多不可预测的隐患,如果黑李逵捉了史文恭,难道让这个只欢喜杀人的铁牛哥沐猴而冠吗?他连程咬金都不如,程咬金阴差阳错做了一段时间瓦岗寨的寨主,觉得自己不是做老大的料,便知趣地让贤了。

可在江湖上,老大的遗训是有着"宪法性"权威的,违背老大遗训将会引起江湖人的公愤。就宋江而言，要做老大必定要违背晁盖的遗训，但必须做得巧妙，做得水到渠成，才能使自己当老大具备合法性，这也是他为天王发丧后不立即攻打曾头市为晁盖报仇的原因。如果梁山泊人凭着为晁天王报仇的愤恨，一鼓作气攻陷曾头市，活捉了史文恭，天王的遗训言犹在耳，你能不照着既定方针办吗？因此，宋江必须找一个在梁山没有根基的人来完成报仇大业，此人不好意思也没有胆量坐第一把交椅。

卢俊义此时进入了宋老大的视野。他千方百计要让卢俊义上山，一为卢家的银子，二为让名满天下的卢大员外来提升领导层的综合素质；还有一个不能排除的原因是，要借新人的手，来为晁天王报仇，从而不威胁自己的地位。

卢俊义一上梁山，宋江就把为晁天王报仇之事提上日程。策反了郁保四，让他引诱史文恭深夜来劫寨，而自己大队人马又去劫曾头市。你看他尽遣主力去攻打曾头市，如杨志、史进、鲁智深、武松、朱仝、雷横、李逵等人，单单让卢俊义、燕青主仆埋伏在西门，最后活捉了史文恭——唯有燕青帮助卢俊义，方才不能抢主人的功劳。这是宋江和吴用专门安排让卢俊义立此大功的。

只有卢俊义这个梁山的新人，擒获史文恭，才可能不会对宋江坐第一把交椅构成威胁。论武艺，梁山上不在卢俊义之下的好汉不少，我们假设一下：资格最老的林冲擒获了史文恭，他的出身，他的武艺，他的威望，他对梁山的贡献，坐第一把交椅，也是很正常的，他要推却，恐怕那些和宋江关系不太密切的好汉以晁盖遗嘱为理由,也要他坐第一把交椅。而二龙山的三位好汉,鲁智深、武松、杨志,谁都可能抓住史文恭,梁山水泊的大权就可能交到二龙山的好汉手上。而少华山原来的当家史进,同样有抓住史文恭的可能。这些人一旦立了大功,都有支持自己的一班人马,也就是有广泛的群众基础,那么那时候,宋江和吴用如果公开撕破脸皮,违背晁盖的遗嘱,那就很难控制梁山的人马了,整个梁山必然走向分裂,更别说策划受招安了。

正如宋江、吴用所愿,对宋江大哥地位威胁最小的卢俊义擒获了史文恭。此时,宋江方才提起晁天王的遗训,让卢俊义做老大。卢俊义何等聪明,就如宋江刚上梁山一样,自己再也不可能回大名府了,走投无路只有上梁山。此时就他和燕青两人,面对的是宋江培植已久的众多心腹,他哪敢不要命,坐上这个发烫的第一把交椅。

宋江本人必须重申一下晁盖天王的遗嘱,来显示自己是按照已故领导人既定方针办,否则的话自己会丧失合法性。你看他假惺惺向卢俊义推让第一把交椅,说道:"向者晁天王遗言:'但有人捉得史文恭者,不拣是谁,便为梁山泊之主。'今日卢员外生擒此贼赴山,祭献晁兄,报仇雪恨,正当为尊,不必多说。"卢俊义当然是个明白人,他必须态度坚决地推辞:"小弟德薄才疏,怎敢承当此位?若得居末,尚自过分。"而宋江再次推让的理由更加可笑。他说他有三方面不如卢俊义。一是宋江我身材黑矮,员外堂堂仪表,众人无能及。这个理由显得太虚伪,当大哥又不是选快男,必须是美男子。第二个理由是,宋江出身小吏,犯罪在逃。员外出在富贵之家。这理由更加无厘头,这梁山好汉包括卢俊义,有几个不是犯罪在逃?犯了朝廷的律法正是做强盗的重要资格呀。至于凭家庭状况排座次,那不等于间接否定其他穷人出身的头领的资格吗?第三点是宋江文不能安邦,武不能服众云云,更是虚伪,如果宋江真是这样认为,晁盖在世的时候,他凭什么安然坐第二把交椅?

说白了,宋江非常想当梁山的老大,就是碍于前任老大晁盖的遗嘱,这个障碍必须别人给他排除,他自己必须惺惺作态。他这种虚伪的做法,历朝历代许多想当皇帝的人都做过。曹丕想当皇帝,却要逼着汉献帝自己禅让,他还要推辞三次。坐上皇位后恍然大悟地说,我可以想象尧舜禹当年的禅让是怎么回事了。赵匡胤想当皇帝,必须手下人兵变,黄袍加身,显得自己是被逼当皇帝的。朱元璋登基前,也是让臣子写了三次劝进表。老大就是这样,光辉形象一定不能受影响,那么当下属的就要聪明一点,知道老大心里真正在想什么,及时、准确地表态为老大解围,使老大可以说,我本来不想做老大的,是推辞不过,是民意所归,是被逼的!

在两人互相推辞时,你看众人的表现。吴用说:"兄长为尊,卢员外为次,人皆所伏。兄长若如是再三推让,恐冷了众人之心。"这位"智多星"还用目视人,暗示各位英雄尽快表态。

"表态学"真是博大精深,梁山这帮做强盗的学得很好。

李逵当然用不着吴用暗示,他的心中只有公明哥哥,于是大叫:"我在江州舍身拼命跟将你来,众人都饶让你一步,我自天也不怕！你只管让来让去做甚鸟！我便杀将起来，各自散火！"

武松、刘唐、鲁智深则在吴用的暗示下急忙表态。武松说："哥哥手下许多军官，都是受过朝廷诰命的，他只是让哥哥，如何肯从别人？"——尽管代表二龙山势力的武松和宋江一直保持距离，但毕竟他们的交情比和卢俊义深厚，而宋的势力可以吞并二龙山，他接受现实，但卢若是坐第一把交椅，这个现实几乎不可能接受。刘唐说："我们起初七个上山，那时便有让哥哥为尊之意。今日却让后来人？"晁盖已死，刘唐得赶快表态，当初上梁山时他是否和晁盖一样，真想让宋江做老大，只有天知道。鲁智深说："若还兄长要这许多礼数，洒家们各自撒开！"

这几个人挑得很有意思。吴用是军师，代表着核心层；李逵代表着宋江的人马；刘唐代表着晁盖的旧部；武松、鲁智深代表着二龙山、少华山、桃花山这些后来合并的旁系人马。这四方面的人物代表着充分的"民意"。

戏做到这一步，宋公明当然要把戏唱足，为了表示自己对晁天王遗训的充分尊重，光有"民意"还不行，还需有"天意"，他说："我别有个道理，看天意是如何，方才可定。"用抓阄的方式，决定宋江领军打东平府，卢俊义领军打东昌府，谁先赢了就做梁山泊之主。

此时，卢俊义先生面临的是一场必须打输的战争。一切为了打赢固然不容易，但要打输而且输得像模像样没有破绽更不容易。就像和上司下棋一样，要输给上司但又不能显出来是故意相让，那样领导觉得也没意思，必须摆出一副尽力搏杀的架势，最后输了几个子。

先看两支人马的组成情况。宋江带领的是林冲、花荣、刘唐、史进、徐宁以及三阮等人，全是一心一意为其杀敌立功的人马；卢俊义带领的是吴用、公孙胜、关胜、呼延灼、朱仝、雷横、索超、杨志等人，一线冲锋陷阵的多是原来朝廷的武官。武松已经挑明了："他只是让哥哥，如何肯从别人？"这些一心想让宋江做老大的武将怎能傻乎乎三下五除二地打下东昌府，而派来"智多星"吴用纯粹是为了防止另一种意外：要是一不留心连卢俊义自己都没把握好，鬼使神差地先打下东昌府，那就把戏演砸了。

卢俊义的自觉加上吴用的监督，再加上众将领的心思，这场必输的战争上了"三保险"。

宋江攻打东平府也非一帆风顺，史进自告奋勇去东平府老相识李瑞兰家潜伏下来做细作，没有了"智多星"，宋三郎连仗都不会打，还得写信向吴用咨询。吴用得知史进进了东平府后，料想婊子无情，大事不妙，要是宋江哥哥输了此阵咋办？立即告别了卢俊义，去宋江那里帮忙。此时他也顾不得这场戏演得是否逼真了，是否要考虑所谓的"程序公正"了，立即从这支队伍跑到对方队伍中参赛，因为结果最重要。

宋江打下东平府后，得知卢俊义败在"没羽箭"张清手下，还对众人叹道："卢俊义直如此无缘！特地教吴学究、公孙胜都去帮他，只想要他见阵成功，坐这第一把交椅，谁想又逢敌手！既然如此，我等众兄弟引兵都去救应。"此时没准他心里在说：卢俊义小子很知趣呀，看来让你当"二把手"俺还放心。不过到这个份上，宋三郎的戏演过了。

一场早知道结果的游戏还要如此认认真真玩下去，有意义吗？当然有。否则宋江做老大的"民意"与"天意"如何体现？不如此，晁盖遗训那座高高的大山如何绕过去？

林冲是个明白人，在杀了王伦后，晁盖等人让他做老大，他推辞，一则表白自己杀王伦非为私人利益而为山寨大计，二是面对兵强马壮的新集团，知道这个头把交椅他是坐不稳的。在晁盖临死留下遗训后，他力主宋江暂时代理老大职务，也有撇清自己的意思在里面。因为在梁山群雄中，他的资历最老，同时也最有可能活捉史文恭，他接替晁盖最具可能。最后攻打曾头市为天王报仇时，独独没有派林冲出战，何也？原因不言自明。他自觉不自觉地被排除在晁盖继承人候选人的范围之外。——其实大家知道，不管晁盖遗言看起来多么重要，多么不能违背，但继承人的候选者只能有一个，那就是宋江。

可是林冲为什么连第二把交椅都不坐呢？

对林冲来说，如果第一把交椅能坐稳那就去坐，如果坐不上第一把就不要去坐第二把，宁愿当老三、老四、老五。自己锋芒已露，务必在与老大中间筑一道防火墙，所以林冲让吴用坐了第二把交椅。吴用属于参谋型的智囊人物，他在任何时候都不可能做老大，因此他对老大没有威胁。晁盖时期有了宋江做老二，宋江时期有了卢俊义做老二。因为真正的"二把手"是副帅，是能代替老大的。

李斯相国做得太好,他必死无疑,想回上蔡做田舍翁而不得。黄兴在同盟会成立时,由于两湖的会员多,大家推举他做老大,可他认为德才不如孙文,让给了孙文。可他偏偏又要做老二。最终这个能让出老大位置的"二把手"和孙文的矛盾不能避免。

秦始皇以后君权和相权上千年都扯不清,一会儿是暴君害宰相,一会儿是权相戏庸君。到了明洪武帝,杀完了几个宰相后,干脆永远废相,这个朝廷没有"第二把交椅"了。即使有些大学士或宦官有"二把手"的实际权力,但也没有"二把手"的名分,想有非分之想就难多了!

如何做好"二把手"?要么像《笑傲江湖》中的东方不败,小心谨慎地伺候任我行,对他大树特树,趁其不备,将其囚禁在西湖底下。东方不败万不该有那一点点妇人之仁,没有杀掉任我行,最后让其翻盘。要么就干脆学赵秉钧,袁大头和哪个国务总理都尿不到一壶,因为老袁不允许国务总理有任何自己的见解,而赵秉钧当了"二把手"后,根本不把自己当成国务总理,而自觉做袁家的一位奴才。这样老袁是满意了,可老赵玩不好却做了替罪羊。

"二把手"的生存之道,真是门大学问。

再无梁山栖宋江

以宋江的精明,他应该熟悉"飞鸟尽,良弓藏;狡兔死,猎狗烹"的规律。那么在自己的生命受到威胁时,他为什么没有选择再次上梁山呢?难道仅仅是因为他不愿毁掉自己的"忠义"之名?如果他真的是大宋的忠臣,显然不会为晁盖通风报信。此时,他是非不为也,而是不能也,一旦接受招安,再无梁山可以容他栖身。

自古招安、投诚者,最大的难题就是如何面对当年的主子、兄弟盟友和同道者,这是考验他们对新集团、新营垒是否忠诚的最好的试金石。宋江等人归顺大宋后,他最大的难题就是征讨方腊,可一旦通过了这种考试,就等于向天下宣示断绝了回头之路。

损兵折将,兄弟们一个个凋零,宋江才彻底平定了方腊之乱,他通过了赵官家对他的考验,站稳了立场。但对宋江而言,最大的损失不是兄弟们的阵亡,而是他在天下人面前的形象变得不堪。大凡民间和江湖的道德观与官家的、主流的道德观都是有差别的,官家的道德观其实只是官家用来维持秩序和权威的抽象道德观,具体的单个的"官"未必这样想。他们也许会在心里说:"宋江征伐过去的同道者,如此心狠,这样的人能靠得住吗?"封建官场和江湖本来是同质的,只是表面的话语体系不一样而已，而在江湖上，这种人更是被不齿。就如悟空，连自己兄弟的孩子红孩儿都不能放过的人，他当年大闹天宫的业绩被人谈论起，无非成为谴责嘲笑他背叛的佐证而已。宋江更是丧失了道义上的资源，他本来是大宋王朝的一个小吏，既然站出来造反就索性反到底，哪怕失败了像黄巢那样自杀，无论官家还是民间都会说他是条汉子。可他一门心思想招安，招安成功后又积极地镇压同样的造反者王庆、田虎和方腊，以此邀功，这更可以证明他的造反不是真造反，而是一种为当大官而采取的投资行为。

《无间道》中的明（刘德华饰）在当了警长以后，有种摆脱黑道真正融入主流的强烈欲望。当他一枪击毙了派他到警方卧底的琛（曾志伟饰）以后，预示着他若不被主流承认，就是彻底毁灭，他已无退路。即使他不被警方发现真实身份，一直平步青云，他也会终生受到良心谴责——琛对他的关照与黑道上的规则会终生像梦魇一样折磨他。

世上几乎所有的招安者都是如此。吴三桂当年为了表示对清室的忠诚，在昆明五里坡用弓弦亲手绞死从缅甸抓回来的明永历皇帝。可等到因为康熙要削藩而与朝廷闹翻后，他恢复了汉家衣冠，起兵反清时，天下的汉人还有谁相信他？此时，吴三桂必定落得个孤家寡人的结局，因为他已经在道义上没有再做汉族代言人的资格。

让宋江去征讨方腊等人，既是朝廷让两股造反势力相互火并、消耗力量的借刀杀人之举，也是断绝他们再次造反的后路。宋江饮下御赐的毒酒后，终于明白："我自幼学儒，长而通吏，不幸失身于罪人，并不曾行半点异心之事。今日天子轻听谗佞，赐我药酒，得罪何辜。我死不争，只有李逵现在润州都统制，他若闻知朝廷行此奸弊，必然再去啸聚山林，把我一世清名忠义之事坏了。"于是便将李逵骗来楚州，让李逵饮下毒酒后，他告诉李逵朝廷要赐死二人。李逵大叫一声："哥哥，反了罢！"

且看宋江是怎样回答的："兄弟，军马尽都没了，兄弟们又各分散，如何反得成？"这才是宋江的真实想法，所谓的忠义，只是托词。李逵毕竟是个粗人，他将再次造反想得很简单："我镇江有三千军马，哥哥这里楚州军马，尽点起来，并这百姓，都尽数起去，并气力招军买马杀将去！只是再上梁山泊倒快活！强似在这奸臣们手下受气！"

长于算计的宋江当然不会这样傻，造反不是说反就能反的。在宋江上梁山前，他经过了多少积累？首先广结江湖上的人士，仗义疏财，博得了"及时雨"的声望，然后在刺配江州后，一点点收罗各路人士。最后时机一到，才把手中的钱抛出去，赌了一把，上了梁山。这次赌的时机是很恰当的。可后来他选择了招安，这笔买卖耗尽了他所有的资源。以前他手中没有军马，但凭其在江湖上的名望，就可以聚集起各路英豪；现在这些名望全完蛋了，他成了一个向过去的盟友开战的"朝廷官员"，想再造反，手中那点军马根本不起作用，而且这些军马能否跟他起事，还很难说。

先造反再招安，博取官爵，本来是一条终南捷径；但玩不好则万劫不复，宋江最后就玩砸了。他应当在征辽胜利后就急流勇退，辞职回家种田；或者拥兵自重，让大宋王朝投鼠忌器，以求存活；而不能用朝廷官员那样的规则，以求显达。

宋江剿灭了王庆后，领了赏赐和卢俊义并马出城，看到一个汉子玩两条叫"胡敲"的空棍，铿锵作响。宋江心有所感，作诗一首：

一声低了一声高，嘹亮声音透碧霄。
空有许多雄气力，无人提挈谩徒劳。

并对卢俊义笑道："这胡敲正比着你和我，空有冲天的本事，无人提挈，何能振响？"显然，宋江也想攀附一棵如蔡京这样的大树，从而青云直上，可这样一个从朝廷到江湖，再从江湖到朝廷的"反贼"，谁都避之唯恐不及，哪儿还敢提挈他？《水浒传》中宋江最大的敌人不是蔡京和高俅，而是宿太尉，蔡京和高俅的胡作非为反而衬托出宋江造反的合理性，没有蔡、高的行为，他一个小吏，能聚集起那么多的人马？可宿太尉是软刀子杀人，向皇帝保荐宋江率旧部去征讨方腊。当然，宋江作为主帅，不可能亲自在阵前冒着枪箭冲锋，他个人的生命安全是有保障的。因此，他想用兄弟们的生命与鲜血作赌注，来博取更大的官帽，应当说这个主意不错。可他忘了，他的安全又系于这些兄弟，没有众兄弟的存在，只会点花拳绣腿的宋公明，朝廷派两个差人就能收拾了。所以，兄弟们阵亡过多，就等于他的本钱打了水漂，再也无力和朝廷讲价钱了。他的命运就成了刀俎间的鱼肉，任人宰割。

此时，宋江既没有取得朝廷的信任，又遭到江湖的唾弃，就算他想再走过去的老路也不可能了。因为世上再不可能有座梁山供他栖身了，楚州南门外的蓼儿洼才是他真正的归宿。

《水浒传》中的人物喝的什么酒?

酒是江湖人士的标配,江湖世界亦是酒肉世界。《水浒传》是一部写造反、招安的小说,也可以说是一部写喝酒的小说。从第二回史进出场开始,几乎处处可见饮酒。

那么,《水浒传》中人物喝的什么酒呢?从书中举不胜举的好汉们大碗喝酒、大块吃肉的描述来看,他们喝的几乎都是没有蒸馏过的酿造酒。"大碗喝酒"固然写出了梁山水泊人物的豪放、爱酒性格,但若是蒸馏产生的高度白酒,哪怕只超过30度,一碗接一碗喝,早就醉死若干位好汉了。从生理构造来说,古人和今人没什么区别,众人当中有酒量大的,有酒量浅的,但比例大致差不多。古人身体对酒精的承受程度不会与今人有太大的差别。

如果今天的读者不了解那时候人喝的是酿造酒而非蒸馏酒,看《水浒传》中写这些人喝酒,单从描写的"酒量"来说,肯定让人咂舌,以为那些好汉身体消解酒精的能力太神奇了。

第二回中史进的庄客王四,奉命去少华山山寨里向朱武、杨春、陈达送礼。三头领写了封回书,"赏了王四五两银子,吃了十来碗酒"。王四下山时碰到山寨里相熟的小喽啰,"又拖去山路边里,吃了十数碗酒"。因而倒在林间草地上睡着了,被打野兔的猎户李吉发现，窃走了银两和山寨头领的回信，去华阴县县衙告发领赏钱。这王四爱酒，即便酒量大，如果是高度的蒸馏酒，小三十碗喝下去，早就不省人事了，哪能睡一觉，风一吹还醒过来。

史进离开少华山去渭州寻找师父王进，遇到了鲁达，一见如故，颇为投机，又与武术开蒙师父李忠重逢。三人去潘家酒楼上，要了个包间。鲁达是熟客，酒保问打多少酒，鲁达道："先打四角酒来。"古代一角是四升，十升为一斗，十斗为一石，一石共120斤。一升为1.2斤，一角酒为4.8斤。四角酒为19.2斤，三条汉子喝。还只是第一轮要的酒，如同今天我们喝啤酒一样，如果喝嗨了继续加酒。若不是后来因为金翠莲的哭诉，打断了三人的酒局，他们再上四角酒很有可能。由此可见，鲁达三人喝的应该是度数低的水酒。

对酿造酒来说，酒精20度差不多就是天花板了，因为酵母在高浓度的酒精下不能持续发酵，蒸馏酒克服了这个技术难点，将酒精（乙醇）从酒醪中蒸馏成气体，酒汽经冷凝成液体，便有了高浓度的烧酒。也有资料说非蒸馏的酿造酒能达到35度，那应该使用了更高明的技术，在宋代大概多数酿酒人无此本领。

在中国古代，宋代达到了经济、文化、科技的顶峰，单说酿造酒的技艺，也远超前代。北宋时期沈括的《梦溪笔谈》中谈及汉代的酿酒：

> 汉人有饮酒一石不乱，予以制酒法较之，每粗米二

斛，酿成酒六斛六斗。今酒之至醲者，每秫一斛，不过成酒一斛五斗，若如汉法，则粗有酒气而已，能饮者饮多不乱，宜无足怪。

同等重量的粮食，出酒越多，酒精度便越低，即民间所说的"寡淡"。宋代最淡薄的酒，出酒量不到汉代的二分之一。所以沈括说汉代的酒只是"粗有酒气"。唐代的酒，度数也普遍不高，"李白斗酒诗百篇，长安市上酒家眠"。这位酒中仙喝的大概也就是3到5度的酒，一斗的酒精含量相当于六大扎精酿啤酒，今天有这酒量的汉子亦不少。

不过宋代"酒之至醲者"，和今天的高度白酒相比，也只是"粗有酒气"。看《水浒传》中写喝酒，大概有这么一个现象，越是繁华都市中的高档酒楼，其售卖的酒度数便越高。反之亦然。这也符合一般的经济规律，酿造酒度数越高，需要的粮食就越多，对工艺要求也越高。今天我老家乡下人请人喝酒，常自谦地说"请到我家吃杯寡酒"。

《水浒传》中鲁达到五台山做了和尚，法名"智深"。一日他独自出山门，遇到一条汉子挑一担酒，上山送予庙里的勤杂工人吃，便将其夺了下来。"地下拾起旋子，开了桶盖，只顾舀冷酒吃。无多时，两大桶酒吃了一桶。"

鲁智深酒量再大，一桶酒能喝下去，这酒多半是简单地过滤一下醪糟留下汁液，说其是酒精饮料更合适。所以喝了解渴，寺庙允许在里面的工人饮用。晁盖智取生辰纲时，跟随杨志押送珠宝的军汉喝了晁盖一伙放了迷汗药的酒，着了道。这酒的功效也主要是解渴，相当于夏天喝冰啤酒。

武松景阳岗打死猛虎之前，进路边小酒馆喝酒。店招上写着"三碗不过岗"，这广告语难免有夸张的成分，但也说明这个店的酒比寻常市面上的酒度数高，喝着过瘾，成为店家的卖点。武松喝完第一碗便说，"这酒好生有气力"。武松前后一共喝了十五碗，宋代酒店里喝酒的碗，我以为类似日本江户时代武士喝酒那样的敞口浅碗，十五碗大概四五瓶一斤装的黄酒。对武松这样酒量大的壮实汉子，确实算不了什么。给他换成同样多的烧酒，估计烂醉如泥了，还打什么老虎。

《水浒传》虽是元末明初的人所写，然故事背景是宋代，作者在细节上尊重历史。这部小说可以和孟元老《东京梦华录》参看。《东京梦华录》中提到汴梁有一处豪华酒楼曰"潘楼"。鲁达和史进在渭州吃酒去的也叫潘楼，大概是仰慕京师，以京师名酒楼命名来招揽顾客。《东京梦华楼》中的樊楼则在《水浒传》中出现多次。宋江带人在元宵夜进汴梁找李师师的关系，希望向徽宗传达想被招安的愿望。宋江和柴进进了樊楼，"寻个阁子坐下，取些酒食肴馔，也在楼上赏灯饮酒"。在京师核心地段最豪华的酒家，且进了一个临街可以赏花灯的包厢，肯定花费惊人。

陆虞候在高衙内指使下，用调虎离山计支开娘子身边的林冲，拉着林冲上樊楼喝酒。书中写道："唤酒保分付，叫取两瓶上色好酒，希奇果子按酒。"两人只上两瓶酒，可见樊楼里的酒更酽。两人喝酒用杯而不是碗，林冲只喝了八九杯，出酒店去旁边巷子里解小手。返回时碰到来报信的使女锦儿，说林冲娘子正在被高衙内骚扰。——可见在那时候,再高档的酒家也无法自备厕所。毕竟距离抽水马桶发明还有好多年。

宋江被刺配江州后,和戴宗、李逵两个马仔去酒楼喝酒。江州是今天的江西九江,宋代江西是经济、文化最发达的地区,而江州又是江西诸州物华天宝之首。三人上了临江的琵琶亭酒馆。"酒保取过两樽玉壶春酒——此是江州有名的上色好酒——开了泥头。"宋江和戴宗用盏喝,独李逵面前摆了个碗盛酒。这个酒应该品质好、度数较高,类似今天浙江较好的黄酒,或者日本优良的清酒。

几天后,宋江独自一人上了浔阳楼,要的是:"一樽蓝桥风月美酒,摆下菜蔬时新果品按酒,列几般肥羊、嫩鸡、酿鹅、精肉,尽使朱红盘碟。"一个人喝酒,要了这么丰盛的下酒菜,真是奢侈。何况宋江还是个刺配的犯人,他的钱从哪里来的?看官心中应有答案。

这里的一樽酒,不是寻常所理解的一大杯酒,应该是一小坛或一大壶。"樽"在上古即"尊",甲骨文是一个人双手举起一个酒坛,盛酒器也,且容量不小。后来才加"木"为"樽"或加"缶"为"罇"。上回宋江、戴宗、李逵三人才喝了两樽,李逵还是海量。这次宋江一人喝一樽闷酒,他的酒量一般般,所以很快酒醉了,酒壮怂人胆,便在墙壁上题写了反诗。

一般认为中国在元代才开始有蒸馏酒,是蒙元军队中的阿拉伯人传到中土的。明朝李时珍在《本草纲目》中言:"烧酒非古法,自元时始创。"近些年有人提出中国蒸馏酒的历史要早于元代,甚至有人说汉代海昏侯墓中出现近似蒸馏器的文物。一些网友据此说《水浒传》中的武松景阳冈喝的酒、宋江浔阳楼喝的酒,是蒸馏酒。

我没有看到有说服力的史料证明宋代乃至更早就有蒸馏技术在酒业上的应用。不能因为白居易诗中出现"烧酒"这个词就断言唐代就有蒸馏酒了,同样的字不同的时代,其涵义往往差别甚大。如唐、宋时期的"白酒",所指的酒是酒糟和酒液分离后,漂在酒上面的白色微生物未能过滤干净,比起"清酒"档次要低一些。《水浒传》中的白酒亦是这般。即便宋代中后期中土有人以蒸馏法酿出酒来,也未形成产业,进入市场。否则宋朝文人那么喜欢记载,宋代的史料很是丰富,这样重要的科技进步一定会有更多的、详细的记录。

一些精心制作的酿造酒,如今天市面好的"加饭""花雕",酒精度在18~19度,寻常人喝三碗也会踉踉跄跄走路(何况酒家还有夸大的成分)。一位酒量平平的汉子喝上一小坛黄酒,"不觉沉醉"也属正常。如果宋江喝的是蒸馏出来的烧酒,这一小坛下去,就不是"临风触目,感恨伤怀"了,而是直接烂醉倒地,那就惹不出借着酒劲题反诗的大祸了。

那些因喝酒改变的人生

宋徽宗崇宁年间,渭州城的鲁达提辖,如果不和史进师徒二人喝那场酒,他的人生便不会发生巨变。

如果不上潘家酒楼喝酒,鲁达不会遇见金翠莲哭诉被郑屠欺凌。或者酒未开樽就听说翠莲的悲惨命运,鲁达亦不会那么冲动。即便他想仗义行侠,为翠莲出头,多半会找到郑屠交涉,郑屠给他一个面子,放任翠莲父女离开渭州。可酒过三巡,闻说一个杀猪卖肉的屠夫欺压民女,还僭称"镇关西",鲁达便怒火中烧,尤其当着史进、李忠的面,他借着酒劲决定管这个闲事。第二天早上虽然酒醒了,但对这样的汉子而言,说过的话必须准数。他便去找郑屠的茬,引发冲突,三拳打死了郑屠,好好的朝廷武官负案潜逃。

在五台山剃度为僧的鲁智深如果不是酒后撒疯,醉打山门,就不会被方丈赶到汴梁府的大相国寺,他也就不会遇见林冲,卷入林武师被高太尉陷害的旋涡中。他无法在汴梁容身,又被公差追捕,不得不亡命天涯,最后和杨志一起,落草二龙山。

鲁达的人生轨迹因两次喝酒改变,史进亦如此,他的人生是被别人喝酒误事而改变。庄户王四因喝酒过多,醉倒在草地上,身上携带的少华山寨主给史进的回信被李吉窃去报官,史进在县衙的兵丁围捕下,和朱武等人不得不杀出重围,好好的员外做不成了，烧掉庄子，背井离乡，最后也是上山为寇。

《水浒传》中因喝酒改变命运的人物还很多。林冲被陆谦骗去喝酒，离开了妻子，妻子被高衙内纠缠。武松在酒馆喝了十五碗酒，胆壮气粗，不听众人劝阻夜过景阳冈，打死了伤人无数的大老虎，一下成了英雄，被招募为阳谷县巡捕都头，遇见了失散多年的哥哥武大郎。因为拒绝了嫂子潘金莲借喝酒的撩拨，得罪了潘金莲，搬出兄嫂的住处。

及时雨宋江从郓城县有影响、人望好的押司，变成刺配的罪犯，也是因喝酒误事。如果他不是被阎婆惜劝酒，多喝了几杯，宿醉醒后早早出门找醒酒汤喝，以他的精细，断不会将招文袋遗落和阎婆惜共处的房里，被阎婆惜发现了与梁山贼寇暗通款曲的证据。阎婆惜以此要挟宋江，宋江情急之下杀死了阎婆惜。"二奶"反腐未遂，搭上了性命。这一幕，九百多年后在内蒙古又上演了，不过男主角的级别远比一县的押司高得多。不堪要挟的赵黎平将情妇枪杀，他可是副省级官员哟。

通过运作，杀人犯宋江免了死罪，刺配江州。本不想做强盗的宋江，如果好好地在江州服刑，刑满释放后回郓城，又能呼风唤雨。可在浔阳楼上，因为一人喝闷酒，喝高了，在墙壁上题写反诗，被黄文炳发现告官，判处死刑立即执行。法场上被梁山好汉救下，这次他无路可走，只得加入梁山水泊的团伙，晁盖死后成了大哥。

可以说，没有酒这个催化剂，就没有《水浒传》里的故事。施耐庵在《水浒传》中引用一首打油诗来阐发人与酒的关系：

> 从来过恶皆归酒，我有一言为世剖：
> 地水风火合成人，面曲米水和醇酎。
> 酒在瓶中寂不波，人未酣时若无口。
> 谁说孩提即醉翁，未闻食糯颠如狗。
> 如何三杯放手倾，遂令四大不自有。
> 几人涓滴不能尝，几人一饮三百斗。
> 亦有醒眼是狂徒，亦有酕醄神不谬。
> 酒中贤圣得人传，人覆帮家因酒覆。
> 解嘲破惑有常言，酒不醉人人醉酒。

这首诗的主旨是说"酒不醉人人醉酒"，与刀不杀人而是人用刀杀人一个道理。作者对此诗引申道："但凡饮酒不可尽欢，常言：酒能成事，酒能败事。便是小胆的吃了，也胡乱做了大胆，何况性高的人。"

《水浒传》里，除了小孩外，可谓是人人能饮酒，人人喜欢饮酒。上至帝王将相、文人雅士，下至贩夫走卒、乡野农夫。皇帝和大臣在宫殿里喝；达官和巨贾在豪华酒楼里喝；行脚人在路边的鸡毛小店喝；庄户人家在自家屋里喝。有钱时喝上色好酒，没钱时喝浊酒村酿。如陆游诗中所言："莫笑农家腊酒浑，丰年留客足鸡豚。"

看《水浒传》可知宋代中国的酒文化非常发达，酒的供给很是充足，喝酒成为大宋君臣和百姓的日常事。酒是当时中国人人际交往最好的媒介。江湖上闻名已久的朋友相见，第一件事便是喝酒，柴进结交天下好汉，便是凭美酒。乡村里的人寻常来往，亦是靠酒做伐。第二回中史进发现猎户李吉鬼头鬼脑，问他来自家庄上做什么？是不是来踩点？李吉的回答是"小人要寻庄上矮丘乙郎喝杯酒"。史进为了提防少华山的朱武等人来抢掠，组织庄户人家自卫。动员仪式是大摆酒宴。"便叫庄客拣两头肥水牛杀了，庄内自有造下的好酒，先烧了一陌'顺溜纸'，便叫庄客去请这当村里三四百史家庄户都到家中草堂上序齿坐下，教庄客一面把盏劝酒。"

不但男子喝酒，女子也以喝酒为常态，男女私情，往往借酒为媒。阎婆惜的母亲老虔婆为了缓和宋江和阎婆惜的关系，设酒局来做思想工作。书中写道：

> 婆惜只得勉意拿起酒来，吃了半盏。婆子笑道："我儿只是焦燥，且开怀吃两盏儿睡。押司也满饮几杯。"宋江被他劝不过，连饮了三五杯。婆子也连连吃了几盏。再下楼去烫酒。

潘金莲挑逗武松，便是要和武二郎共饮一杯酒。

> 那妇人欲心似火，不看武松焦躁，便放了火箸，却筛一盏酒来，自呷了一口，剩了大半盏，看着武松道："你若有心，吃我这半盏儿残酒。"

书中这类男女一张桌子共饮酒的描写还很多，可见宋代社会开放、宽容，妇女地位不低，在山东还没有吃饭女人不上桌的风俗。程朱理学虽然发端于宋代,但在当世对社会的影响不大,到了明清由于统治层的大力推广,才深深地作用于整个社会。

《水浒传》中的酒局多姿多彩。在大城市,喝酒的场面大,有酒保专门斟酒,有陪酒女郎唱曲佐酒,按酒的菜肴水果十分丰盛。而在乡间小店,几斤肉,一坛酒,对饮或自饮,没那么多规矩。

鲁达和史进师徒在喝到兴头上,听到间壁的金翠莲哭哭啼啼,责骂酒家。酒保把金翠莲叫过来,金翠莲述说缘由:"父亲自小教得奴家些小曲儿,来这里酒楼上赶桌子。每日但得些钱来,将大半还他,留些少子父们盘缠。"

江州酒楼上,李逵将来卖场的歌女宋玉莲两个指头戳倒在地,让宋江花了二十两银子赔偿,原因是卖唱女不请自来。"四人饮酒中间,各叙胸中之事,正说得入耳,只见一个女娘,年方二八,穿一身纱衣,来到跟前,深深道个万福,顿开嗓音便唱。李逵正待要卖弄胸中许多豪杰的事务,却被他唱起来一搅,三个且都听唱,打断了他的话头。"

江州的宋玉莲和渭州的金翠莲,是酒楼里流动的卖唱者,类似今天一些大排档上唱歌要赏钱的歌手。大多数人能够接受且喜欢,兴头上来,在朋友面前充大方豪气,小费给得不少。只是李逵是特殊材料做成的,对美女没什么感觉,宋江、戴宗、张顺三个是正常的男人,愿意听宋玉莲唱歌,而不是李逵卖弄的"豪杰事务"。

《东京梦华录》中记述了都城开封酒店业的富丽堂皇:

凡京师酒店，门首皆缚彩楼欢门，唯任店入其门，一直主廊约百余步，南北天井两廊皆小子，向晚灯烛荧煌，上下相照，浓妆妓女数百，聚于主廊檐面上，以待酒客呼唤，望之宛若神仙。北去杨楼，以北穿马行街，东西两巷，谓之大小货行，皆工作伎巧所居。小货行通鸡儿巷妓馆，大货行通笺纸店、白矾楼，后改为丰乐楼，宣和间，更修三层相高。五楼相向，各有飞桥栏槛，明暗相通，珠帘绣额，灯烛晃耀。

"小子"指小阁，即包间。这样的酒店一进去，可看到大堂的柱子之间，数百妓女浓妆艳抹站在那里，供客人挑选。此处"妓女"并非后世所言卖身之失足妇女，而是凭姿色和说话艺术侑酒的女子，类似日本歌舞伎町里的陪酒女郎。白矾楼即《水浒传》里提过数次的樊楼，宋江和柴进去过，宋徽宗和李师师去过。《大宋宣和遗事》载，"樊楼乃丰乐楼之异名，上有御座，徽宗时与师师宴饮于此"。

樊楼是大宋酒楼的顶配，陪酒女自然是一流，不用串座卖唱。《东京梦华录》记载了几种寄生于酒店业的行当：

凡店内卖下酒厨子，谓之"茶饭量酒博士"。至店中小儿子，皆通谓之"大伯"。更有街坊妇人，腰系青花布手巾，绾危髻，为酒客换汤斟酒，俗谓之"焌糟"。更有百姓入酒肆，见子弟少年辈饮酒，近前小心供过使令，买物命妓，取送钱物之类，谓之"闲汉"。又有向前换汤斟酒歌唱，或献果子香药之类，客散得钱，谓之"厮波"。又有下等妓女，不呼自来，筵前歌唱，临时以些小钱物赠之而去，谓之"礼客"，亦谓之"打酒坐"。

"不呼自来，筵前歌唱，临时以些小钱物赠之而去"，惹怒李逵的宋玉莲，做的就是这个行当。"打酒坐"即金翠莲所言的"赶桌子"。

《水浒传》和《东京梦华录》都描写宋代酒风浩荡，可以佐证宋朝社会比较富足，自由度高，商品经济活跃，市民社会初见雏形。酒业是打通了一、二、三产业的综合性行业。中国古代酿酒以米酒为主，果酒为辅，酿米酒需要粮食，只有农耕发达，出产粮食多才能支撑酿酒业。在许多朝代的特殊时期如大旱、战争，朝廷严禁民间酿酒，因为浪费粮食。刘备在蜀汉时，曾下旨民间私藏酿酒器具和私酿同罪。粮食酿成酒，这是加工业即第二产业，宋代的酿造酒技艺远远超过汉唐。酒进入市场售卖，就是第三产业，宋代的酒店业发达，靠酒业吃饭的人很多，《水浒传》描写甚多。

拿宋代和强盛的汉代相比吧。"文景之治"是后世公认的盛世，《史记》载汉文帝即位时，"赦天下，赐民爵一级，女子百户牛酒，酺五日"。酺，聚饮也。在汉代老百姓不能随便聚在一起喝酒，只有婚丧嫁娶、节假日或皇帝即位的喜庆日子才行。汉文帝下诏允许百姓聚众喝酒五天，已是莫大的恩德了。按照汉律，"三人以上无故群饮，罚金四两"。《居延汉简》中有一片竹简记载："甲日初禁酤酒群饮者。"如果回到汉代，宋江不用后来题写反诗,他和戴宗、李逵、张顺四人一起吃酒,就是犯法。

因为酒业发达,宋代的酒税是政府税收的重要来源。苏门四学士之一的张耒做过黄州酒税监督,苏辙做过筠州(今江西高安)盐酒税监督。这都是很不错的差使。从《水浒传》中的喝酒可看出,那时候老百姓的日子过得不算差,虽然也有书中描写那些贪官鱼肉百姓的情节,但比起其他朝代,算是温柔的。所以小说中的宋江等人无法打到东京夺了皇帝的鸟位,史书中的宋江横行河朔也只是一场小规模的造反。北宋、南宋皆亡于异族的铁骑而不是内部造反,并非偶然。

第二编 乱世生存的技巧

几人是干净的，几人是安全的

看过金庸《射雕英雄传》的人，应该记得这样一幕：丐帮帮主洪七公遭遇西毒欧阳锋叔侄的暗算，身受重伤，和郭靖、黄蓉流落到一个孤岛上，以为自己大限将至，便决定把帮主的位置和打狗棒以及打狗棒法传给黄蓉。

洪七公道："正是，我是丐帮的第十八代帮主，传到你手里，你是第十九代帮主。现下咱们谢过祖师爷。"黄蓉此际不敢违拗，只得学着洪七公的模样，交手于胸，向北躬身。洪七公突然咳嗽一声，吐出一口浓痰，却落在黄蓉的衣角上。黄蓉暗暗伤心："师父伤势当真沉重，连吐痰也没了力气。"当下只是故作不见，更是不敢拂拭。洪七公叹道："他日众叫化正式向你参见，少不免尚有一件肮脏事，唉，这可难为你了。"黄蓉微微一笑，心想："叫化子个个污秽邋遢，脏东西还怕少了？"洪七公吁了一口长气，脸现疲色，但心头放下了一块大石，神情甚是喜欢。

当时黄蓉不知道洪七公将痰吐到她衣服上的深意，以为是师父病重的缘故，更不知道所说"少不免尚有一件肮脏事"是什么意思。后来她才知道，在丐帮开大会，正式就任帮主之时，不管你出身如何高贵，是王子还是穷光蛋，是老头子还是黄蓉这种衣着光鲜、家境优越、生活讲究的美娇娘，都必须忍受一种仪式——所有参加大会的乞丐人人向继任帮主吐一口唾沫。这种自唾其面、自污其身的仪式,包含这个江湖中最大的帮会对自己位置的一种认知:帮主不管多牛,哪怕出身高贵、武功盖世,也是个叫花子头头,叫花子所承受的一切侮辱,帮主必须也有承受的诚意,否则就没有资格做帮主。这就是"行规",是祖师爷传下来的规矩,体现了这个职业最大的特点:乞讨为生,受人侮辱。忘了这点就等于忘本。

释迦牟尼创建了佛教,佛教的出家修行者不事生产,受人布施为生,而佛教又倡导众生平等。因此佛家最初的教规规定,任何出家人,除非你老病到不能走路,否则必须自己亲自去化缘。因此我们读《金刚经》,第一段就说:"如是我闻,一时,佛在舍卫国祇树给孤独园,与大比丘众千二百五十人俱。尔时,世尊食时,著衣持钵,入舍卫大城乞食。"那时候已经是佛祖传教的后期,他在古印度各邦国有了很大的影响,各地前来拜师学法的人络绎不绝。但即便这样,释迦牟尼本人也必须亲自入舍卫大城托钵化缘。这就是佛教出家人的规范。

这类职业规范,是每一位从业者的立身之本。

老鸨哪怕已经多年不接客,但她和客人都知道自己原始积累阶段的所为,如果她再给别人大谈贞洁,只能叫人笑死。过去北京先农坛有一亩三分地,是由顺天府尹租给皇帝的,每年开春皇帝要前来假模假样地扶着犁、赶着牛耕一番地,显示以农立国,自己是天下农民的头头。实际上,除了几个开国皇帝,恐怕大多数长于深宫的皇帝都不会知道稼穑之难。但在政治场里,这样的"作秀"是必要的,做这种秀是为了博取相关阶层人士的认同。

《水浒传》中的好汉们,都是以杀人放火、打家劫舍为营生的,那么要入这一行自然也有"行规"。这个行规就是必须杀人当"投名状",用现在的话来说,要交上一种特殊的礼物,才能申请入会。

林冲雪夜上梁山后,拿着柴进的介绍信去拜见王伦,嫉贤妒能的王伦想:"我却是个不及第的秀才,因鸟气,合着杜迁来这里落草,续后宋万来,聚集这许多人马伴当。我又没十分本事,杜迁、宋万武艺也只平常。如今不争添了这个人,他是京师禁军教头,必然好武艺。倘若被他识破我们手段,他须占强,我们如何迎敌?不若只是一怪,推却事故,发付他下山去便了,免致后患,只是柴进面上却不好看,忘了日前之恩,如今也顾他不得。"

于是,王伦给林冲出了一道"强盗资格考试"题:"你若真心入伙,把一个'投名状'来。"这京城里工作过的林武师,以为"投名状"无非是书面答题:"小人颇识几字,乞纸笔来便写。"朱贵为他解释什么叫"投名状":"教头,你错了,但凡好汉们入伙,须要纳投名状,是教你下山去杀得一个人,将头献纳,他便无疑心。这个便谓之投名状。"

王伦出这个难题,让想来到梁山避难的林冲没有理由回绝,因为这个入门考试题符合强盗的职业特点。强盗做的是刀口上舔血、脑袋别在腰上的高风险、高产出职业,自身安全是最重要的,干这行必须要求上下同心、祸福共担,否则极易招来倾覆之祸。那么，强盗必定要有自己的职业特点和从业要求，敢于心黑手辣，敢于滥杀无辜。有着精神洁癖、有着正常道德观的人，不但不能做一个彻底的强盗，也会使别的强盗怀疑你的忠诚。只有血案在身，把柄被老大和其他同伙抓在手里，你才不敢轻易背叛。这干强盗必须自己跳进脏水里，主动将一尺白布放到黑染缸里染黑的规矩，现在还存在。十多年前，流窜数省市抢劫杀人的带有黑社会性质的张君犯罪团伙被破获。案件显示张君在招兵买马时依然采用王伦那样需纳"投名状"的考试方法，那些刚进团伙的人，张君命令他去杀一个人做"入场券"，这样一为了让他锻炼胆子，二则绝了他们的回头路。这就是为什么俗语中说，贼船上去容易下来难。可世事难料，当年指挥警察抓获张君的高级警官文强，曾被视为英雄，在张君被枪毙的十年后，也因涉黑而被判处死刑。

想金盆洗手、立地成佛那是难上加难。在金庸的另一部小说《笑傲江湖》中，衡山派的刘三爷刘正风广发英雄帖，让江湖人士参加自己的金盆洗手大会，以此来宣称自己从今往后与江湖恩怨无关，但最终不能如愿，被别的门派给搅和了。

林武师在入梁山之前，虽然也杀了陆虞候、富安和差拨，但那是为了报自己的血海深仇，这种杀人行为在那个时代，可以被正常的道德观所容纳，所谓有仇报仇，有恩报恩。在人格上，林冲还是干净的。可一旦杀了一个与你无冤无仇的过路人，你的手就沾了血，你在人格上不再干净，你回头无路，这个强盗便做定了。

王伦对林冲说，给你三天的期限，三天能交上投名状，准你入伙;三日内交不上来,休怪我无情。

第一天、第二天,林冲带着小喽啰吃完早饭去路边守着,就是见不到一个单独的旅客,全是成群结队的,不好下手。到了第三天中午,眼看期限就要到了,先是吓跑一个挑担子的旅客,夺了财物,不甘心的林冲继续等。机会来了,看见一个独身行走的汉子走来。《水浒传》里是这样描写的:

> 只见那汉子头戴一顶范阳毡笠,上撒着一把红缨;穿一领白缎子征衫,系一条纵线绦;下面青白间道行缠,抓着裤子口,獐皮袜,带毛牛膀靴;跨口腰刀,提负朴刀;生得七尺五六身材,面皮上老大一搭青记,腮边微露些少赤须;把毡笠子掀在脊梁上,坦开胸脯;带着抓角儿软头巾,挺手中朴刀,高声喝道:"你那泼贼!将俺行李财帛那里去了?"林冲正没好气,那里答应,睁圆怪眼,倒竖虎须,挺着朴刀抢将来,斗那个大汉。

此时浅雪初晴,薄云方散,溪边踏一片寒冰,岸畔涌两条杀气。一往一来,斗到三十来合,不分胜败。

林教头碰到的这个硬茬是谁?大家都知道了,是青面兽杨志,真是棋逢对手。最后闻讯的王伦、杜迁、宋万前来调解,请杨志到山寨少坐片刻。嫉贤妒能的王伦这回倒动了心思,挽留杨志落草,用来制衡林冲。但凭王伦这样的器具心胸,用这种驾驭部下之术,是画虎不成反类犬。王伦,在林冲、杨志两位武艺高强、见过大世面的英雄面前,有一种根深蒂固的自卑。你看他讨好杨志："小可数年前到东京应举时，便闻制使大名。"可落花有意，流水无情，这杨志就是不想落草。这位天波府杨家将门之后，打心底里是瞧不起落草为寇的，他一门心思想重振家风，为朝廷建功立业。第一次押运花石纲，黄河中翻了船，他自己凑钱去东京打点，碰上林冲，不愿意落草。到了东京穷困潦倒，卖刀时杀了泼皮牛二，刺配大名府，仍然不愿意落草。最后失了生辰纲，不得不去了二龙山。杨志的命运和林冲的命运一样，是那个时代将一个志向高远的好男子变成一个强盗。

因为杨志的出现，最终王伦免了林冲的"投名状"，施耐庵此笔，非是闲笔，大有深意，究竟是何深意，我先卖个关子，下文再细说。

《水浒传》中许多人就是这样主动或者被动地欠了血债，最后一条道走到黑的。李逵这种以杀人为乐、天生具有做强盗素质的人毕竟是少数。鲁达是一时暴怒杀了郑屠，不得已出家，因为野猪林里救了林冲，大相国寺里也待不住了，最后落草为寇。武松本来可以成为一个优秀的都头，因为其兄被害死不能昭雪，愤而杀人，然后一步步走向为寇的道路。杨志是失陷了生辰纲，回去不得。朱仝死活不愿意入伙，结果李逵摔死了小衙内，让他没法在官府的势力范围内立足，最后也是不得已上梁山。从梁山各色人物上山的路径来看，大多数人但凡还有条退路，都很犹犹豫豫，不会轻易落草的，包括老大宋江。

江湖上的人是不干净的，那么官府里的人呢？照样没办法独善其身。高俅以献媚宋徽宗起家，最后官至殿帅府太尉，这种媚上欺下的朝廷显贵，和童贯、蔡京是一丘之貉，自然没有干净的。那些州县的地方官呢？照样如此。收受西门庆贿赂的阳谷县知县，利用权势开设"快活林娱乐公司"的张团练，陷害武松的张都监，将解珍、解宝关进死囚牢里的登州知府以及搜刮民脂民膏去为老丈人送礼的梁中书，等等，哪一个不是贪官污吏？那么这些贪官们手下的小吏呢？除了孙定、叶孔目等个别还固守良心底线的小吏外，大多数是见钱眼开，为了金钱不惜伤天害理，为了个人利益根本不在乎法律尊严的小吏。这群人里面包括梁山的老大宋江以及他的心腹戴宗，还有施恩、蔡福、蔡庆等。——大宋朝，真是从外烂到里，连瓢子都坏了。在这样的酱缸里，坚守道德底线的人如果不同流合污，只能被排挤、被陷害、被边缘化。许多贪污腐败的"窝案"一出来，烂掉的是整个班子。难道是上天安排，让一帮贪官如此巧合地聚在一起吗？非也，同一个班子里面，如果有一个人不贪污，别人是不安全的，必须想方设法把他拉下水。民谣不是说有"四大铁"吗？"一起同过窗，一起扛过枪，一起嫖过娼，一起分过赃"，前二者是基于共同的青春经历而结下的友谊，后二者完全是因为相同的利害关系，彼此结成了命运共同体。

　　在这个没几个人是干净的大宋社会里，大家都有原罪，那么行事的规矩就是权力的比拼、阴谋的比拼、金钱的比拼，这样比下去没有绝对的胜利者，最后要分输赢，只有用暴力解决一切。这样一个社会，没有谁有安全感。林冲作为一个禁军教头，不是寻常百姓，但作为军官的他在高太尉面前就是弱者，他保护不了自己的妻子；武松可以将害人的老虎打死，可以负责一个县的治安，可是不能为自己屈死的哥哥申冤；施恩父子是管监狱的官员，可以操纵囚犯之生死，但在张团练、张都监面前也是两只待宰的羔羊；柴进拿着铁券可以庇护许多犯罪的人，却照样保不住自己的老宅。在这样的社会里，施暴者和受虐者的角色可以互换，强者和弱者只是相对的。那些知县、知府，甚至太尉、丞相、皇帝也没有多大的安全感。因为暴力的比拼是没有规则的，不确定因素太多，风险往往无法预测，就像抗洪时要防止的"管涌"一样，在看似平静的水面下，不知道什么时候、什么地点有个"管涌"。失了生辰纲，知州担心自己被太师免官，只得给何观察下限期破案的通牒，何观察为了保住饭碗，履险去水泊征讨，最后被割了耳朵；西门庆能买通知县，却挡不住武二郎自我执法；张观察、张团练、蒋门神合伙陷害武松，却想不到一家十几口被杀；高太尉也有被梁山俘虏的时候；即使是大宋王朝的第一号人物道君皇帝宋徽宗，在和李师师幽会时，也没想到梁山贼就在旁边。

所以，我们看到的《水浒传》中的社会，被人害的人往往又是害人者，昨日为台上之贵，今日为阶下之囚。《水浒传》在写刘高陷害花荣一章的结尾用了两句诗："生事事生君莫怨，害人人害汝休嗔。"这样的社会只可能是猴山，奉行的是丛林法则。丛林中的动物互相伤害，所有的生灵，不知道明天太阳升起后，它还会在哪里。这种丛林法则，暴力为王，没有公平正义，在《水浒传》中的官场里，最突出的表现是打官司和监狱的黑暗。

基层干部不好当

前文我们讲到,宋江是小吏,用现在的话来说,是基层干部,好歹是郓城县办公室的小官员。他放着好好的皇粮不吃,为啥要上梁山去当强盗?这说起来话长。

在过去的几十年里,我们把梁山水泊一帮好汉聚集起来造反叫作"农民起义"。其实这个说法有待商榷,历史上从陈胜吴广一直到清末的太平天国,历代反对朝廷的集团,其领导者以及造反队伍中的骨干,正儿八经当农民的很少,历史上记载的"宋江三十六人纵横河朔"也不例外。以这次造反为蓝本,便有了几百年来广为流传的《水浒传》。如果说队伍的多数普通士兵是农民,因此叫"农民起义",那么哪一支朝廷的军队不是农民组成的呢?明朝的军队和李自成的军队、湘军和太平军打来打去,血流成河,两边不都是农民兄弟吗?

我们看看《水浒传》的主角,即一百单八将。除了阮小二、阮小五、阮小七三兄弟是渔民,而且是游手好闲、三天打鱼两天晒网的渔民,以及陶宗旺和农民沾边外,其他谁是地道农民?其中起主要作用的,也就是三十六天罡,即坐前面几十把交椅的,用现在的话来说,是公司里的核心层。这核心层中一大半是在官府或朝廷军队当过基层干部的人,以及像卢俊义、李应这类家庭殷实的员外。即使是梁山前期的领导者晁盖,也是个村霸,是东溪村的保正,即村委会主任。中国古代,乡村主要靠自治,官府一般是委托当地的豪强或者富户、大家族的族长来管理县以下的乡村。正所谓皇权不下县。

所以我们与其说梁山聚义是农民起义,不如说是小吏造反。这一百单八将里许多人原来是体制内的小吏——那时候民事、军事分野不严格,因此下级军官也可算小吏。我们粗略地算了算,这些小吏有如下这些。

大哥宋江,梁山最高领导人。他是山东郓城县的押司。这是个舞文弄墨的文职,大概算县衙门一个管公文来往的、有些小权力的干部,有点像县政府办公室主任或副主任的职位。在这个职位上必定心细、擅长文墨、懂相关法律政策、多权谋、交往广。宋江在这个职位上结交天下英雄,拿公家的法律与政策送人情,说白了就是利用手中那点权力,给黑社会当保护伞,从而在江湖上博得"及时雨"的美名,所以最后成为造反的众吏之首绝非偶然。一百单八将中另外还有一个文案孔目裴宣,专管内部将士的嘉奖与惩罚。

《水浒传》中宋江直到第十七回才出场,济州府的刑警队长何涛破了晁盖劫取生辰纲的大案,令人送文书给下属的郓城县,让郓城县知县立刻逮捕晁盖等人。文书送到了值班的宋江手里。书中说他:

> 为他面黑身矮,人都唤他做"黑宋江";又且驰名大孝,为人仗义疏财,人皆称他做"孝义黑三郎"。上有父亲在堂,母亲早丧;下有一个兄弟,唤做"铁扇子"宋

清,自和他父亲宋太公在村中务农,守些田园过活。这宋江自在郓城县做押司,他刀笔精通,吏道纯熟,更兼爱习枪棒,学得武艺多般。生平只好结识江湖上好汉,但有人来投奔他的,若高若低,无有不纳,便留在庄上馆谷,终日追陪,并无厌倦;若要起身,尽力资助,端的是挥金似土。人问他求钱物,亦不推托;且好做方便,每每排难解纷,只是周全人性命。时常散施棺材药饵,济人贫苦,赒人之急,扶人之困,以此山东、河北闻名,都称他做"及时雨",却把他比做天上下的及时雨一般,能救万物。

从这段描述来看,宋江可是个德才兼备的十佳公务员。这样的人,还在当一个受县令驱使的小吏,确实有点屈才。

警察序列的有都头(刑警队长)武松、朱仝、雷横、李云等人,这是管治安的。监狱警察或司法警察有戴宗、李逵、施恩、蔡福、蔡庆、杨雄、乐和等人,这些人也都不是等闲之辈。

下级军官有林冲、鲁达、索超、杨志、花荣、孙立、孙新、徐宁、关胜、宣赞、郝思文、单廷珪、魏定国、张清等人。呼延灼、秦明也就是个中级武官。八十万禁军的普通教头品级不高,林冲并非总教头,这便是参谋与参谋长的区别,"参谋不带长,放屁都不响"。也许他在级别上算个中级军官,但没有什么实权,在高官如云的东京城里,可能什么都算不上。如果他是高级武官,陪夫人进香怎只能有丫鬟锦儿陪伴而无警卫人员跟随?又怎能随便和一个野和尚结拜弟兄?

按道理说，这些人都是大宋王朝统治天下的基础，所谓基层干部就是这个意思，连小吏也参加造反了，那真是"基础不牢，地动山摇"。和一般小老百姓相比，他们算体制内的人，享受了朝廷给他们的种种好处，为什么他们还要造反？他们究竟是怎样上的梁山？

"逼上梁山"现在已成为中国人耳熟能详的一句成语，对梁山一百单八将中的多数人来说，这个说法是对的，尤其对宋江这些基层干部来说，如果没有一个"逼"字，这种外来的推动力，想让他们主动造反是难上加难。

从整个小吏群体来看，他们造反，其杀伤力要比普通的农民大得多，普通的农民上梁山也就是进不了排行榜的喽啰。这些小吏拿赵官家的俸禄，小吏的职位也曾给他们带来风光，他们为什么还要造反？

这得从中国古代的官制说起，从汉代举孝廉开始，中国逐步形成成熟的文官制度。但在汉朝的时候，小吏和大官之间，有直通车，小吏做得好，可以从一个县衙门的巡捕开始，一直做到俸禄两千石的太守，甚至进入朝廷做到廷尉、宰相这样的高官。汉代的开国君臣，一大帮出自小吏，比如当过亭长的刘邦、当过县衙门文书的萧何，等等。然而到了隋唐，科举取士日趋完备，文官地位日高，官和吏即当官的和具体办事的泾渭分明，不经科举的能吏要想混个大官，没有特殊机遇几乎不可能。

具体说到宋代，这种情形更加突出了。宋太祖这个政变起家的职业军人坐了龙廷后，鉴于前朝得失，采取了修文偃武的国策。文人的政治地位、经济地位高于前代任何一朝，每次进士录取名额是唐代的数倍。如此必然造成"冗官"，这么多正经出身的文人涌进官场，势必把任何一个官位都占满，而众多小吏即使干得再好，除了在自己的岗位上揩点油外，几乎只能终身为吏而不能升官。无激励机制就不会有责任心，时间一长，整个群体还会对朝廷心生不满。用现在的话来说，这些基层干部遇到了"天花板"困境，上升的空间太有限。多年前有一条新闻说，县处级官员贪污腐败的一个重要原因是上升太难，一个人30多岁就干到处级、副处级，可要往上走，竞争太激烈，机会太少，那么就没有了干劲，干脆用手中的权力捞点儿实惠。这个说法当然值得商榷，有为贪污腐败找借口的嫌疑，但不能说一点道理都没有。人在一个岗位上，总要有些奔头，否则就会有别的想法。

我们以宋江这位县政府办公室主任为例。

你看宋江泄露国家机密，放走晁盖等朝廷通缉的江洋大盗，杀死要挟他的阎婆惜，后被发配江州，在浔阳江头题反诗那一节。几杯酒下肚，任凭宋江平时如何世事洞明、人情练达，此时也醉后吐真言。他思忖道："我生在山东，长在郓城，学吏出身，结识了多少江湖好汉，虽留得一个虚名，目今三旬之上，名又不成，利又不就，倒被文了双颊，配来在这里。"于是便有了那首满纸对朝廷抱怨、发泄不平的《西江月》。这可以说是宋江对体制不满的全部暴露。如果他一直是个忠于朝廷的小吏，他怎会主动结交天下的盗贼强梁，又怎会主动做"黑恶势力"的保护伞？

前面几次，晁盖等人劝他上梁山入伙，宋江以老父在堂，要孝敬父亲为理由拒上梁山，其实只是因为一则时候未到，二则还没有积累足够的资本——这正是宋江狡诈过人之处。

宋代衙门里的书吏命运如此，那么部队里下级军官更是这样了。宋代当兵的和囚犯地位差不多，像秦明这样的一州军事统领，见了文官知州，就如保镖见到老板，好歹他也是个军分区司令员，见到市长还要点头哈腰，情何以堪呀！他怎么可能服气？中级军官尚且如此，更不用说下级军官了，除了打仗立功这条路外，他们几乎不能出头。而北宋实行长达百年的"岁币"买和政策，没什么大的战争，他们也难以有战功。北宋养兵，主要的功能其实不是国防，而是收容社会上的失业人士，给他们一碗饭吃，别去闹事。你看林冲被派到草料场时，给他办交接手续的，是一个50来岁的老兵。这些兵，能打仗吗？

下级军官上升的路子不通畅，那么一有风吹草动，这些人极易造反。你看看连林冲都保不住自己的妻子，可见军官待遇之差。

而且在中国历史上的多数时候，官员的权力和责任不是成正比的。当官的有权有势却不办事不负具体责任，做小吏的无大权，待遇不高却责任重大。正如今天所说："上面千根针，下面一条线"，任何重大的事情，必须通过小吏才能在基层落实。你看杨志失了生辰纲，因担不起责任而不得不落草为寇。负责押送的他当然要负相当的责任，可那种盗贼横行、敢抢送给太师的生辰纲的乱局，究竟是谁造成的？显然不是杨志这个落魄军官造成的，而是朝廷衮衮诸公，包括皇帝、蔡太师在内的统治者负主要责任；而在有关部门侦查这惊天大案时，也是太师责成府尹，府尹责成观察，观察责成一般的公差，最后压力落在具体办事的小吏身上。

府尹即以充军威胁缉捕使臣何涛速速破案。

府尹是这么对市警察局刑警支队长何涛说的："我自进士出身，历任到这一郡诸侯，非同容易！今日东京太师府，差一干办，来到这里，领太师台旨，限十日内，须要捕获各贼正身完备解京。若还违了限次，我非止罢官，必限我投沙门岛走一遭。"他当然只有打具体办事人的板子，这具体办事的吏又如何服气？因为即使破了案，向太师报喜领赏最后升官、得到最大好处的肯定是府尹，而具体办事的人，顶多给一口汤喝。小吏能口服心服吗？最终破案的还是何涛这个吏，离开小吏，什么太师、府尹顶个啥用？

《诗经·邶风》中有一首描写小吏生活贫穷艰难的诗歌："出自北门，忧心殷殷。终窭且贫，莫知我艰。"它可能是中国现存的最早写小公务员生存状况的文学作品。在礼崩乐坏的春秋时期，诸侯不鸟国王，大夫和各地封建主也不鸟诸侯，做一个小国的小吏，确实没有多少生财之道，也没有多高的社会地位，他不得不慨叹："王事适我，政事一埤益我。我入自外，室人交遍谪我。"不但要做牛做马一样干没完没了的活，而且还要受人奚落指责。

这种小吏地位的卑微，到了宋代尤其突出。宋江一怒杀了阎婆惜以后，逃到家里避祸，朱仝等人来庄园找宋太公，太公出示了文书，说他和宋江已经脱离了父子关系，因此不负任何

连带责任。《水浒传》中道:

> 原来故宋时,为官容易,做吏最难。为甚的为官容易?皆因那时朝廷奸臣当道,谗佞专权,非亲不用,非财不取。为甚做吏最难?那时做押司的,但犯罪责,轻则刺配远恶军州,重则抄扎家产,结果了残生性命,以此预先安排下这般去处躲身。又恐连累父母,教爹娘告了忤逆,出了籍册,各户另居,官给执凭公文存照,不相来往。

这就是官越大越好当的道理。具体的麻烦事,让小吏去办。比如草民闹事,巡捕头雷横、朱仝就得带着衙役去弹压。官府的税收不上来了,也是小吏们的事。向上级官府禀报的文书,由宋江这样的押司书写。反正当知县、知州的人,只要跟对人,掌握住那个大印就万事大吉了。

权与责不平衡,是造成基层干部不好当的根本原因。小吏一方面责任大,基层出什么岔子,上峰都要向其问罪,一方面却没有升官的空间。这种现实决定宋江这样的小吏一定会对朝廷三心二意。他们会想尽一切办法获取自己的利益,降低当小吏的风险。

我在上面举了许多例子,说明做吏的苦,做吏的风险大,为什么朝廷还能网罗宋江、武松、戴宗、花荣这样有能耐的人?像宋江这样被称为孝子的人,都要写好和父亲断绝关系的文书,去县衙当小吏,一定有其利益所图。这些人当小吏的利益在哪里?

基层干部能量大

上一篇讲到了，宋江等人在大宋官衙做小吏，是一件很苦的事情，而且得罪人，被人瞧不起，很容易成为朝廷和大官们胡作非为的替罪羊。

历史上小官吏给大官背黑锅、当替罪羊的例子实在太多了。中国老百姓有句俗话：阎王好见，小鬼难缠。说明在一般人心中，大官还不错，最坏的是小吏。其实原因是因为大官并不常和老百姓见面，当然很容易装出一副宽厚仁义的样子，好人由皇帝、大官去当，而坏事交给小吏去干。因此让小吏来承担民众对官府的不满和愤怒，几乎是一条历史规律。比如明代天启年间，魏忠贤当政，陷害东林党人，将杨涟以及黄宗羲的父亲黄尊素等人抓进监狱，授意狱吏叶咨、颜文仲等人将几位君子残害致死。到了崇祯年间，给东林党人平反昭雪，这几个狱吏就成了替罪羊，黄宗羲等死者家属当场用锥子将几位凶手刺死，这下天下太平了——罪在魏忠贤和一些贪官、恶吏，先帝天启帝无非是被奸臣蒙蔽而已，刚登基的崇祯更是圣明，更是皇恩浩荡。

朝廷和大官如此，不但被牺牲的小吏心里不服气，恐怕其他小吏也有兔死狐悲的感觉。既然冒着当替罪羊的危险，那还不利用机会大捞特捞？做一件事的风险与收益成正比，是一般的社会规律。有风险的事有人去做，说明其中一定有利益。俗话说：无利不起早。没好处的事，谁去干？你以为这些小吏都是活雷锋呀？

《水浒传》里的宋江等小吏，主要是能够通过各种方式最大限度地降低或转嫁风险，最大限度地扩大收益。——这才是小吏这个职位的吸引力之所在。这世上，只要是有利可图的生意，就一定会有人去做。

比如宋江等人和父母在法律上断绝关系。顶着这样大的风险做基层干部，如果不好好地捞一把，那还不如回家做个土财主。再比如我们看到管理劳改犯的施恩父子和张团练争夺"快活林娱乐公司"的经营权，同样是管监狱的戴宗让每个犯人必须交"见面礼"。小吏承担的风险和付出的成本一般会想方设法转嫁给老百姓。

宋江这样的小吏，尽管见多识广、心狠性狡，但他们的经验多是底层经验，也就是说对江湖上的事情明明白白，对基层的运作清清楚楚。知道如何瞒上欺下，如何结交三教九流，如何化解风险。如宋江凭的就是"仗义疏财"，到了江州结识了戴宗、李逵后，就会一路使银子；柴进庄上遇到武松后，也是用金钱笼络武松——这方法应当是放之四海而皆准的普遍真理。但如何使银子，如何走门子，基层和庙堂还是有差别的，像宋江这样的能吏，用结交晁盖、李逵、武松的方法去京城，就不太灵光了。——这一点我下文要详细讲解。宋江的聪明就在于自己有自知之明，知道自己的短处，也知道如何利用手下人的长处。

宋江每次离开梁山出去私访，喜欢带四个人。前两个自然是落难时结交的死党戴宗与李逵，戴宗是他的第一心腹，而且就如蒋氏的戴笠，是个情报头子，当然要十分仰仗；李逵不但忠心耿耿，更兼武艺出众，是最好的保镖。另外两位就是燕青、柴进，这两人的优势是宋、戴、李三个小吏最缺乏的。燕青长在大城市，是著名大企业家卢俊义的心腹，相貌英俊，精通各种方言，了解各地风月，连李师师这样阅人无数的花魁也一见倾心，可见其魅力。宋江这样的人顶多能在山东县城里的卡拉OK厅里摆摆谱，到了大都市的"天上人间"，他就傻眼了。

你看他们一行到了东京，见到了李师师。但是"李师师说些街市俊俏的话，皆是柴进回答，燕青立在边头和哄取笑"。"酒行数巡，宋江口滑，揎拳裸袖，指指点点，把出梁山泊手段来。柴进笑道：'我表兄从来酒后如此，娘子勿笑。'"这样的大台面，自然只有柴进和燕青才能撑起来。柴进骗过了值班的王观察头上的翠花（大内的通行证，那时没有照片只能如此），然后进了皇宫侦探了一番。这活只能柴进做，他是周世宗嫡传后裔，真的天潢贵胄，那种贵族气质梁山其他人物谁也学不会。戴宗已经够能干的吧？拿着伪造的蔡京信件来见蔡九知府，当知府问他在蔡府见了谁，他杜撰在蔡府早晨寻见了一个门子接了书信，一会儿又是这个门子接待，次日又是这个门子交给回信。金圣叹批阅道："寻见二字好笑，写得如市之门，可张雀网。""只是这个门子，如贫士仓头相似。"一个常常处在基层的监狱官，他如何想象得出相府的气派？就如笑话中讲农民想象皇帝的日子就是每天吃油条、用绸缎擦屁股，皇后用黄金打造的锄头锄地一样。想象总是建立在自己生活的基础上。中国人想象的天堂，一定是《西游记》里面描写的那样，玉皇大帝领着一帮神仙，就如人世间的皇帝统领一帮文武大臣。古代中国人，怎么也不可能把天堂地狱想象成但丁《神曲》中描写的那样。于是，蔡九才相信书信是假冒的，他骂戴宗："门子小王不能辄入府堂里去，但有各处来的书信缄帖，必须经由府堂里张干办，方才去见李都管，然后递知里面，才收礼物。便要回书，也须得伺候三日。"可怜的戴宗，可怜的小吏，这样繁琐的办事程序让小地方的人如何了解，尤其当时交通不便，信息不发达。

宋江后来极力诱柴进、卢俊义、呼延灼这些高层次人才上山，有经济的、军事的考量，但不可忽视的一种原因，是他希望改变领导层多是低层次人物构成的状况——靠这样的人起事可以，做大就不行了。太平天国一直坚持用紫荆山起事的两广老兄弟，这些人多半是烧炭的大老粗。将读书人看成一文不值，焉能不败？

聪明的草寇是不甘心永远做草寇的，他们一有机会就会极力改变其核心层的组成。刘邦靠沛县一帮小吏起家，但能网罗天下贵族，如韩贵族后裔张良；朱元璋是个叫花子，但他手下的宋濂、刘基、李善长等人无论学问、声望还是智慧都是人中之杰。当年我们学历史常常说农民起义成功后被地主阶级夺取胜利果实，但是，只有这样王朝才会命长一些，一直坚持是个农民政权恐怕国家不会长久。刘邦进咸阳还爱和樊哙那些老乡喝酒赌钱，哪像个皇帝，有了叔孙通制定礼仪，大汉王朝才有点气势。

宋江很自卑,所以不论对柴进、卢俊义,还是对高俅,一再称自己是"文面小吏"。他证明自己地位的方法绝不是聚集更多李逵这样的人——这些群氓只能利用一时,而是需要号召更多柴进、卢俊义这样的人。就如没学问的人总在名片上写着自己是"某某学博士",暴富的人用名牌把自己包裹起来一样。

小吏出身的宋江,当然不满足草寇的生活方式,他需要建章立制,需要外在的程式来强化自己的地位,于是排座次后便大力制作各种旗帜、仪仗,让裴宣掌管军法。但最有表演性、最能体现权威的地方自然是朝廷,除了推翻大宋自己当皇帝外,只有招安一途。宋江没有倾覆大宋的力量,他选择招安也符合一个小吏的人生理想。

小吏地位卑微,可是他们的能量却不小。汉朝时,立下赫赫战功的大将军周勃,得罪了皇帝,被弄进监狱。这个当年叱咤风云的功臣,受尽了狱卒的欺凌,他感慨道:"吾尝将百万军,安知狱吏之贵也!"——也就是说,周勃当年率领过百万大军,竟然不知道一个管犯人的小吏的威风。

汉代胥吏的地位当然比后世,特别比宋代的要高得多,这个王朝的开国君臣,比如刘邦、萧何等都是基层干部出身,刘邦是亭长,和晁盖地位差不多,萧何是县衙书吏,和宋江差不多。上回说了,科举制后,特别是宋代以后,小吏的出路很窄了,但作为统治的基石,小吏的重要性和能量却一点也没有减弱,如此,矛盾就更加突出。

自古中国是铁打的胥吏流水的官。因为回避,因为升迁,科举出来的官是真正的"流官",往往在一个陌生的地方待不了几年,搜刮一番民脂民膏,就拍拍屁股走了。而小吏多是当地人士,有的还是世代为吏,父亲当一辈子小吏,老了就让儿子接着当。他们对当地的社会情况太熟悉了,张村有哪几户富翁,李村有几个二流子,他们清清楚楚。他们不仅熟悉社情,也熟悉官场和朝廷的各种律例。而那些端坐在朝廷上做官的大员,要么是读圣贤书出来的,每天吟诗作对,要么是如蔡九、梁中书这样靠裙带关系起来的,具体带有技术性的事务活,他们远不如小吏熟悉。因此捕盗、收钱、送发公文这些活被小吏把持就是自然的。所以中国有句俗话:"不怕官,只怕管。"皇帝、宰相、巡抚、知府,乃至知县都高高在上,一般老百姓见不着他们,老百姓和官府打交道,说白了就是和小吏打交道,所以说小吏的素质直接决定一个王朝的政治生态。所谓治国先治官,治官先治吏。但王朝那样的政治结构,决定了多数胥吏一定是瞒上欺下。这样做和他们自身利益相关。在利益面前,道德实在是太脆弱了。

做官的信息渠道不畅,而具体办事的能力又不行,碰上宋江这类见识广、神通大的能吏,能不轻易被瞒骗吗?

你看何涛破案后,报知府尹,府尹却不亲自出马抓贼,而是让小小的缉捕使臣何涛去通知郓城县政府——依靠当地缉捕兵卒捉拿大盗,恰好碰上了郓城县黑社会第一保护伞、晁盖的结义兄弟宋江——可见平时官僚主义到何等的地步。府一级官吏对自己属下的郓城县重要书吏如此复杂的社会关系毫不知情,何况远在东京的赵家皇帝?这种信息不畅使宋江有了通风报信的机会。

你看宋江这个能吏官场上手腕何等娴熟,他先恭维何涛:"观察是上司差来该管的人,小吏怎敢怠慢?""休说太师处着落,便是观察自赍公文来要,敢不捕送。"捎带上大骂晁盖:"晁盖这厮,奸顽役户。"用如簧的巧舌稳住了何涛,然后去东溪村报信——在抓捕晁盖等人的行动中,不只是宋江,包括郓城县两大都头朱仝、雷横也正想通风报信。主要办事的胥吏如此,难怪如晁盖这样的大盗随便就能逃走。这朱仝、雷横可是掌管当地治安的巡捕都头,竟然长期和晁盖这样的江湖人士关系密切,说他们吏匪一家,一点也不过分。

宋江这样能干的书吏,容易蒙骗当官的,但是遇到同样熟悉基层社会这一套的官吏,他就很难忽悠过去了。因为他们平时行事和宋江一样,自家人那点伎俩谁不知道。

你看宋江到了江州,日日和监狱里的看守小吏戴宗、李逵喝酒游乐,当地官员竟然得不到信息,这是官僚主义严重的又一证据。直到题写反诗被另一能吏黄文炳报告到蔡九那里,知府下令抓人。这戴宗又出主意,让宋江装疯——这类把戏在后世也不少,多少人犯罪后买通医院出具有精神病的诊断,以逃避刑事处罚。可黄文炳却不会像蔡九这样的公子哥那样愚蠢,他说:"休信这话。本人作的诗词,写的笔迹,不是有风症的人,其中有诈!好歹只顾拿来!便走不动,扛也扛将来。"评点《水浒传》的金圣叹读到此处也大赞"黄文炳能"。宋江、戴宗那点手腕,只能骗过纨绔子弟出身的知府蔡九,骗不过同样是能吏的黄文炳。一封假冒书信便几乎要了宋江、戴宗的命。

能吏宋江、戴宗终于栽在另一个能吏手中。

小吏中如宋江这样能干者不乏其人，他们这种办事能力、办事功绩与自己的待遇、身份不相称，让他们公忠体国如何可能呢？他们要做的，无非是将吏这一公共职位作为自己谋取私利、伤害别人保护自己的工具而已。那时候小吏的工资并不高，像宋江、朱仝这样的富户做小吏恐怕更多是为了保护本家族利益，而像李逵这样的牢子也许还是编外人员，即现在通俗的说法：临时工。他不向犯人敲诈行吗？

而且，宋代的经济文化繁荣胜于以前任何一个时代，在商品经济比较发达的时候，公务人员寻租的机会要多得多，可以包揽官司、敲诈农商，这时候的小吏比"北门"中的小吏要好一些。我们看看《清明上河图》，再看看《水浒传》中对东京等都市的描写，可知宋代城镇经济是很繁荣的。那么对地位卑下、上升路基本堵死的小吏来说，利用和老百姓直接打交道的机会，给自己谋利，是一种必然的补偿。做吏的要么如李逵那样纯粹为一碗饭吃，要么如宋江、戴宗、施恩那样，将手中的公共权力私有化，从而保护自己的家族或者以此为保护伞经营特殊行业。但没有制度化的保障，他们的社会地位仍然卑微，在科举出身者的眼里，无非是群奴才而已。

小吏的地位卑微低下而无制度性的保障，所以他们可以伤害别人也容易被别人伤害。那么他们在体制内三心二意处处为自己留后路完全可以理解，你让他们拿那点钱就诚心诚意为赵官家、为上司干活，从而得罪江湖人士，可能吗？除非他们脑子进水——黄文炳的下场就是所有小吏的反面教材。

日积月累的不平、委屈如果碰上时机，又有外力推了一把，那就只有造反了。正因为他们来自体制内，所以并非真正反这个体制，他们反的是自己不公平的待遇。正如宋江一样，能力出众，年过而立却只有江湖上的虚名，而没有真能光宗耀祖的官位。造反后再受招安做大官便是他们自然的选择。上世纪70年代中期全国评《水浒传》，说投降派头子是宋江，这也很自然，因为他们作为小吏并没有真正造那个体制的反，而是造那些能力不如自己却占据高位、在分肥中占尽优势的大官们的反。造反的目的是为了从小吏做到大官，为了分肥更方便。

这样的造反不是真造反，那么这样的投降也就不是真投降。无非只是利益分配引发的矛盾而已。利益得不到满足，心有怨言甚至可能造反；利益得到满足，就会回心转意，重新进入体制。

中国商人富不过三代的宿命

中国人勤劳，能吃苦，这点无人能否认。同样，中国人具有经商的天赋，对市场反应十分敏锐，不亚于犹太人，这点也没人否认。你看看那些沿海农民偷渡到美洲、欧洲，吃尽了苦头，从刷盘子做起，一点点积攒钱财，别人休息的时候他还在打拼。没几年下来，好多人成了小老板了。

经济学家陈志武曾提出一个问题：中国人为什么勤劳而不富有？我仿照这个句式同样提出一个问题：为什么中国商人勤劳精明，却不能把买卖做大做长久，突破不了"富不过三代"的宿命？无论是英美，还是我们的邻居日本，上百年甚至几百年的大企业，有些还是家族企业，如洛克菲勒、希尔顿、松下等，可以说是很多的。我们中国有几个上百年的大企业？那些老字号，是没法和人家这些国际大企业相比的。而且同一个企业，就算名字不变，换手率也很高。这些年那些上了富豪榜的企业家，先后落马的有多少？

从《水浒传》中能对这个问题做一点思考。我们先从三个民营企业家的命运谈起。

宋朝是个军事羸弱和经济活跃不对称的跛脚鸭。看过《清明上河图》和《东京梦华录》的人对大宋首都之繁华大约有些简略认识。后来到了杭州，大宋只剩下半壁江山了，可靠半壁江山，南宋维持了一百五十年，原因是当时商业发达，官府主要财税的来源不是农业，而是商业。读读宋代林升很有名的一首诗："山外青山楼外楼，西湖歌舞几时休。暖风熏得游人醉，直把杭州作汴州。"从这首诗中就可看出当时的杭州多么热闹。而陆游也有两句诗："小楼一夜听春雨，深巷明朝卖杏花。"能抓住时令，把杏花卖到深巷子里来，可见第三产业是何等的发达。

即使是小说家所言的《水浒传》，重点写造反和招安，其中也有不少笔墨写到了市民阶层的生活和市场经济的活跃。比如燕青陪着宋江，化装进东京城，去找皇帝的相好李师师这一回。书中描绘的市井景象好不热闹。

商品经济发达必然会诞生一批民营企业家。《水浒传》中有三位较成功的民营企业家，即渭州"镇关西"郑屠、阳谷县西门庆和大名府的著名员外玉麒麟卢俊义。

这三个民营企业家都没有得到善终，郑屠有欺男霸女之嫌被鲁达三拳打死；西门庆谋色害命被武松杀掉；卢俊义被诬通贼后不得已上了梁山，最后和宋江等人一起受招安，征辽，平田虎、王庆、方腊后终免不了兔死狗烹的下场，被权臣们用毒酒毒死。

三人善恶不一，其人品道德有天壤之别。普通人读到郑屠和西门大官人被打死时，觉得痛快；读到卢俊义被害时，免不了因英雄末路而伤心。但仔细比较三人的命运，便会有一个饶有趣味的疑问：为什么无论是为恶还是为善，这些商业界的成功人士都逃脱不了家破人亡的结局？

在皇权社会里，世俗权力高于一切，没有现代的立法、行政、司法三分，民间对官府权力使用很难进行监督，官府的种种行为也很难公开公正。那么在这种社会环境下，商业的繁荣是畸形的，民营经济的发展不可能有自由、宽松、法治化的环境。私营者的成功与其说依赖个人的能力与机遇、法律对财产和经营活动的保护，还不如说更依赖于和官府的关系以及心狠手黑、大胆奸猾。"灭门的府尹，破家的县令"，公共权力的无限膨胀可以通吃一切，自然也可左右民营企业家的活动，经营活动往往并非按照成文的游戏规则运行，而是按照诸如"无商不奸，官商结合"的潜规则运行。要么你就依靠官府横行霸道，免不了被武松这样的人自我执法干掉，要么不亲近官府而被剥夺财产最后走投无路。"为富不仁"和"为仁不富"的怪圈在《水浒传》的世界中，就已经存在。

先说被鲁达三拳打死的镇关西。这个出身卑微而能把企业做强做大成为渭州肉类加工销售公司老总的企业家，走到这一步委实不易。可毕竟是穷人乍富，不能像西门庆那样体贴女人，更没有卢员外的大度，而是被人指控借势欺人，要吃"霸王鸡"。书中写道金翠莲向正在喝酒的鲁达哭诉："此间有个财主，叫做'镇关西'郑大官人，因见奴家，便使强媒硬保，要奴作妾。谁想写了三千贯文书，虚钱实契，要了奴家身体。未及三月，他家大娘子好生利害，将奴赶打出来，不容完聚，着落店主人家，追要原典身钱三千贯。"

依翠莲之说，这郑屠实在太坏，先用白条占了人家的身子，大老婆将"二奶"赶出来后，又要讨回三千贯钱。在那时身体可以明码标价地出卖，因此郑屠买翠莲不算违法。双方之间起争执，也只能算民事纠纷。而翠莲单方的诉说是否属实，也待调查。不排除这种可能，即翠莲为葬母借贷了郑屠三千贯（就如阎婆惜卖身于宋江一样），后翠莲脱离郑家，郑屠追债。这起纠纷里牵扯两个关键问题：一、郑屠是否真的是"虚钱实契"？二、翠莲脱离郑家是否真是郑家的过错？当时虽然没有专门的民事法庭，行政、司法合一，道理上仍然可以向官府寻求救济，而且官府调查取证从技术上说并不困难。但是因为当时的司法极其黑暗（《水浒传》牵扯的十数件案子无一是秉公而断），金氏父女两个异乡人在当地状告著名的企业家、纳税大户，不但要花费一笔不小的司法成本，而且胜诉的可能性微乎其微。那么作为一个小老百姓，金老头选择忍气吞声，卖唱还钱是明智也是成本最小的办法。

问题是为什么鲁达一听翠莲的诉说，根本不做调查就深信不疑？一是因为鲁达暴烈急躁的性格；二是因为不公平的社会现实以及从上到下已然废弛的官方制度，让民意有种想当然的模式：强者和弱者争端，肯定是强者无理，官方也肯定偏向强者。社会不公使一般人相信巨额财富肯定来路不正，"仇富"是普遍的民间心理，鲁达不调查便从金家父女之说；三是郑屠这个暴发户挑战了旧的既得利益者鲁达的尊严。

鲁达恨郑屠，固然是因为他认定郑屠仗势欺压金氏，但更由于他认为郑屠自称"镇关西"，是僭越，是不知天好高地好厚。他气愤地说："俺只道那个郑大官人，却原来是杀猪的郑屠！这个腌臜泼才，投托着俺小种经略相公门下做个肉铺户，却原来这等欺负人！"然后跑到镇关西郑屠的肉铺前，百般戏弄人家，让郑屠亲自动手，先将十斤瘦肉——《水浒传》中叫精肉，现如今我们湖南许多地方还把瘦肉叫作精肉——切成细细的臊子，又将十斤肥肉切成臊子，再把十斤寸金软骨切成臊子，然后将已经切好的臊子劈面打在郑屠的脸上，终于惹翻了先前还低声下气的镇关西。在打郑屠之前，鲁达也历数了郑屠这种"僭越"的罪过："洒家始投老种经略相公，做得关西五路廉访使，也不枉了叫做'镇关西'！你是个卖肉的操刀屠户，狗一般的人，也叫'镇关西'！"——鲁达的这番话，隐含着封建时代统治者对商业和商人的看法，可利用商人生财，可收商人的赋税，但坚决要堵住商人因经济实力高涨而要求政治权利的欲望，以防动摇以农立国、以儒治国的根本。宋代对商人比明代还好点，明洪武令商人再富有都不能穿绸缎——名号和衣着是社会地位最明显的符号象征。中国封建时代的官民关系就是：再小的官也是代表官府管理、统治百姓的，其尊严不可被挑战；再富的民也是被管理的。这种政治形态决定着做官的尤其是做小官的最难忍受的就是老百姓比他富，比他过得好。那么对于富了以后的人而言，由于缺乏安全感，必须依附官府。由于渭州是防备西夏的前线，因此当地的军事首长比内地更重要，郑屠投托的是小种经略相公。

如果不是郑屠自称"镇关西"，鲁达即使想替金家父女出头，大约只会去质问郑屠。对于官家人鲁达，郑屠采取的态度也大约是息事宁人，最后可能会免掉三千贯钱，让翠莲回东京。可"镇关西"的称号冒犯了官威,鲁达根本不问青红皂白,想方设法激怒了郑屠,然后三拳送他见阎王。

可惜呀,郑屠要是生在今天,肯定要问:卖肉的凭什么就低人一等,不能称"镇关西"?堂堂北大中文系毕业的高材生,不是也在离渭州不远的长安县卖肉吗?

西门庆比起郑屠,出身也好不了多少。"原来只是阳谷县一个破落户财主,就县前开着个生药铺。从小也是一个奸诈的人,使得些好拳棒。近来暴发迹,专在县里管些公事,与人放刁把滥,说事过钱,排陷官吏,因此,满县人都饶让他些个。"王婆向潘金莲隆重推荐这位年轻英俊温柔的企业家时如此说:"这个大官人,是这本县的一个财主,知县相公也和他来往,叫做西门大官人。万万贯钱财,开着个生药铺在县前。"显然这位医药公司的老总比前面那位肉类公司的老总和官府的关系更亲密。对官员,郑屠只是攀附,西门庆是深交(《金瓶梅》中的西门庆神通更广大,所以是纵欲而死非武二杀死)。"管些公事,与人放刁把滥,说事过钱,排陷官吏",说明西门大官人对地方政治的影响力,几乎可以做当地的"地下组织部长"了。没有制度化的保障,企业家通过金钱左右地方行政,从而为自己撑起保护伞是买卖人的本能。正因为西门庆和官府这种水乳交融的关系,他才敢于和潘金莲用毒药杀死武大——这武大也非平常人,他兄弟武二那是阳谷县的都头,好歹在当地也算个人物。武松从何九那里拿到兄长被毒死的"物证"——骨殖,又有何九验尸前被西门庆贿赂、郓哥有关西门庆和潘金莲通奸的证言，无论如何西门庆都有重大杀人嫌疑，知县至少可以立案侦查此事，然而他为西门庆开脱："武松，你也是本县都头，不省得法度？……你不可造次，须要自己寻思，当行即行。"西门庆得知后，给官吏们塞了银两，县令和狱吏更是站到西门庆一边，而且以堂皇的理由来搪塞武松。最后武松一气之下自我执法，杀了潘金莲、西门庆为兄长报仇。

有意思的是西门庆、潘金莲二人被杀后，县官又反过来为武松开脱。"念武松那厮，是个有义的汉子，把这人们招状，从新做过，改作'武松因祭献亡兄武大，有嫂不容祭祀，因而相争，妇人将灵床推倒。救护亡兄神主，与嫂斗殴，一时杀死。次后西门庆因与本妇通奸，前来强护，因而斗殴，互相不伏，扭打至狮子桥边，以致斗杀身死。'"前一阶段西门庆有重大嫌疑而不立案，此时武松明明是故意杀人而被开脱为过失杀人，国家法度在官员面前真的成了任意揉捏的泥团。此时，县官与西门庆的交情哪里去了？为什么要维护武松？县官此时念及武松为他护送礼物上京的功劳，当初为什么就没有想到？有钱人和官家从来只是利益联盟，西门庆在世时给他银子，而且西门庆在当地有影响，他自然要维护西门庆。现在西门庆死了，树倒猢狲散，剩下孤儿寡母，再维护他有甚用！何况打虎英雄武松众人景仰，武大的遭遇众人同情，此时县官考虑的是所谓的"民意"，这民意对自己是有好处的——在这官员眼里，没有国家法度，只有个人得失。

和郑屠、西门庆相比，卢俊义算是个好汉子。不但富甲一方，而且为人仁义，可他不得不落草为寇。宋江、吴用为了骗他上梁山，用了种种计策。等被擒获到了梁山后，他首先慷慨激昂："卢某昔日在家，实无死法，卢某今日到此，并无生望。要杀便杀，何得相戏！"当宋江邀他入伙时，他严词拒绝："卢某一身无罪，薄有家私。生为大宋人，死为大宋鬼。"好一个大宋的忠臣义民，可就是这样的忠臣义民，被官府逼迫成大宋的敌人。管家李固和卢俊义妻子通奸，为霸占家产诬蔑他坐了梁山第二把交椅，大名府的军政首长梁中书对此为什么这么容易相信？依常识判断，首先是卢俊义家产万贯又没有犯罪，没有必要上梁山，其次即使真的落草怎么会傻乎乎再回北京自投罗网呢？梁中书完全可以调查，怎能凭一面之词定卢俊义的罪，使得卢俊义无任何申辩机会和救济渠道。

除了官府的逆向淘汰、昏庸之士身居高位外，可能还有这几个原因：

一是平时卢俊义眼高气傲，身为河北三绝的卢大员外，声名远播又待人仁义，根本不把地方官梁中书放在眼里，不去请安不去送礼，梁中书早就对他不满。二是梁中书觊觎他家的巨额财产，除了李固等人为陷害卢俊义奉上的重礼外，一旦卢家财产转到李固名下，便成了梁中书的银库，可任意取用。三是与宋王朝这样的专制政权的神经过敏、将一切人视为敌人的沉疴有关。专制的政体因为不自信，只相信奴才，稍微有风骨有能力的人都会被视为潜在的敌人——卢俊义符合这个标准。

把多数人视为敌人的政权，多数人必然会成为它的敌人。

卢俊义比起为富不仁的郑屠、西门庆而言,真是个民营企业家的楷模,可照样不容于大宋朝。

其实,在那个时代,民营企业家只有两种选择,要么当西门庆,要么当卢俊义。而这两种选择都不能给他们带来安全。

那些失败的生意人

"男盗女娼"是中国人最瞧不起的两种职业，但这两种职业又是无比古老，过去存在，现在存在，将来可能会继续存在。人们在鄙视这两种职业的同时，暗含着承认它们也是一种买卖，无非是特殊的买卖。一则是刀口舔血的买卖，一则是皮肉生意。它们的共同点是：都在出卖人类最基本也是最后的资源——生命和身体。也就是说，用命和肉体博钱，而当强盗因为对别人的生命和财产威胁很大，因而也是一种高风险职业。所以，对大多数人而言，不到无路可走的时候，是不会从事这两种职业的——天生的强盗和妓女总是少而又少，绝大多数是被生活所迫。但如果在一个不太正常的社会里，一些人发现从事正常的职业，其风险和成本高到自己难以承受，而且收益很小，难以维持自己生活的需要，那么就会很容易下水或上山，做妓女或强盗。

我在前文已经谈到，《水浒传》所描写的北宋晚年，社会商品流动规模大、速度快，市面繁荣，市井阶层壮大，从事非农业职业的人多于其他朝代。但是不能因此认定宋代已是一个重商社会而非以农立国的社会，因为宋代社会的基本结构没有改变，王朝在政治制度、法律等方面并没有根本的改变，刺激和鼓励工商业发展的经济政策和制度保障并没有建立。从事工商业还是老百姓失去土地后不得已的谋生手段，工商业的风险远远大于农业，通过工商业致富往往不能走正常的渠道。

《水浒传》中的生意人有三类，但都是失败的或是不正常的。

第一类是经营规模较大的企业家，我在前文已经提到过。有十几名雇工、开着肉铺的镇关西，在阳谷县开生药铺的西门庆和北京城里的首富卢俊义大员外。他们不能通过正常纳税获得政府的法律保障和安全服务，不能正常主张自己的政治权利，而是必须通过贿赂官员才能获得安全感，从做买卖的准入到经营的扩大，不是依法办事而是买通掌握公共权力的官员。他们往往会激起民愤，容易被仇视，他们在这种畸形的商业环境中也容易忘乎所以，最后被暴力收拾；而卢俊义这个大企业家中的遵纪守法的另类，一方面被强盗觊觎财富，一方面又惹怒了官场，随便找个理由就被收拾了。

第二类是李小二、唐牛儿、郓哥、武大郎这样做小买卖的人。他们的命运昭示着，如果不依靠官府，在那个时代，靠勤劳和诚信是难以致富的。他们是一群普普通通、处于最底层的草民。无祖荫无田地身无长技，唯一可以依赖的是自己起早贪黑地劳作，即便如此，还要应付衙役们的敲诈和流氓们的勒索，能够吃饱穿暖已经是谢天谢地了。

李小二原来是东京城里的酒店服务生，因为太穷，"不合偷了店主人家钱财，被捉住了，要送官司问罪；又得林冲主张陪话，救了他，免送官司；又与他赔了些钱财，方得脱免"。后来他拿着林冲送的盘缠来到沧州，入赘给一个店家，最后继承了这家小酒店。年轻人犯这种小偷小摸的错误，却被送到官府问罪，正是"窃钩者诛窃国者王侯"。如果这样，没有后台的李小二免不了被刺上金印流配他乡，他的一辈子也就毁了，梁山也就多了个预备役战士。林冲的出手相救可看出他富有同情心，而这个曾犯过错误的小二恪守了知恩图报的人生准则，他的品德不知比知书达礼却出卖朋友的陆虞候们、比盘踞高位却残害百姓的高太尉们要好多少倍。他们夫妻不但为林冲浆洗衣服，让流配他乡的林冲感觉到一丝人间的温暖，更重要的是他们处处把恩人的安危放在心里，及时识破了陆虞候的阴谋，救了林冲一命。唐牛儿和郓哥属于那种机灵的生意人，年轻、心气较高、有些贪小便宜但本质上不坏。卖醪糟的唐牛儿对张文远和阎婆惜通奸很是不平，前去为被阎婆缠住的宋江解围，希望得几串赏钱，可莫名其妙地被卷入人命官司。宋江杀人潜逃后，知县却把他"且叫取一面枷来钉了，禁在牢里"。为了开脱宋江，硬是要把他做替罪羊——这样被官府拿来当替罪羊的小人物，历朝历代不知道有多少。郓哥也是个典型的市井小生意人，知道西门庆和潘金莲通奸，希望去找西门庆，敲三五十个钱，养活老爹，却被王婆赶出来，最后他把"秘密"告诉了大郎。

卖烧饼的武大郎是最冤的，长相、本事、胆量都不行，阴差阳错有了一个漂亮的老婆潘金莲，自己心肝宝贝似的哄着她养着她，可这种爱不但没有得到回报，反而招来了杀身之祸。你看他多么勤劳，起早贪黑，受人白眼，挑着担子到处叫卖。好在那时候还没有城管，否则他那副烧饼担子没准儿就被没收了。他不但疼老婆，而且对弟弟非常好。书中写道，武大郎和弟弟重逢时，一把抱住弟弟，说他对武松又怨又想。怨的是弟弟将人打伤了，远走高飞，留下武大郎受牵连，三天两头被叫到衙门里罚款，不得已只好搬到阳谷县来租房居住，做点小生意；而想念弟弟的原因是，在老家别人常常欺负武大郎，没人做主，如果武松在身边，就没人敢欺负了。那时候做小买卖，能够巴结官府罩着当然更好，如果抱不上官员的大腿，那么家中有一个高大威猛、武艺高强、打架很厉害的弟兄，也能吓住一般人。你看看异地谋生是何等不容易。武大郎和打虎英雄、做了巡捕都头的弟弟武松重逢，心想这下有个靠山了，谁知道另一个生意人、和官府相勾结的西门庆看中了他老婆，他弟弟的威名也保护不了他。

这些做小买卖的人，只是些路边的草芥和蚂蚁，谁一出脚都可以踏死他们，他们没有任何的保障，唯有苟活于人世间。

第三类生意人就是梁山上原来开酒店、做贩运的"好汉"们。开酒店的有张青、孙二娘夫妇，李立，朱贵，孙新、顾大嫂夫妇等人。他们做的都是非正常买卖，开的全是"黑店"。有的是用麻药将客人放翻，然后杀死做成人肉包子，钱财则被洗劫一空，听来真是毛骨悚然。第二十六回《母夜叉孟州道卖人肉　武都头十字坡遇张青》中，武松早就知道这是个黑店，故意装着吃醉酒戏弄孙二娘，孙二娘训斥伙计："你这鸟男女！只会吃饭吃酒，全没些用，直要老娘亲自动手。这个鸟大汉！却也会戏弄老娘，这等肥胖，好做黄牛肉卖。那两个瘦蛮子，只好做水牛肉卖。扛进去，先开剥这厮用！"——这是何等恐怖！他们这种酒店的特点是交通方便，处在长途跋涉的旅客必须歇脚的地方，但规模小。因为规模小赚钱难，于是选择了这种方式。我疑惑的是就算当时交通信息不便，但那么多人平白无故地被害死，他们做了这么长时间的谋财害命勾当，不是占山为王也不是流窜作案，而是坐商，有关部门难道一点都不知情？大概他们把当地官府买通了。有的人是以开酒店为幌子，主要是开赌庄——老老实实地开饭店，赚钱委实不易。不管怎么样，可见当时基层社会已经混乱到什么程度，朝廷养的一帮官员、小吏，除了会敲诈小老百姓外，起不到一点维护治安的作用。不但普通的游客、商人只能自己保护自己，连梁中书这样大的官，给自己的老丈人蔡太师送寿礼，也要派杨志带兵护送。可见当官的对社会治安状况，心里清楚得很。

梁山上的另一类生意人从事贩运等买卖，亏了本便上山为寇。原清风山的三个头领都是买卖人或手艺人出身，燕顺因贩马羊亏了本钱，流落在绿林打劫；王英是押车的雇员，见财起意杀死了雇主；郑天寿是手艺人，以打银为生。吕方贩卖生药亏了本，不能回乡；郭盛贩卖水银，黄河里遭风翻了船，回乡不得。两人都做了强盗。曹正原是个屠宰户，可他没有镇关西那样的好运气，管家乡的财主借了五千贯钱到山东做买卖，折了本钱，估计借的是高利贷，回家还不起债，便落了草。石秀从金陵来蓟州贩卖羊马折了本钱，回不了家流落当地靠卖柴为生，最后遇见了杨雄，帮助他开了个屠宰铺。杜兴到蓟州做买卖，打死了同伙。童威、童猛兄弟则是贩卖私盐的。张顺是个"渔霸"，浔阳江的渔户没有他的允许不能擅自卖鱼，控制了当地的水产品市场，这也是他和李逵产生冲突的直接原因。《水浒传》第三十七回中写道：李逵去给宋江大哥买鲜鱼做醒酒汤，渔家回答说："我们等不见渔牙主人来，不敢开舱。你看，那行贩都在岸上坐地。"火爆脾气的铁牛哥哥干脆强抢了几条鱼，碰上前来监督开市的张顺，他也是当地一霸呀，于是大骂李逵："你这厮吃了豹子心、大虫胆，也不敢来搅乱老爷的道路！"于是，两个只认拳头的恶人，从岸上打到水中，互有胜负。李逵在旱地上胜了，可水中的功夫不如张顺，最后只有在江州地面上黑白两道通吃的戴宗出马，才平息了这场打斗。

此外还有卖膏药兼卖艺的薛永、李忠等人。挣钱不多，全靠力气吃饭，如果没一点拳脚功夫，走江湖肯定到处吃亏。

从这些生意人可以看出，当时想致富，要么学孙二娘开"黑店"，或学顾大嫂夫妇、施恩那样搞吃喝玩乐"一条龙"服务，要么像张氏兄弟和童氏兄弟那样垄断市场或走私。干这样的买卖，必须有背景，要么是"黑老大"，和官府打得火热，别人不敢惹；要么直接有官府撑腰，如施恩父亲是节级，孙新哥哥孙立是州里的兵马统制。这样的买卖本身就有违法犯罪的嫌疑，离直接做强盗只有半步之遥。而其余的人做闯州走府的长途贩卖，风险很大。当时没有现代商业活动的风险防范机制和现代金融制度，做买卖的资金要么是自己全部的家产，要么是民间的高利贷，又没有现代的保险制度，一旦亏本，个人的生存都会出现问题，家里如果没有田地做生活的保障，那么去犯罪往往是自然的选择。而在商业活动中缺乏起码的民商法规做调节，买卖完全靠民间的信用和习惯法来做，风险难以预料。解决生意上的纠纷也往往如此，杜兴打死合伙人大概也是因为出现了纠纷，他选择了暴力解决，再加上治安不好，住孙二娘们开的客店，坐张横们的渡船，雇王英这样的伙计，风险就更大了。

不单单是《水浒传》，翻看《三言二拍》和晋商、徽商的经营史，我们会发现，古代去异乡经商是一种非常冒险的活动，不但是拿着自家的财产，甚至是拿着自家的性命去赌博，离家之前妻妾相送如生离死别。胡适先生是安徽绩溪人，那个地方是徽商的大本营，胡适本人也是徽商的后代，他在回忆录中就讲过做商人是如何辛苦。因为种种风险，私人的镖局盛行，也是因为这种风险，做买卖的人往往自身具备一定的武艺，用以防身。我们看到《水浒传》中落草的生意人，几乎都有些武艺，这是他们经商抵抗风险必备的本钱，反过来又成为他们当强盗的必备本钱。但这种为做买卖防身的武艺毕竟有些业余，和林冲、花荣、秦明、呼延灼、徐宁这些职业武官相比，还是差了一筹。这些生意人大多在七十二地煞之列，而那些职业武官都进了三十六天罡。这些失败的生意人，落草也不能成为一流强盗。

在古代做买卖如果不搞定官府，不但难发财，而且风险很大，非常辛苦。汉代的诗歌《孤儿行》里写道："兄嫂令我行贾。南到九江，东到齐与鲁。腊月来归，不敢自言苦。头多虮虱，面目多尘土。"即使侥幸发了财，财富也难以保障，有钱的人战战兢兢，不是怕官府，就是怕强盗抢去，不敢大胆投资，不敢扩大经营规模。有了钱，主要是用来消费，盖个大宅院，娶几房姨太太，大红灯笼高高挂。你看看《三言二拍》中

《蒋兴哥重会珍珠衫》就知道，蒋兴辛辛苦苦去挣钱，老婆留在家里独守空闺，最后红杏出墙。而自己在经商的过程中，凶险万分，既有黑道偷盗抢劫的风险，又有官府的敲诈勒索。《琵琶行》那个茶叶商算是很成功了，能把长安城的花魁娶来做小老婆，可还不是"前月浮梁买茶去，去来江口守空船"。有了钱并不能获得相应的社会地位，那位漂亮的小老婆趁着他外出，和贬官的白居易眉来眼去，相互倾诉。

为什么会这样呢？前文提到的经济学家陈志武在2009年出了本著作——《金融的逻辑》，其中论述为什么中国人格外重视家庭，需要亲戚之间的帮助。他说："如果要把利益交易从家庭中剥离，由金融市场取代，这当然能减轻因利益交换给家庭带来的张力，但也要求一种全新的社会政治制度、一种新文化，例如，以个人权利为基础的法律以及保证法治的政权制衡体系，否则，在家庭、宗族之外的市场金融交易就难有交易安全，契约权益无法保障。"这个道理也适用于《水浒传》中的生意人，他们若不紧紧靠住官府，生意就很难做大，做长久，到处都有风险，只能靠非法甚至犯罪的手段才能挣大钱。

大宋忠臣黄文炳之死的警示

告发宋江题写反诗的黄文炳当然不是个好人,但从朝廷的角度来说,他无疑是一位忠臣。可是,一个为大宋王朝尽忠尽力的忠臣却得不到他所效忠的政府的保护。

《水浒传》第四十回写了黄文炳全家被灭门的惨状,这主意完全出自号称仁义的宋江。尽管宋江痛恨黄文炳也情有可原,因为黄文炳的告密,让他吃尽苦头,还差点送命,但宋江那样处心积虑杀掉黄文炳全家四五十口人,实在是太歹毒了。

宋江被众弟兄搭救后,想到的第一件事不是逃离,而是报仇,所以他请侯健介绍完黄家底细后说:"天教我报仇,特地送这个人来!虽是如此,全靠众弟兄维持。"然后向各位弟兄面授机宜,谎称"间壁大官人家失火,有箱笼搬来寄顿",骗开了黄家的大门。"晁盖、宋江等呐声喊,杀将入去。众好汉亦各动手,见一个杀一个,见两个杀一双,把黄文炳一门内外大小四五十口尽皆杀了,不留一人。只不见了文炳一个。"

等到浪里白条张顺在水中捉拿了黄文炳送到宋江面前,宋江声称"我知道无为军人民都叫你做'黄蜂刺'。我今日且替你拔了这个'刺'!"本是为了报私仇,还要代表广大人民处决坏蛋,占据道德高地。

宋江问道:"那个兄弟替我下手?"——大家能猜想到,最擅长干这种事情的是宋江最忠实的马仔、将杀人看成人生乐事的李逵。书中写道：只见黑旋风李逵跳起身来，说道："我与哥哥动手割这厮！我看他肥胖了，倒好烧吃。"晁盖道："说得是！教取把尖刀来，就讨盆炭火来，细细地割这厮烧来下酒，与我贤弟消这怨气。"李逵拿起尖刀，看着黄文炳笑道："你这厮在蔡九知府后堂且会说黄道黑，拨置害人，无中生有撺掇他。今日你要快死，老爷却要你慢死！"便把尖刀先从腿上割起，拣好的，就当面炭火上炙来下酒。割一块，炙一块，无片时，割了黄文炳。李逵方才把刀割开胸膛，取出心肝，把来与众头领做醒酒汤。——杀人前，竟然能笑，这是典型的把杀人当成游戏。即使对黄文炳再有仇恨，也不该如此残忍。

这是黄文炳的悲剧，也是大宋王朝的悲剧。黄文炳作为一个在野的官员，尽心尽力忠于王事是他的职分，连这样的人都没有安全保障，这个王朝的命运就可想而知了。

《水浒传》所描写的大宋王朝的官场中，呈现典型的逆淘汰现象：有才有德的下场最惨，先被官场淘汰；有才无德的，早就看透了官府的本质，只利用官府为自己谋利益，从不真正效忠这个体制；无才无德的，昏昏庸庸混日子；有才而缺德的，那是最高段位，心黑手辣，能受到重用。

仔细分析起来，朝廷管辖的官吏大致上是这么四类：

第一种如林冲那样的"朴忠"之人。能力超群，为人忠厚，行事端正，勤勉于王事。但这种出污泥而不染的职业军官，为那个朝廷、那个官场所不容，只能雪夜上梁山。

第二种如宋江这样的能吏。虽然是能力超群,又长于权谋,但看到了王朝的种种弊病和未来的命运。替官府打工完全是为了自己有机会寻租,利用所掌握的公共权力广交黑白两道人士,为自己早找退路。对王朝而言,这些人早就"身在曹营心在汉",对王朝的律法都是敷衍了事,毫无内心的尊重与敬畏,甚至与"反贼"们暗通款曲,如果他们反戈一击,杀伤力最大。

第三种如蔡九、高廉这样靠裙带关系,占据重要职位的官吏。他们大多无能无德,唯一会做的事情是奉承巴结上司、欺压敲诈百姓与下属。他们惹得民怨沸腾,他们为王朝制造种种仇恨。但由于他们大多"根正苗红",在朝廷有强大的靠山,他们的贪污腐败行为只要玩得巧妙,大多不会给他们带来处分,甚至还会青云直上。这类官员和林冲这类官员是天生的敌人,他们必须将林冲这样的"干净"官员排挤掉,才能为所欲为。而和宋江这类官员既有共同利益,又有种种矛盾。他们是互相利用的关系。蔡九这样的官需要宋江这样的吏办事,宋江这样的吏需要借重蔡九等官员的权势。但由于宋江等小吏有能力无靠山,只能为混蛋官员屈身做吏,因此内心是十分瞧不起和反感蔡九这些昏官的,一有机会就会哄骗、利用他们。蔡九们让皇帝做"冤大头",宋江们就让蔡九们做"冤大头"。

第四种官员就如黄文炳这样的。他们寒窗苦读出身,有学识也有能力,在官场这个大染缸中,为了找到晋升之道,一方面勤恳地为朝廷办事,另一方面牺牲自己的自尊,扭曲自己的人格,将自己的品行污染得和官场一种颜色。因此,对百姓而言他是坏蛋,对朝廷而言却是忠臣。由于没有蔡太师这样的父亲、高太尉这样的兄长，在官场他们有先天的不足，只能厚颜去攀附蔡太师这样的大树。但这种攀附来的关系是不牢靠的，大官们也只是利用他们办事，并不把他们看成嫡系。而一般百姓和有良心的官员却不齿其为人，不愿和他们为伍。这样的官员是属"蝙蝠"的，上庙堂无门，下江湖无路。因此我觉得，像黄文炳这样的官员很可怜。

黄文炳是一个在闲通判。在宋代，通判是知州的副官，大概相当于副州长这个级别，算个中级官员。但在帝制时代，主官和副官的级别虽然只差一点，权力却有天壤之别。做通判的大多是科举出身，通过任通判处理各种公务的历练，一步步升为主官。苏东坡中进士后，开始做过数任通判，后来才熬到知州。黄文炳为何被罢免实缺，书中未做交代。但我想不外乎这几个原因：一是因为贪污受贿。在帝制时代，"千里做官只为财"，贪污事发一般是因为政治斗争，这点成为政敌攻击的"阿喀琉斯之踵"；其二是办事不力，得罪上司，被整下来了；第三是和同事关系太差，得罪的人太多，无法容身。但根本原因是没有硬靠山，如有蔡京、高俅那样的靠山，贪墨就不是毛病了，上司也不敢整他，出了事故平调到异地做官就行了，同事们更奈何他不得。

黄文炳被罢免后一直赋闲在家，我以为其原因一是没有靠山举荐他；二是宋代是中国历史上冗官现象最厉害的朝代，每届科举取的进士多，官员的待遇也很高，而职位就那些，僧多粥少，没有过硬的关系是很难获得实职的。连南宋朱熹这样的大儒，晚年都只能保留级别，领一半工资，去管一个道观或者寺庙。《红楼梦》中的贾雨村犯了错误，罢了官，只因通过给林黛玉当家庭教师，攀上了黛玉外婆家贾府这棵大树，才能复出做官。这黄文炳，就只能靠立一件大功劳，才有复出的希望。

罢官回家的黄文炳只能住在无为军这样的"野去处"，而不是在通省大衢，他的哥哥也只是个土财主。过江去探望蔡九，因为蔡九家摆公宴而不敢进去，可知他根本进不了蔡九这些"公子党"的圈子。作为这样一个寒窗苦读出身、混了一官半职又被罢官的人，想走关系投门子起复，重新做官，应算是一种合理的期望。他总归是想在大宋王朝的体制内寻求一条出路，而不是像宋江等那样，暗中勾连梁山强寇，做好造反的准备。如果宋江都敢自夸"忠义"，黄文炳更是"愚忠"了。至于书中说他，"这人虽读经书，却是阿谀谄佞之徒，心地匾窄，只只嫉贤妒能，胜如己者害之，不如己者弄之，专在乡里害人"，这是施耐庵的道德评价，和是否忠于王朝的"大节"没有必然联系。历史上长于待人接物、仗义疏财的奸臣不乏其人。

看到宋江题写的诗词，一般的混蛋看不明白，而看得明白的人往往不在意，许多人都在骂朝廷的娘，没准他还附和。可黄文炳希望起复的欲望太强烈，便抄下来去蔡九那里邀功——看他向酒保借笔墨纸张抄写，又问清楚题诗人的模样，再吩咐酒保不要将墙壁上的诗词刮掉，以免证据灭失。如此有条不紊，可见真是个能干的官员。

在府衙听到蔡九叙述父亲蔡京信中所说的京城童谣和异常天象，他立即想到"耗国因家木，刀兵点水工"和题写反诗的"郓城宋江"是一人，两条不相干的证据一对照，便发现了重大问题。这是何等的斗争经验和警惕性。时时刻刻观察舆情，时时刻刻警惕民间对朝廷不满的迹象，这样的官员，大宋王朝太少了。有这么一个还赋闲在家，像蔡九那样的傻蛋，却起居八座，开府建衙。

宋江装疯卖傻，被黄文炳识破。他对知府蔡九说："且唤本营差拨并牌头来问，这人来时有风，近日却才风？若是来时风，便是真症候；若是近日才风，必是诈风。"在他面前，伪装成精神病希望减轻处罚的宋江没办法蒙混过关。

吴用等人伪造蔡九的父亲蔡京的书信，亦被他识破。他看过伪造的书信后，对蔡九说，方今天下盛行苏、黄、米、蔡四家字体，谁不习学得？只是这个图章，是令尊蔡相公当翰林学士使出来的，字帖上见到的人很多。如今高升为太师丞相，如何肯把翰林的图章使出来？更兼是父亲给儿子写信，不应该用有名讳的图章。令尊蔡太师是识穷天下、高明远见的人，怎么可能这样造次错用？——这个道理大家肯定懂得，即使现在爸爸给儿子写信或发短信，落款肯定会是"父字"或者"爸爸手书"，不会傻到落款"父亲某某某"。没见过大场合的吴用，虽然聪明，也想不到这一层。就像现在街市上做假证的，某年某某学院已经升格为某某大学了，他没考虑这一层，做出那一年的假文凭还是某某学院，那还不露马脚？在这里，我得多说两句，黄文炳所说的苏黄米蔡，是北宋四大书法家：苏轼、黄庭坚、米芾、蔡京。后来因为蔡京是公认的奸臣，名声不好，蔡京便换成了蔡襄。

黄文炳又建议蔡九将宋江、戴宗斩首于市，早除后患。

这种政治敏锐性，这种细致清醒而又当机立断的办事风格，显示出他是宋代文官制度培养出来的十分合格的官员。作为王朝培养的官员，看到不寻常的舆情而熟视无睹，面对犯罪的破绽而不能识破，才是最大的失职。

对宋江而言，因题写反诗而被关进死囚牢，是因言获罪，是不折不扣的文字狱。

对黄文炳而言，朝廷既然将题写反诗视为"谋反""犯罪"，他及时告发、侦破是为官的本分。

我们设想一下，如果宋江、戴宗不被晁盖劫走而是顺利斩首，上报到朝廷，第一功臣肯定是蔡九，黄文炳顶多分一瓢羹。黄文炳依然得不到他应该得到的。

黄文炳在具体事务面前通达敏捷，但他只有小聪明，不具备大智慧。他没有看到他满怀希望的大宋王朝已是外强中干，身体各个器官已经失灵。宋江等官吏，甚至包括宿太尉这样的大官比他看得更远，对强盗行为睁一只眼闭一只眼甚至提供方便，根本不对朝廷抱太大的希望，口说"忠诚"，内怀小九九，反而两面讨好。因此黄文炳没想到堂堂的江州府官兵，在梁山贼寇面前不堪一击；更没想到蔡九办事会犯那样的低级错误，斩首私通梁山强寇的要犯，竟然事前不清场，不关闭城门，让梁山人回娘家似的从容进来劫法场；对法场一旦被劫的应急预案也不做，让劫了法场的人全身而退；对于黄文炳如此重要的举报人，也不采取必要的保护措施。如果蔡九那个位置换上黄文炳去坐，这一切可能都不会发生——黄文炳落入宋江之手后，也许在痛骂蔡九："竖子不足与谋！"

黄文炳的哥哥黄文烨是个大善人，他对弟弟的作为很担忧，骂他说："又做这等短命促掐的事！于你无干，何故定要害他？倘或有天理之时，报应只在目前，却不是反招其祸！"作为官员的黄文炳，主动揭发侦破宋江题写反诗、通贼的种种行为，却被"大善人"视为"害人"；蔡九、慕容这样的昏庸之官，位置却坐得很稳；而宋江、朱仝这样的官吏，为强盗通风报信，甚至私放盗贼的人却被民间尊为"义士"。大宋王朝在老百姓心中，形象是何等不堪！

宋江对黄文炳的报复是那样残酷、那样没有人性。害宋江的是大宋王朝，黄文炳只是大宋王朝这条大船上的一个螺丝钉，可宋江杀掉了黄文炳一家四五十号人，放火烧了人家的房子。当张顺把黄文炳抓到宋江面前时，黄文炳倒还是显出一个读书人的气节，说了句："小人已知过失，只求早死！"他知道自己的过失恐怕不仅仅是多管朝廷的"闲事"吧，也许是后悔没看出自己所依靠的知府是那样无能，自己效忠的朝廷是那样虚弱。对黄文炳这样忠于自己朝廷的能人，在西方也许会获得敌人的尊重。可宋江——自称"忠于朝廷"的人却如此痛恨真正的忠臣，让李逵用尖刀，割黄文炳的肉，一点点在炭火上烧烤着下酒。而在梁山后期，宋江俘虏了大奸臣高俅，反而对其待若贵宾。

如此看来，黄文炳是真小人，宋江是伪君子。真小人比伪君子可爱。

其实在每个朝代的末期，都会有黄文炳这样的悲剧。那些没有廉耻只讲利益的官员，根本不把忠于朝廷当回事，对社会上一些叛逆行为睁只眼闭只眼。而老老实实做事的官员，很可能受到报复，朝廷却没有能力甚至没有意识去保护他。比如明朝末年李自成、张献忠造反。李自成一次被官军困在陕西四川交界的车厢峡，几乎无路可逃，最后他贿赂了官军统帅陈奇瑜，谎称接受招安，死里逃生；另外一次是被围困在黄河北岸的山西省南部，几乎全军覆灭，又是贿赂官军统帅放他一马，后来趁着黄河结冰逃到南岸的河南，此后一发不可收拾。陕西的民变是多年来当地地方官不作为或乱作为激发的，又报喜不报忧，坐等事情闹大。等到汪乔年当了陕西巡抚后，奉朝廷的旨意，命令米脂县令边大绶掘了李自成家的祖坟，按当时中国人的看法，就等于坏了他们家的风水。这比其他放过李自成一马的官员对朝廷忠诚得多，因此被李自成忌恨在心。汪乔年率兵在襄城和李自成决战，军败城破，自杀没成功，被李自成的部队抓获，最后被杀。他说不定死前遭受过与黄文炳一样的折磨。李自成将崇祯皇帝的亲叔叔福王抓住后，像李逵那样，将肥胖的福王杀死，肉混入鹿肉，一起煮熟和部下下酒，何况对掘祖坟的汪乔年？

　　黄文炳最大的错误在于他太把朝廷当回事，太相信朝廷的能力。黄文炳之死的警示意义在于：为朝廷做事太认真不行，弄不好引火烧身，朝廷可不会真心保护你，蔡九这样的大官一有风吹草动早就跑得远远的，黄文炳死后，顶多让大宋王朝表彰一下，追封为某府知府而已。

文字的罪过甚于杀人放火

我们知道,《水浒传》中,宋江好几次都有机会上梁山。一次是给晁盖通风报信,杀了阎婆惜;一次是和花荣大闹清风寨;一次是去江州的路上,被劫持到梁山。但他都没有下决心,还想在体制内混,因为还没到生死攸关的时候,还没有被逼到悬崖边。

可他在浔阳楼题了反诗后,被黄文炳揭发,这下连命都保不住了,晁盖等人劫了法场后,他不得不上梁山了。也就是说,杀掉一个活生生的人,都可以被从轻发落。你看郓城县知县、雷横、朱仝如何为宋江脱罪的。先是知县大堂上对小贩唐牛儿说:"宋江是个诚实的人,如何肯造次杀人?这人命之事,必然在你身上!"因为阎婆惜的情夫张文远,同样是个书吏,知道朝廷律法,不断逼迫,知县才让朱仝、雷横去宋家庄抓捕,两个都头拿着朝廷的法律做人情,放了宋江。而郓城县官府如何从轻发落宋江呢?"县里有那一等和宋江好的相交之人,都替宋江去张三处说开。那张三也耐不住众人的面皮,况且婆娘已死了,张三又平常亦受宋江好处,因此也只得罢了。"——这张三就是张文远,估计他其一不想得罪同事们,其二因为撬了宋江的马子,有点内疚。"朱仝自辇些财物,把与阎婆(阎婆惜的母亲),教不要去州里告状。这婆子也得了些钱物,没奈何，只得依允了。朱仝又将若干银两，教人上州里去使用，文书不要驳将下来。又得知县一力主张，出一千贯赏钱，行移开了一个海捕文书，只把唐牛儿问做成个'故纵凶身在逃'，脊杖二十，刺配五百里外。干连的人，尽数保放宁家。"

分析这种开脱罪犯的方法，你会觉得这办法古老而有效。首先软硬兼施，让替被害人家属出主意的人噤声——这些人有知识懂法律，他们要不出主意了，被害人家属就像没头苍蝇了；然后用钱来打发被害人家属，许多被害人家属看到申冤无门，只能收下钱，答应不再追究；再用钱买通复核案件的上级部门，不让冤案露馅；最后找个替罪羊，处罚了事。

宋江最终被判处斩首而被晁盖等人劫了法场，上了梁山的根本原因是浔阳江头题写反诗。

蔡九知府等人判处其斩首并没有涉及前罪——杀阎已被处罚了，看来一事不二理之原则当时似乎也有。那么单就题写反诗这一情节，宋江是因言获罪，他遭遇到典型的"文字狱"。也就是说，对大宋王朝而言，思想反动比杀掉一个阎婆惜罪过要大得多。前者关系到统治地位，后者仅仅关系到小老百姓的安全，在统治者眼里，其轻重确实不能同日而语。

历史上宋江是否因为"文字狱"而上的梁山，今已难以考证，宋代的《宣和遗事》已有《宋江杀阎婆惜题诗于壁》，那么宋江获罪是因为"杀阎"还是"题诗"呢？而《水浒传》中已经把两个情节完全分开。历史上读书人因言获罪的事例不胜枚举，因此施公将此情节作为宋江最终落草的直接原因，是很有典型性的。

我们今天以宋江的一首《西江月》、一首七绝来做文本分析,这无非是一个有些抱负、有些才华的小吏,遭遇人生的打击,发泄满腹牢骚和怨恨,表示了对社会不满,对他曾效忠的大宋王朝不满,但罪不至死。这要是在现代,完完全全是个言论自由的问题。

《西江月》是这样写的:

> 自幼曾攻经史,长成亦有权谋。恰如猛虎卧荒丘,潜伏爪牙忍受。
>
> 不幸刺文双颊,那堪配在江州。他年若得报冤仇,血染浔阳江口。

另一首七绝是这样的:

> 心在山东身在吴,飘蓬江海漫嗟吁。
> 他时若遂凌云志,敢笑黄巢不丈夫。

这两首诗词还不如黄巢的"他年我若为青帝,报与桃花一处开"直白。《西江月》前六句叙述自己空有权谋、壮志不酬而虎落平阳的境遇。后两句是在发泄不满,可是"报冤仇"和"血染"没有特指,不是说要杀掉大宋皇帝取而代之,也不是说要杀死江州的官员。他说的"血染"无非是对自己流配所表达的愤怒之情,就像某些人受了欺负,不服气地说什么"老子将来发达了,将你们全部杀掉"一样。宋江没有"血染浔阳江口"的任何行动,包括纠集团伙、准备武器等,完全是酒后思想的流露。但思想怎能有罪?"敢笑黄巢不丈夫"也是一种修辞手法即用典。也许可以说宋江佩服反贼黄巢,有学习黄巢的意愿,但也仅仅是意愿而已,据此就判定宋江要推翻现政权、要行凶杀人,完全是凭判案官员的主观意志的陷害。

其实宋代的文字狱在历代王朝中,是最少的,宋朝皇帝对读书人的思想和言论管制,也是最温柔的,那和明、清两代根本不是一个重量级的。因此蔡九当初并不当回事,"量这个配军,做得甚么!"当黄文炳将宋江和童谣联系起来,昏庸的蔡九才警觉起来。立功心切的他管你宋江有没有犯罪的事实,本知府说你犯罪你就是犯罪。那个时代,王朝鼓励这种"宁可错杀一千,不可放过一个"的司法惯例。这种惯例促使大小官吏为了立功为了升迁,千方百计地找百姓谋反的种种迹象,然后将一切不稳定因素扼杀在萌芽状态,至于"扼杀"的手法是否合法是否人道就不重要了。这种"陷民于罪"的做法结果往往是"驱民为寇"。因而我们看到在将宋江打入死牢前,不需要官方举证,刑讯逼供,让其承认自己写反诗就够了。在这场官司里面,蔡九既是法官,也是公诉人,宋江没有任何可以申辩的机会。在将宋江斩首的犯由牌上写道:"江州犯人一名,宋江,故吟反诗,妄连妖言,结连梁山泊强寇,律斩。"吟反诗获罪是文字狱,妄连妖言是主观臆断。京城的小孩唱歌谣说一个叫宋江的人"纵横三十六,播乱在山东",关我鸟事?你又没有证据证明是我故意散布的。如果照这个逻辑,我编一个歌谣,说什么"草下大祭师,身居在东京;门徒遍天下,要扛赵家鼎"。里面暗含着蔡京篡位的意思,让孩子们传唱,是不是得将蔡京砍头?这种"妄连"不是宋江本人,正是蔡九等人。至于和梁山强寇结连,是戴宗传假信事发后的事情,可在此之前,宋江已进了死囚牢。

中国二千余年的帝制社会中,言论的禁锢是越来越紧,文字狱也越来越严酷,而在一个越是开放越是强大越是自信的王朝,言论越是自由。汉代的司马迁因给李陵说情而遭受宫刑,愤而做《史记》,里面有许多对汉高祖和汉武帝不恭敬的言语,而且对高祖的死对头项羽评价很高;李隆基爬灰,搞了自己的儿媳妇杨太真,这可是大唐王朝的超级国家机密,可白居易那厮竟将这段糗事编成歌谣,传唱宇内,说什么"汉皇重色思倾国,御宇多年求不得",说什么"春宵苦短日高起,从此君王不早朝"。礼部不但没有发文天下禁止传播这首诗歌,而且当时的皇帝看了后,还很欣赏白居易的才华,白居易优哉游哉享尽富贵。要是搁在明清,太史公和白香山肯定被杀头,说不定还要株连九族。

宋代重文治,宋太祖曾立誓碑不杀一个文人,并让后代子孙即位前必须来这碑前发毒誓。但宋代比起汉唐,言论的口还是收紧了。宋代面对着强大的辽国和悍勇的西夏,没有汉唐的大气魄,于是更要强调中央集权,强调地方与中央保持高度一致,强调有一个利于稳定的舆论环境,因此出现了一些"文字狱",最有名的当属苏轼的"乌台诗案"。

元丰二年，苏轼因对王安石新法不满，被贬至湖州，按当时的规矩向皇帝上表称谢，里面有"知其生不逢时，难以追陪新进；查其老不生事，或可牧养小民"等句。御史李定、舒亶等人指责苏轼以"谢表"为名行讥讽朝廷之实，发泄对"新法"的不满，请求对他加以严办。

御史李定这些"黄文炳"，举东坡的《杭州纪事诗》作为证据，攻击他"玩弄朝廷，讥嘲国家大事"，还从他的其他诗文断章取义来定罪，如"读书万卷不读律，致君尧舜知无术"。本来苏轼自谦读书很多但对治国的"律"不熟悉，无法辅佐皇帝成为像尧、舜那样的圣人，这种用法已有成例，杜甫就说过："致君尧舜上。""黄文炳"们指控苏轼讽刺皇帝没能力教导、监督官吏；又如"东海若知明主意，应教斥卤变桑田"，说他是指责兴修水利的这项措施不对。于是朝廷便将苏轼免职逮捕下狱，押送京城交御史台审讯。此时，写《梦溪笔谈》的沈括又出来告密，说苏轼诗作有讥讽朝政之意。苏轼歌咏桧树的两句："根到九泉无曲处，世间惟有蛰龙知。""黄文炳"们攻击说："皇帝如飞龙在天，苏轼却要向九泉之下寻蛰龙，不臣莫过于此！"这指控几乎要了苏轼的命。"乌台诗案"牵连苏轼三十多位亲友，涉及他一百多首诗词。

苏轼在狱中饱受凌辱与体罚，和他同时下狱的官员后来回忆，苏轼被殴打时的哀号整个监狱都能听到。豁达的苏轼以为这次死定了，写下了两首绝命诗给弟弟苏辙，实为托孤：

圣主如天万物春，小臣愚暗自亡身。

百年未满先偿债,十口无归更累人。
是处青山可藏骨,他年夜雨独伤神。
与君今世为兄弟,更结来生未了因。

柏台霜气夜凄凄,风动琅铛月向低。
梦绕云山心似鹿,魂飞汤火命如鸡。
额中犀角真君子,身后牛衣愧老妻。
百岁神游定何处?桐乡应在浙江西。

残酷的文字狱让学通儒释道的大才子苏轼也有"心似鹿"、"命如鸡"的恐惧感。诗写罢,狱吏按惯例,将诗篇呈交神宗皇帝。宋神宗读到苏轼的这两首绝命诗,不禁为他的不世出的才华折服。加上当朝多人为苏轼求情,被苏轼攻击过的王安石也劝神宗说:圣朝不宜诛名士——王安石这种胸襟,千年后都值得后人崇敬。神宗遂下令对苏轼从轻发落,贬其为黄州团练副使。发誓不再胡说八道的老小子到了黄州,难改积习,又在诗中冷嘲热讽。他在《初到黄州》中写道:

自笑平生为口忙,老来事业转荒唐。
长江绕郭知鱼美,好竹连山觉笋香。
逐客不妨员外置,诗人例做水曹郎。
只惭无补丝毫事,尚费官家压酒囊。

苏轼贬黄州,朝廷规定他"不得签书公事",即没有签字权，是个虚职。宋代的官员俸禄分两种，一是给现钱，二是给实物来折算。苏轼得了许多官家卖酒退回的酒袋子，好比现在一些皮鞋厂年底用皮鞋折算工资发给工人一样。苏轼在诗中对此颇有些不满。他保住了一条命，而且享受这军分区副司令员的待遇，该知足了。他没有被"打翻在地，踏上一只脚永世不得翻身"，否则，哪儿还会有闲情逸致去发明"东坡肉"，写《赤壁赋》。

就在苏轼遭遇文字狱后的第四十七年，北宋完蛋了，金人攻破东京汴梁城，俘虏了《水浒传》里重用高俅、蔡京、童贯的昏君宋徽宗和他的儿子钦宗，以及无数的美女珍宝。宋徽宗和宋钦宗在黑龙江五国城冰天雪地里受尽折磨，最后被金人故意骑马踩死。——收紧言论尺度，没有使大宋江山更稳定，反而打压了士气和民气，大家对王朝的命运更不负责，任凭山崩海啸的到来。

宋江没有苏东坡的名气，也没有功名，他的生死一个小小的知府就能决定了，所以他也就没有苏东坡的好运气了，只能等待他的晁盖哥哥来救命。

《水浒传》成书时的明初，朱元璋那个流浪汉做了皇帝，出身低微的他克服不了那种自卑情结，把文字狱搞得"前无古人"——当然老朱再牛，他也没想到自己在"文字狱"方面并未做到"后无来者"，比如清代。

吴晗在《朱元璋传》中说道："虽然大明律上并没有这一条，说是对皇帝文字有许多禁忌，违犯了就得杀头，但是，在明初，百无是处的文人，却为了几个方块字，不知道被屠杀了多少人，被毁灭了多少家族。"这种法外之"法"最可怕，因为它没给大家一个标准，什么能说什么不能说，完全靠制造一种恐怖让人们自我审查，可自我审查也有把握不住的时候，一不小心就犯了"诽谤君上"这个口袋罪，等待的就是杀头抄家。人们只能噤若寒蝉，天下文人万马齐喑，思想文化空前倒退，民族的创新能力受到毁灭性打击。官员谢表中有"作则垂宪""圣德作则"之类的马屁话，因为被朱元璋怀疑讽刺他"做贼"，一律处死。翰林高启诗中有"小犬隔花空吠影，夜深宫禁有谁来？"因为被怀疑泄漏了宫禁中宫女偷情的机密，也被找个理由杀了头。

中国人读《水浒传》，对题反诗而被判处死刑往往并没有太多的惊奇，因为对于这种文字的禁忌，对于因言获罪，到了明清两代以后，老百姓越来越习惯了。清朝的文字狱更是不得了。乾隆，这个当了六十年皇帝、几年太上皇的"十全老人"，被现在一些清廷粉丝誉为明君，说他创造了空前的盛世。就这个明君，可是搞文字狱的高手。

大家都熟知的案子是徐述夔的"《一柱楼诗集》案"。徐为江苏东台县举人，生前曾著有《一柱楼诗集》，死后十多年，即乾隆四十三年却被仇家蔡嘉树告发，子孙因而获罪。该诗集中有"大明天子重相见，且把壶儿（与'胡儿'谐音）搁半边""清风不识字，何须乱翻书？"等句都被乾隆认为是"叛逆之词"，说"壶儿"是讽刺满人；"清风"一句是指满人没文化。诗集中还有两句，"明朝期振翮，一举去清都"。"明朝"二字本是指明天早晨，意思非常清楚，而乾隆偏说是指"明代"，因此这两句便被说成是怀念明朝。最后判决：徐及其子已死，开棺戮尸，枭首示众；徐的两个孙子虽携书自首，但仍以收藏"逆诗"罪论斩。最冤枉的是其族人徐首发和徐成濯兄弟，因二人名字合成是"首发成濯"四个字，乾隆根据《孟子》中的"牛山之木，若彼濯濯，草木凋零也"，遂认为此二人的名字是诋毁本朝剃发之制，以大逆不道之罪处死。

江西省德兴县祝庭诤为教儿孙识字并学点历史知识，手写成一本《续三字经》，经人告发，官府查抄，发现该书"于帝王兴废，尤且大加诽谤"。如写元朝有这样几句："发披左，衣冠更，难华夏，遍地僧"，被乾隆认为是影射清朝，"明系隐寓诋清"，结果已故的祝庭诤被开棺戮尸，其子及十六岁以上的孙辈均被斩立决。

这样的案子不胜枚举，乾隆为了钳制言论，制造人人自危的恐怖气氛，一再下令各省督抚大员和各级官吏，搜查禁书。对于有积极表现的，就奖励升官；对于不积极的，就予以申斥治罪。因此各级官员都战战兢兢，到处翻箱倒柜，搜查禁书，弄得各州县乡里骚然。官员们在处理案犯时也就无限上纲，宁枉勿纵，而何谓"悖逆"，何谓"禁书"，又没有个标准，所以有没良心的人乱加解释，挟私诬告，或因敲诈不成而告官。可以说，清朝的"黄文炳"到处都是，所以像宋江这种喝酒后公开在风景名胜地题写"反诗"的几乎不可能有。

统帅三军之能不如薄技在身

小时候，我做中医的父亲希望我继承衣钵，长大后能悬壶济世，可惜少年时心事拿云，觉得当个医生没意思，自己长大后应该出去干一番大事业。父亲用最朴实的道理教导我："有一门技术哪个朝代都不会吃亏，不要玩什么文字，那样容易惹火烧身。"可惜年少的我总觉得父亲保守、短视，而今回头一想，最朴素的话包含的总是最真实的人生感悟。

在古代中国，虽然"手艺人"一向不被读书人看得起，但一门薄技，往往使人在世间不至于受冻挨饿，甚至还可以飞黄腾达；而自以为有安邦定国之才，能攻城略地，建功立业的人，却常常死无葬身之地。

高俅是看《水浒传》的人非常不屑的一个浪荡子、帮闲出身的高官。他踢得一脚好"蹴鞠"，用现在话来说，是国家著名的球星。《水浒传》中，在综合素质方面能和高俅比拼的玩家，恐怕只有浪子燕青。这高俅，"吹弹歌舞，刺枪使棒，相扑玩耍，亦胡乱学诗书词赋；若论仁义礼智，信行忠良，却是不会"。会唱歌会写点诗赋，就已经具备做一个高级官员的全面素养了，要仁义礼智干什么？这仁义的毛病对做官员的人来说百害无一益。因此，从《水浒传》的开篇，就能看出高俅的发达，绝不是偶然的，他有做大官的潜质。

你看，这高俅被父亲赶出了东京，只能去临淮州帮柳世权的赌场看场子，因为皇帝大赦天下，才得以回到东京。他这身份，就好比现今犯了罪被注销城市户口，发配到西北劳改的犯人一样，刑满释放后得求爷爷告奶奶才能再回大城市落户，还得时刻去居委会汇报一下近期表现。可高俅没有丧失开始新生活的信心，没有自暴自弃，而是很快回归了社会。从董生药家到小苏学士家，再到驸马王晋卿家，善于踢球的高俅自己却像皮球一样，被人踢来踢去。而他在敷衍与推托中不恼不忧，最终，"高俅遭际在王都尉府中，出入如同家人一般"。只有这样能抗击生活的打压，能尝尽奚落、侮辱，能在逆境中寻找快乐的人，才能抓住机会，一飞冲天。

因为送笔架碰见正在踢球的端王，机会像皮球滚到了高俅的脚下，高俅踢出了决定他一生荣华富贵的一脚——"偶然一出脚，便为人上人。"前几年热播的电视连续剧《水浒传》的主题歌唱道："该出手时就出手呀"，高俅则是真正的"该出脚时就出脚"。从此，他做了端王的亲随。他的运气实在是太好了，端王当了皇帝，提拔他做殿帅府太尉。这也很正常。官职就是皇帝私人的财富，想送给谁还不是他一句话？这种赠予的民事行为有什么值得质疑的？好在宋徽宗还讲点规矩，没让他做文官，因为那时候的文官大多要经过科举。一居高位，便有恩报恩有怨报怨，没什么奇怪的，难道让高俅以德报怨？他又不是个君子，他若是君子就当不了大官了。高俅跟对了人，是他的运气，就像赌场上押对了宝。饱读诗书的人难道就不想抱一棵大树吗？你看李白在《与韩荆州书》中写道："生不用封万户侯，但愿一识韩荆州。"这马屁拍得还不肉麻吗？后来李白又想抱永王璘这个大粗腿，最后被流放。可惜李白做诗可以，押宝差点功夫。

皇帝也是人，他也有自己的爱好，就像明代有皇帝喜欢自己封自己做将军，满足一下带兵打仗的喜好；有皇帝喜欢做木匠，在手艺活中获得满足。这宋徽宗兴许就觉得国防、外交那些琐事太烦人，这些工作是皇帝不得已而为之的职务行为，而作为一个正常人，人家老赵就喜欢踢踢球，写写字，吟吟诗，捧一捧戏子。因此，对宋徽宗来说，高俅和李师师远比宿太尉那些人重要——高俅、李师师不会烦他，只会给他提供快乐。

朝廷如此，梁山何尝不是这样？宋江的弟弟宋清没什么武艺，不能像林冲、秦明那样冲锋陷阵，也没有燕青、戴宗、时迁那样的特长，连杀猪宰羊的曹正、计算钱粮的蒋敬那点本事也没有。但宋江让他专门安排筵席，这可不是一般人能干的。你想想，一百单八将来自不同的地区，口味各异：有像李逵那样喜欢大块吃肉的粗野汉子；也有宋三郎这样口味很刁，吃鱼都不能隔夜，一定要吃鲜鱼的主。从这点看，一说明宋清并非一无所长，二说明宋江重用了自己的弟弟，将后勤交给亲弟弟管理才放心。

《水浒传》中最后下场较好的都是有一技之长的人，梁山的那些重量级好汉，大多数下场很惨，不是被敌人杀死，就是被朝廷毒死，要么就是自杀。而《水浒传》中最后交代："安道全钦取回京,就于太医院做了金紫医官。皇甫端原受御马监大使。金大坚已在内府御宝监为官。萧让在蔡太师府中受职,作门馆先生。乐和在驸马王都尉府中尽老清闲,终身快乐,不在话下。"这五位幸福的梁山人,一个人行医,一个人是兽医,一个刻印的,一个写字的,一个唱歌的。对朝廷而言,他们才是真正的人才。

这安道全在梁山上的作用无人能比。宋江背上长疮,差点尾随他的晁盖哥哥而去,从建康府骗来了安道全,便药到病除,方可精神抖擞去打大名府。如果安道全早点上梁山,没准史文恭的毒箭就毒不死晁盖。安道全不仅是个好医师,还是个好的美容师。宋江要去东京找招安的路子,又怕脸上的金印被人认出来,安道全解决了这个难题,先用毒药点去,再用好药调治,起了红疤,再用美玉灭斑。这门技术,就和现今的美容术一样,有广阔的市场前景。梁山自宋江以下,卢俊义、林冲、武松、杨志等,许多人脸上有金印,这安道全能不吃香吗?要是搁在现在,老安开个整容医院,绝对名利双收。

宋江征方腊前,朝廷先把安道全留在太医院,然后再降旨留下了金大坚、皇甫端。蔡太师要了萧让,王都尉要了乐和。皇帝和高官们早就预谋让两伙反贼自相残杀,却不愿意让五位人才去白白送死。没有了安道全的梁山队伍,好些头领受伤不治而亡,或者像林冲那样病死。宋江、卢俊义、武松这些人是老虎,放在都城旁边皇帝睡不着觉,而这五人不但毫无威胁,而且大有益处。安道全妙手回春,皇帝到处胡搞,染上点什么病有安道全在就放心了。所以安道全被宠幸可想而知,即使他犯点什么事也不会把他怎样,谁叫他是皇帝的保健大夫呢?那时候马匹是第一交通工具,皇甫端这样善于相马、医马的人少不了。爱好书画篆刻的宋徽宗也希望有金大坚这样的高手在旁边。萧让模仿蔡京的书法都能骗过老蔡的儿子,蔡太师能没有知音之感吗?著名的男歌星乐和在哪里都会吃香,最后和高俅一样,被驸马爷收纳可谓得其所在。

《水浒传》中逍遥风流的道君皇帝徽宗和他的儿子,后来被金人俘虏到黑龙江冰天雪地之中(史书上称"北狩",做俘虏还美其名曰"狩",真佩服中国文人的阿Q精神)。金国对待俘虏不分官民、贵贱,那些"狄夷"的人才观竟然和大宋朝廷一样,他们更重视有手艺的人。

南宋的洪迈是"靖康之耻"后南渡的文人,其在《容斋三笔》中《北狄俘虏之苦》的记载应当可信:"自靖康之后陷于金虏者,帝子王孙,官门仕族之家,尽没为奴婢,使供作务。每人一月支稗子五斗,令自舂为米,得一斗八升,用为糇粮;岁支麻五把,令缉为裘。此外更无一钱一帛之入。男子不能缉者,则终岁裸体。虏或哀之,则使执爨,虽时负火得暖气,然才出外取柴归,再坐火边,皮肉即脱落,不日辄死。惟喜有手艺,如医人绣工之类,寻常只团坐地上,以败席或芦藉衬之,遇客至开筵,引能乐者使奏技,酒阑客散,各复其初,依旧环坐刺绣。……"

由此可见,好好学一门手艺才是立身之本。这些手艺人像蚂蚁一样,虽然可能一不小心会被人踏死。但若在大变故中,那些猛兽被杀死,而蚂蚁因为目标小、威胁小,倒可能躲在哪个小小的洞穴里逃过劫难。作为梁山的头领,宋江是真正的大老虎,他被朝廷设计猎杀一点儿也不奇怪。

官府的钓鱼执法和民间的做局

做局，用湖南、湖北等地的话来说，就是"带笼子"，几个人合起伙来，自编自演一个骗局，引诱别人上当，然后谋财或者害命。这样的骗术十分古老，具体起于何年难以考证。一些将蒙骗视为智慧而津津乐道的中国人，对做局并不是特别讨厌，甚至还有些佩服，对那些不小心上当受骗的倒是倍加奚落与讽刺，讥笑他们的愚蠢。

今天的街头，这样的"做局"比比皆是。最常见的就是报纸上屡有披露的那类卖假金元宝假古董的骗局。一个人拿一个假的金元宝或假古董出来，悄悄地在街头兜售，当然一般的人不会上当，这时过来一个当"托"的人，假装不认识，看了看这假货，以权威的口吻说这是真的，特别想买，一摸口袋，钱带少了，露出过了这村没这店的懊悔神态，恳求货主便宜一点。两人在讨价还价中，吸引旁边看热闹的人上钩，最后总有人掏钱买了这个假古董，而几个演戏的人拿到钱后立即逃之夭夭。《水浒传》中做局的第一等高手是吴用，他伙同晁盖等人演戏，骗了杨志，抢走了生辰纲。

这样的"局"不仅在市井间层出不穷，在《水浒传》中的官府里照样不少。堂堂的殿帅府太尉要陷害林冲，也是做了这样一个"局"。这种官府做局，用现在的话来说，就是"钓鱼执法"。钓鱼执法古已有之,唐太宗李世民即位之初,听说朝廷各部有不少人贪污受贿,就派人假装向一些官员行贿,想以此获取第一手证据。结果还真有一位官员收下了一匹锦缎。太宗大怒,要杀一儆百。户部尚书裴矩听说后极力劝阻,说:这人确实受贿了,但这是陛下您在诱惑他犯罪,"所谓陷人以罪,恐非导德齐礼之义"。

唐太宗见裴矩所言有理,便放弃了钓鱼式执法。后来,有人上书唐太宗,建议他假装发怒试验群臣以辨忠奸,说"执理不屈者,直臣也;畏威顺旨者,佞臣也"。这实际上也是一种"钓鱼"策略。不过太宗却说:人君就像水之源,臣下好比流水,皇帝自己带头使诈,怎么让臣下忠直不欺呢?这就好比"浊其源而求其流之清,不可得矣"。

李世民能听得进臣下的劝导,还能举一反三,所以是明君。但不是所有施政者都像他那样,很多人热衷钓鱼执法。

高太尉陷害林冲,和这种放钩子钓鱼,其思路几乎完全一样。他先让人化装成急需要钱用的落魄英雄,将一口宝刀便宜卖给林冲,然后再让人来请林冲,说高太尉要看宝刀。精细不亚于杨志的林冲照样被骗了,他被两个公差带入军事重地白虎堂,然后公差就消失了。林冲在等待高太尉出来看刀的时候,看到屋檐前写着四个大字:"白虎节堂",才猛然省悟:"这节堂是商议军机大事处,如何敢无故辄入?不是礼!"准备撤离,可惜晚了,守候多时的高太尉看钓上的鱼要脱钩,马上走出来,喝道:"林冲,你又无呼唤,安敢辄入白虎节堂!你知法度否？你手里拿着刀，莫非来刺杀下官？有人对我说，你两三日前，拿刀在府前伺候，必有歹心。"于是就将林冲拿下，判了意图刺杀朝廷大员之罪，刺配沧州。

不但是林冲，另一位好汉武松，也被钓鱼执法。张团练为了报武松夺快活林之仇，买通张都监，先给武松小恩小惠，笼络了武松，并对其委以重任，让他当了自己的保镖。在中秋之夜，请武松到自家内院喝酒。刚开始，经过风风雨雨的武松还有一些警惕心，说："恩相在上，夫人宅眷在此饮宴，小人理合回避。"而张都监大笑道："差了！我敬你是个义士，特地请将你来一处饮酒，如自家一般，何故却要回避？"一席话，打消了武松的疑虑。等武松酒过三巡后，再让自己的小妾玉兰唱曲，一步步把武松引到局里去。最后在武松快睡的时候，故意制造有盗贼进来的假象，武松拿一根哨棒出去捉贼，不承想被埋伏许久的张府手下的亲兵当贼捉了，而武松的柳藤箱子里，早被人偷偷地塞满张府的金银器皿，这一回，人赃俱获，指控武松做贼，将其打入死囚牢。

为什么官府钓鱼执法能成功，而被陷害的人很难洗冤呢？首先是大官们掌握巨大的资源，他们可以动用一切力量布局，一般人很难防备。如高太尉为了给自己的养子高衙内报仇，处心积虑做了设计。其次是大官的阴险毒辣，超出一般人的想象。在林冲误入白虎堂之前，他已经被做了一次笼子。他被从小交情不错的朋友陆虞候陆谦骗出来喝酒，然后陆虞候再叫人去林冲家，对林冲娘子谎称林冲喝酒时得了急病晕过去了，骗林夫人进了陆虞候的家，然后锁上大门准备送给高衙内做礼物，幸亏林冲闻讯及时赶到，解救了夫人。按理说，林冲既然知道高衙内看上自家的老婆，朋友都出卖自己了，应该对高太尉有提防。但他还是低估了高太尉的无耻，哪想到这么大的官，竟然用下三烂的江湖手段对付自己！最重要的一点是被钓鱼执法后，没有一个公平公正的调查、审判制度。审案的开封府府尹是高太尉的下属，而高太尉作为这件案子的当事人，他的下属官员怎么可能公正地审理此案？既不能将高太尉作为重要证人叫来出庭作证，又不能找到那个买刀的以及两个号称听从太尉吩咐带林冲进白虎堂献刀的差人，只要凭高太尉一人的指控，就能让林冲入罪。高太尉在此案中，既是运动员，又是裁判员，或者说是裁判员的上司。老子审儿子的案子，都不可能公正，何况儿子审老子呢？所以开封府有个办案的孔目孙定——相当于现在具体办案的小法官，他为林冲抱不平，质问上司府尹："这南衙开封府不是朝廷的，是高太尉家的？"这话真没说错，在那样的制度下，审案的开封府，还真差不多是高太尉家的。好在当时官场还有孙定这样敢于直言的办事人员，有开封府尹这种不愿昧良心助纣为虐的官员，所以以两个带林冲进入白虎堂的差人没能捉拿，证据有破绽为由，让本来要判死刑的林冲捡了条命。在司法不独立、官大一级压死人的大宋，除非皇帝亲自出马才有可能给林冲洗冤平反。而当时的皇帝，是极其器重高太尉、一味只会享乐的宋徽宗。就算包公再世，活在宋徽宗手下当开封府府尹，恐怕也难替林冲翻案。人治的社会就是这样，希望只能寄托在明君身上。

当代大诗人聂绀弩先生咏叹林冲的命运："家有姣妻匹夫

死,世无好友百身戕。男儿脸刻黄金印,一笑心轻白虎堂。"好不悲凉!他和卖烧饼的武大郎一样,就是因为娶了个漂亮老婆,而惹祸上身。

江湖人士做这种下三烂的"局",尤可理解,可朝廷命官也用这种下三烂的伎俩,今人也许有些不解。其实这些居庙堂之高的人,品行又比草寇高多少?也许他们根本不认为这是"下三烂"的骗局,而是政治智慧呢。

官府之外,流行于市井社会的"局",《水浒传》里有好些,最著名的就是"智取生辰纲"那一节。注意,作者和许多读者都认为是"智取",隐含着对其"做局"艺术的欣赏。

晁盖等八人集团智取生辰纲前,作者不惜笔墨铺垫了杨志的清醒与警觉。杨志清楚地知道世上不太平,路上打劫的人太多,便从梁中书那里申请了对押送队伍的绝对指挥权,一路督促军健早起程早住店,尽量不给劫匪下手的机会。

可尽管他千般防范,不怕贼抢就怕贼惦记,黄泥冈上他终于着了道。黄泥冈上晁盖、吴用等七人和白胜合演的那场戏剧,真的可以入选中国古代十大骗局这样的排行榜。这个局场面浩大,安排巧妙,演出逼真。不但骗了牛皮烘烘的谢都管以及那些偷懒的军健,且骗过了职业军官杨志这类高手。

七个人化装成贩卖枣子的商户,看到杨志一行前来,便假装自己十分害怕劫匪,使杨志等人的警觉放下一分,对其贩卖枣子的身份有些相信。当白胜装成卖水酒的小商贩走过冈上时,杨志极力阻挡众军健买酒,害怕酒里有蒙汗药。七个"贩枣客"

要买酒,白胜还欲擒故纵,表示自己被诬为下蒙汗药的,伤了自尊。最后好说歹说把酒卖给"贩枣客",一桶喝完,都很正常。刘唐假装要占小便宜——这是小买卖人的通病,符合他这一角色,强行在另外一桶用瓢舀了一瓢酒喝了,被白胜追赶。吴用拿出已经放了蒙汗药的瓢,准备再占小便宜,舀了一碗被白胜夺过去,倒回桶里——蒙汗药就在眼花缭乱中入了酒桶。"局"这时达到了高潮,杨志的警惕性已经一点点地减少到最低。杨志想道:"俺在远远处望这厮们,都买他的酒吃了,那桶里当面也见吃了半瓢,想是好的。打了他们半日,胡乱容他买碗吃罢。"智者千虑,必有一失,怪不了杨志。

《水浒传》中最常见的"局",就是孙二娘、李立那些开酒店的,用麻药将客人迷倒,然后谋财害命。梁山人劫法场、顾大嫂化装成送饭的妇人前后去营救解珍兄弟和史进,也都是一种"局"。

杨志、林冲、武松都是顶天立地的英雄,他们行事谨慎,远非李逵这样的人能比,但都毫无例外地陷入设好的"局"。他们的聪明为什么一下子就短路了?是因为那个世道陷阱太多,骗局太多,花样翻新,以设"局"为业、为荣的人太多,正直的人防不胜防。

当代作家刘庆邦写了一篇小说《神木》,后来被导演李杨拍成电影《盲井》,就是讲述了两个农民合伙"做局",害死一同挖矿的矿工而骗取抚恤金的故事。当然,小说和电影都是虚构的,但也能看出古代做局这种手法,在我们生活中并没有绝迹。

电影里,某地矿井下,宋某和唐某趁元某毫无防备时将其杀死在矿井里,然后伪造被砸死的现场。在此之前,宋和唐引诱在劳务市场找活的陌生人元某,对其说他俩和唐的弟弟三人已经在一个小煤窑里找到了活,弟弟突然生病,他俩可以带元某去干活,但元某必须假装成唐某的弟弟,否则老板不予接收。然后两人为元某假造了身份证,向矿老板证明元某是唐的亲弟弟。元某被害后,唐假装哭悼"弟弟"的死,而矿主为了掩盖安全事故,只好用三万元打发唐,让唐和宋拿着"弟弟"的骨灰滚蛋。

拿钱之前装得悲痛欲绝的唐、宋二人,拿了三万元钱后立即进城住进酒店,将元的骨灰倒进马桶里,然后唱歌嫖妓,开始寻找下一个目标。两人在一个劳务市场捕捉到一个"猎物"——无钱交学费而出来打工的十六岁少年、王宝强刚出道时扮演的元凤鸣。二人利用凤鸣急需找到活的心理,让凤鸣假装成宋的侄儿,并同样给凤鸣做了假身份证。

宋的家里有个成绩好的儿子,看到满脸稚气、十分好学的凤鸣,他有了些犹豫,尤其通过凤鸣的全家福得知凤鸣就是他们前一个"做掉"的元某的儿子时,心里更有隐隐的不安。最后在矿井里,唐已经看出内心矛盾的宋某即将妨碍自己的致富大业,便先杀死了宋,就在他想对凤鸣下手时,煤块真的砸伤了唐的腿,凤鸣得以虎口逃生,而坑道中放炮把唐某也砸死了。最后元凤鸣以宋亲侄子的身份领了三万元钱,被迫与矿主私了。

戏剧性的结局似乎符合中国传统的伦理观和中国人普遍的人生哲学：恶有恶报，因果循环。

罪恶在任何一个社会、任何一个时代、任何一个民族中都存在，但可怕的是，唐、宋（注意这是很有意思的两个姓，代表中国历史上两段辉煌时期，这是否是作者的有意安排？）这两个看上去纯朴勤劳的农民，作恶后不仅没有丝毫的良心谴责，而且对自己杀人的行为有着那样坦然的开脱与解释。"你可怜他，谁可怜我们？""谁断了我的财路，我就杀了他。"在利己的驱动下，所有的罪恶似乎都是合情合理的。一条生命以及生命背后的妻儿和区区三万元钱，是何等不等值的对比。但生命是属于别人的，痛苦同样是属于别人的，钱才是属于自己的，所以唐和宋才能为区区三万元钱不怕杀人，拼命演戏。

"宁可我负天下人，不可天下人负我"的信条在两位农民身上得到很好的体现。这个片子揭示了中国人普遍的道德危机，不仅没有罪感，连耻感也没有了，也充分揭示了为了生存不择手段带来的人与人之间普遍的不信任。中国古代，盗墓只能兄弟一起干，不能与外人合作，因为担心墓中的人将珠宝递出去后，墓外的人会堵住出口将其闷死在里面。

电影中的那口井极具有象征意义，电影中的人们其实都生活在这口井里。就如宋说："这世界除了娃他妈，其他可能都是假的。"唐的回答是："连娃他妈都有可能是假的。"那么，他们相信什么呢？

有人说中国人最有戏子人格，最能表演。电影中的宋和唐在自己的家人面前，是个负责任的父亲，宋一直惦记家中孩子的学业；在矿主面前他们又是卑微谦恭的农民。当他们把元某杀死后，唐在矿主面前哭自己的"弟弟"，那演技太高了，而宋居中调停，表演亦是十分娴熟，分寸拿捏得相当到位。

最后的结局好像有些偶然，但又是某种必然，因为罪恶的结盟都是利益结盟，没有真正的相互信任。当宋有些犹豫时，唐毫不客气地向他痛下杀手，而宋的犹豫正是因为他"厚黑"得不如唐，才误了卿卿性命。至于他们引诱凤鸣去发廊嫖妓，让其完成一个男孩到一个男人的历程，然后才决定下手，并非是犯罪者还有某种温情，而是他们内心寻求解脱罪恶的一种方式。也就是说，他们认为这样做已经对得起即将被他们杀死的人，那么下一次犯罪更没有心理障碍了。这是种犯罪心理，是犯罪者自我安慰。

目睹了宋与唐自相残杀的凤鸣，拿着三万元钱和两人的骨灰，一脸迷茫地望着火葬场的大烟囱，他真的成人了，因为他清清楚楚看到了人世间种种的"局"。

他会怎样处理二人的骨灰和三万元钱？像二人处理他父亲的骨灰那样倒进马桶？三万元钱拿回去供妹妹和自己读书还是挥霍？这是一个悬念。

也许他会像唐和宋那样，因为在这个黑矿井里，许多作恶者曾经也纯洁善良。

也许他不会走上唐和宋的路，因为我们这个社会还是有希望的。

有大功劳的三个小人物

梁山的一百单八将中，征讨方腊，第一个阵亡的是宋万。当已经看到了胜利的曙光，攻打清溪县时，最后阵亡的战将之一杜迁，在混乱中被马军踏杀。水泊的两位开山鼻祖、超级元老，第一个和最后一个阵亡，绝不是无意用笔，我认为作者隐含的深意是：哪怕资格再老、功勋再高，不进入核心层的小人物总是最容易被牺牲，在事业成功的时候，他们往往已做了嫁衣裳。

宋江领兵南下，第一仗智取润州城（镇江），云里金刚宋万和焦挺、陶宗旺都是马踏身亡。宋江在祭奠宋万的时候，以致悼词的口吻对其进行评价："想起宋万这人，虽然不曾立得奇功，当初梁山泊开创之时，多亏此人，今日作泉下之客。"对死去的人，是不用吝惜赞美之词的，反正是做给活着的人看的，而远隔幽冥的人什么也不知道了。

可是，在宋万阵亡前，我们何曾看到过晁盖、宋江这水泊的两代最高领导人对宋万、杜迁委以重任或做过较高的评价？梁山中本事稀松平常的人多了，不仅仅是宋、杜二人。他们活得都没有偷鸡摸狗的时迁风光。从林冲火并王伦后，宋万、杜迁几乎就淹没在队伍日益扩大的梁山群雄中，他们不但失去了话语权,而且日益被边缘化,就连像戴宗、汤隆、时迁那些人出去单独建功的机会都不给他俩。一个人基本上被雪藏在梁山里面,自然"不曾立得奇功",连准入资格都没有的人,哪会有经营业绩。

从晁盖等人上山到他们丧命江南,期间轰轰烈烈的事业没他们的份,他们唯一能做的就是夹着尾巴做人,以免引起别人的猜忌,因为这时候,开创梁山的超级元老身份对他们而言,已经不是福,不是可以炫耀的功劳,而是动辄引火烧身的祸根;因为,他俩原是王伦的铁哥们,是权力易手后前朝留下来的旧臣。他们在晁盖、宋江眼里,必定永远是异类,按照非我族类、其心必异的逻辑,必须尽可能消除其影响。

杜迁、宋万是两条忠厚朴实的汉子。王伦这个落第秀才,手无缚鸡之力,与人怄气,不得已和杜迁一起来落草,后来宋万来了。两位并不因为王伦心胸狭隘、本事低微而生取而代之的心思,反而一心辅佐。当林冲雪夜前来投奔时,王伦俱惮林冲的武艺,不愿意收留。杜迁、宋万和朱贵却以义气为重,劝说王伦。杜迁说:"山寨中那争他一个!哥哥若不收留,柴大官人知道时见怪,显得我们忘恩背义。日前多曾亏了他,今日荐个人来,便怎推却,发付他去!"宋万也劝道:"柴大官人面上,可容他在这里做个头领也好,不然,见得我们无义气,使江湖上好汉见笑。"王伦做书生,却没有读经史的通达智慧,做强盗连杜迁、宋万这样恪守江湖起码规矩即不能忘恩负义的职业操守都没有,真正该死。如无杜、宋、朱的规劝,林冲也许投奔其他的强盗去了,谁人两番定鼎梁山?

当晁盖诸人上了梁山后,杜迁、宋万的心情恐怕和当初对待林冲时不太一样。他们知道林冲孤身一人走投无路来梁山,基本上没什么威胁。可晁盖一来,新旧力量的天平立刻发生倾斜,但他们大概已明白既然开门纳盗,送神就不是那么容易了,他俩至少有接受现实的心理准备。当林冲火并王伦,看到昔日的革命战友即将做刀下之鬼时,心中一定十分矛盾。看到阮氏三兄弟看住了自己,两人心里已如明镜似的,火并王伦,虽是林冲具体实施,实乃晁盖等人具体策划。在此关键时刻再强行站出来,只会白白送死。因而在道义和生命之间,他们选择了后者。赢者通吃,暴力最强的说了算,承认新桃换旧符也是江湖的规矩之一。他们立即表明对权力上层政变结果的认同,跪下说:"愿随哥哥执鞭坠镫。"为什么无论是朝廷,还是江湖,政变失败的就沦为全民共讨的乱臣贼子,死无葬身之地,而一旦成功就具有广泛的民意,大伙儿争着写劝进表,大讲破旧立新的合理合法性?因为人家政变是用血来赌的,因此也是用血来维护他们的红利的,在刀剑的面前,能不识时务吗?当年燕王朱棣带兵南下,夺了侄子建文帝的皇位,让方孝孺写劝进表,这个死倔老头拒绝了,最后被株连十族。方孝孺这样的人毕竟是少之又少的,他不写自然有人写,永乐帝的皇位不是坐得好好的吗?因此,对新来的征服者,大多人会像杜迁、宋万那样,跪下箪食壶浆以迎王师。

当林冲力主晁盖、吴用、公孙胜坐了前三把交椅后,自己做了第四把。晁盖让宋万、杜迁坐第五位、第六位,"杜迁、宋万却那里肯,苦苦地请刘唐做了第五位,阮小二坐了第六位，阮小五坐了第七位，阮小七坐了第八位"，最后的九、十、十一位让前朝旧臣包揽。按理说晁盖的提议是合乎情理的，人家两人毕竟有开山之功。可面对强大的外来集团，保命是最重要的，他们不至于傻到当仁不让地紧挨着林冲的座位。

后来，随着上梁山的人日益增多，他们的位置便一天天往后靠。

杜迁、宋万已承认火并后的新格局，而且那样谦虚谨慎，应当有出头之日呀。可是作为一个投靠者，要受到重用是很难的，除非他有管仲、魏征、冯道那样的本事，新主缺他不可。

还有一个不可忘记的小人物便是白胜。杜、宋被冷落是因为和王伦的渊源，在中国的政治生态中可以理解，那么为什么白胜的排名也是那样靠后呢？在第一个大规模上梁山的"智取生辰纲集团"中，他建立了奇功。首先，他提供了掩护、准备作案的场所。当公孙胜打听到杨志一行从黄泥冈大路经过时，晁盖和吴用商量使用白胜的家，因为白胜所住的安乐村离黄泥冈最近。其二，他在吴用设"局"骗杨志等人上当的那场戏中，戏份最重，演那个卖酒的汉子，且和晁盖几个卖枣的客商配合默契，火候把握得十分到位。但最终他游离于各个小集团之外，大庙不收、小庙不留。二龙山、少华山、桃花山自成体系，白龙庙小聚义的人物唯宋公明马首是瞻，而最初起事的"智取生辰纲集团"也不把他当自己人。根本原因是生辰纲被侦破之事大家怪罪于他。其实最初露出马脚的不是白胜而是团伙老大晁盖。缉捕使臣何涛的弟弟何清是个爱赌博的小混混，曾投奔晁盖未被收留，三千客都认识孟尝君，孟尝君未必认识三千客，倒可以理解。晁盖谎称自己姓李，贩卖枣子去东京，途中到安乐村投宿，被帮店主登记客人的何涛认出来，不久后何涛又认出了挑担离开安乐村的白胜。这些信息和黄泥冈劫案一对照，案子自然就有头绪了。公人们到了白胜家，将其抓获，又起获了埋在地下的赃物。即使这样，白胜还表现出一条汉子的气概，"问他主情造意，白胜抵赖，死不肯招晁保正等七人。连打三四顿，打得皮开肉绽，鲜血迸流"。直到府尹说出已知道贼首为晁盖，他才将其他六人供出。晁盖等人于所在的县里面做这样的惊天大案，显然是"兔子吃了窝边草"，稍不留意就会露出蛛丝马迹，却不立即分赃，想办法躲起来，还在自己家里和刘唐等人喝酒。智多星吴用并无大智慧，生辰纲事败，怪不得白胜，难道要让白胜慷慨就义吗？人家美国兵在朝鲜战争中做了俘虏，回国后还能当上将军，而白胜一个小庄户人家，挨打招供后却不能获得同道真正的原谅。白胜最后在征方腊的途中病死，和宋万、杜迁命运一样凄惨。

在忠义堂最后授衔时，三人排名如此靠后，无一人进三十六天罡。宋万排在七十二地煞中的第四十六，杜迁排第四十七，排在医生安道全、大色鬼王英、摆宴席的宋清、杀猪的曹正后面，太不公平。以他们的功劳，应当有一人进三十六之列，起码他们创建根据地的功劳不比进三十六天罡的解珍、解宝差吧。可那时梁山上下除了自己，还会有谁记得根据地是他们创建的？朱元璋当年害死小明王后，销毁了所有有关龙凤王朝的档案。此举无非是希望后人记得洪武帝天生就是开天辟地的大英雄，忘记他曾依附韩家父子的那段历史。如果有好事者真把当年他给小明王的上表找出来，里面称臣拍马的语言一旦让百姓知道，皇帝的尊严往哪里放？所以大权在握的人总是强迫下面的人遗忘。因此，杜、宋二人对梁山的开辟之功，也许后来者不甚了了，当然他们更不敢自己主动提出。如果他俩向别人嚷嚷——没有我们梁山一块地，宋老大他们上哪里待去呀——估计他俩的死期就不远了。白胜更亏，排在地煞中的六十九位，倒数老三。

在重大的历史关头，小人物因为风云际会做过大事，立下大功勋，很可能不是其福气，反而是惹祸的根子，重要原因是一些暴得大名的小人物，没有足够的资源来保障自己的安全，如自己的人马、江湖的威望，而在事成之后津津乐道自己的功勋，挡了大人物的路，于是被无情地整肃。比如武昌起义中起到关键作用的"三武"：孙武、张振武、蒋翊武。在孙文、黄兴、宋教仁等同盟会的建立者和领导者名满天下时，他们还只是中下级军官。他们在武汉搞秘密团体共进会、文学社时，同盟会精英已经因黄花岗起义惨败而损失殆尽，孙、黄都流落海外避祸。武昌起义的成功出乎革命大佬孙、黄等人的意外。革命成功后，作为首义的三大元勋孙、张、蒋的资历和威望，以及资源整合能力显然不如袁世凯、黎元洪、孙文、黄兴等人。但张振武认识不到这点，被大佬们视为居功自傲，于是于1912年8月，在袁世凯、黎元洪的合谋下，被害于北京，时年三十五岁。而蒋翊武则在1913年8月，因参加反对袁世凯的

"二次革命"，被秘密杀害于广西桂林，年仅二十九岁。只有孙武在革命成功后，于1912年3月，自行引退。由于行事相当低调，远离了权争的旋涡，没有遭到迫害，于1939年病逝，活了六十岁。

宋万、杜迁、白胜的功劳没有得到应有的对待，一部分原因是历史问题。宋、杜出身不好，开始站错了队，白胜历史上有变节问题，最关键的原因，还在于他们没有进入核心圈子，也就是说不是晁盖和宋江两代梁山领导核心的亲信，被边缘化那是笃定的。三人都辛辛苦苦为谁忙？他们仨，和世间所有的小人物一样，为别人做了嫁衣裳。

第三编 避免黑暗伤害的智慧

有"黑官司"则必有"躲猫猫"

"常例",从字面上理解,应当是常有的、大伙都明白的规矩。常例对应的是"特例"。

在《水浒传》中,"常例"和"常例钱"出现过多次。对"常例钱"说得最明白的是宋江因杀了阎婆惜被刺配江州后,用银子买通了牢中的牢子们,免受了一百杀威棒,为此差拨提醒宋公明的那番话:"我前日和你说的那个节级常例人情,如何多日不使人送去与他?"

如果犯人不给看守的常例钱呢?那么犯人的结局轻则被杀威棒打得皮开肉裂,重则就被"躲猫猫"了。

《水浒传》中,杀了阎婆惜的宋江被刺配江州,一路上和江湖上的好汉打得火热,甚至连押送他的公差也被劫持到梁山上。一路上不断给公差银子。到了江州,山东的公差和江西的公差交割,收了宋江银子的公差先向当地管营差拨说了好话,然后对宋江千恩万谢,并说:"我们虽吃了惊恐,却赚得许多银两。"——这哪像是公差对囚犯?简直是饭店里的服务生对客人。钱,真能通神。

宋江当过多年的小吏,对官场潜规则实在太精通了。当年他不知道收了别人多少钱财,所以一路上用钱开路。见了江州的差拨,他送十两银子;见了管营,又送了二十两银子,免了一百杀威棒,理由是宋江面黄肌瘦,好像有病。可见送银多少,是有规矩的,管营是小官,比差拨级别高,当然多送。为了引出戴宗来找他,他故意不主动给戴宗送银子,引得戴宗大发雷霆:"新到配军,如何不送常例钱来与我!"他训斥宋江:"你这贼配军,是我手里行货!轻咳嗽便是罪过!""你说不该死,我要结果你也不难,只似打杀一个苍蝇。"

可见,对囚犯勒索钱财已经不用暗示,不用遮遮掩掩了,完全可以在"厅上"当着其他的同事咆哮索取。这份囚犯必须出的钱真正是"常例",囚犯心知肚明,公人也将这份钱算成自己合理的收入。行货,这两字用得妙,犯人成为狱警的发财工具,案子也就是审案官员的发财工具。

吴思先生有专著论述中国古代有许多提不上桌面,但大家都遵循的"潜规则"。从"常例"这个词来看,用钱来运动官司已经不是"潜规则",而是赤裸裸的"明规则"了。

一百二十回的《水浒传》,写了许多官司,这些官司有一个共同点,那就是无一场官司是公正的,无一场官司不是受到权力和金钱的左右。司法的普遍不公,在《水浒传》的世界里,已经成为"常例"。

《水浒传》中最著名的官司,就是林冲"误入白虎堂",被高太尉指控为要杀害他。林冲为此蒙受不白之冤,最后不得不上了梁山。这件案子是程序不公正导致的结果不公正。林冲不能自己请律师、当堂和高太尉质证。审案的开封府府尹作为高太尉的下属,哪怕他良心未曾泯灭,也不敢得罪当朝权臣高佯。双方当事人在诉讼权利上存在天然的不平等。高太尉既是诉讼中的当事人，又是裁判的上司。开封府的府尹说："他做下这般罪，高太尉批仰定罪，定要问他'手执利刃，故入节堂，杀害本官'，怎周全得他？"就如一场比赛，一个人既当裁判，又当运动员，比赛结果可想而知。

这种诉讼程序设计，必然造成诉讼就是权力或金钱的角力，导致"黑官司"普遍存在。

没有人能为林冲做"无罪辩护"，顶多在罪与刑的轻重方面做文章。那么面对高太尉这个当朝权贵，唯一能做的就是"以钱折刑"，保住林冲的性命。于是，林冲一被收押，"林冲的丈人张教头，亦来买上买下，使用财帛"。"以钱折刑"是"常例"，那么，另一方当事人，要陷害某人，使用金钱运动亦是"常例"。高太尉要在半路上使林冲非正常死亡，必须买通押送的公人董超、薛霸，不能因为自己是高官就一毛不拔，他也必须掏这个"常例钱"，遵循这样的规则。于是派陆虞候给两位公人送了十两金子，并许诺事成后再追加十两。西门庆等人用毒药害死武大后，为了事情不败露，第一件事便是使用金钱打点阳谷县衙门的上上下下。李固为吞并卢俊义家产，害死卢俊义，用的也是这招。张团练和张都监合伙陷害武松，"张都监连夜使人去对知府说了，押司孔目上下都使用了钱"。而施恩要挽救武松的性命，也只能如法炮制，而且付出的本钱必须比张都监更大才能有效果。"施恩将了一二百两银子，径投康节级。"康节级将这件案子的内幕全部告诉了施恩："蒋门神躲在张团练家里，却央张团练买嘱这张都监，商量设出这条计来。一应上下之人，都是蒋门神用贿赂，我们都接了他钱。"

最后张团练和施恩双方在诉讼期间，不断地向官府追加银两。知府知道张都监是因为收了张团练的银子设计陷害武松的，心中对张都监很是不满："你倒赚了银两，教我与你害人！"老于世故的知府才不当这冤大头，于是做了个折中判决，均给双方一个面子，"脊杖二十，刺配恩州牢城，原盗赃物，给还本主。"——这真是活脱脱的一幕："吃了原告吃被告"，还把人情做足。

《水浒传》中不仅事关身家性命的刑事官司需要用"常例钱"活动，就是普通的治安与民事案件，亦需如此。

赤发鬼刘唐流窜到东溪村，找晁盖商量重大的犯罪活动时，酒后睡在灵官殿里，被前来巡察的都头雷横等人抓住。刘唐生就一副做贼的样子，有重大违法犯罪的嫌疑，难怪被警惕性极高的巡警抓住。晁盖向雷横说刘唐是自己的外甥，开释了刘唐——但晁盖不能单凭自己的人脉、威望白白为刘唐开脱，"晁盖取出十两花银，送与雷横，说道：'都头休嫌轻微，望赐笑留。'"这十两银子，能抵雷都头多长时间的薪水啊？

而解珍解宝与毛太公的争端完全是场民事纠纷，可官方因为收了毛太公的贿赂，公然介入民事纠纷。兄弟二人打死的老虎滚进毛太公的庄园，毛太公为了贪功将大虫据为己有，诬陷解氏兄弟抢掳他家钱财。为小小的一件涉及猎物归属的民事案，毛太公要置二人于死地，而且办案的孔目竟然是毛太公的女婿。这连起码的回避都没有。解氏兄弟两人被押进死囚牢里，毛家用银子买通了节级包吉，图谋害死兄弟二人。

办案前,有宋江这样通风报信的押司;抓捕时,有如雷横、朱仝这样徇私舞弊、私放罪犯的都头;判案时,有开封府尹、阳谷知县、登州知府这样或迫于权势或贪图金钱的混账官员;押送罪犯时,有董超、薛霸这样被钱财收买、半路谋害押犯的公人;进了囚牢,自然就有敲诈勒索的管营、节级、差拨等大小牢子。

从"黑讼"到"黑牢",大宋司法权力在各个环节都成了"私器"。

林冲刚到沧州牢城营内,老犯人就前来介绍"黑牢"行情:"此间管营、差拨,十分害人,只是要诈人钱物,若有人情钱物,送与他时,便觑的你好;若是无钱,将你撇在土牢里,求生不生,求死不死。若得了人情,入门便不打你一百杀威棒,只说有病,把来寄下;若不得人情时,这一百棒,打得七死八活。"当差拨来见林冲,没看到给银子时,大骂:"你这把贼骨头,好歹落在我手里,教你粉骨碎身,少间你便见功效。"当林冲拿出银子时,立刻换了一副面孔,看着林冲笑道:"林教头,我也闻你的好名字,端的是个好男子!想是高太尉陷害你了,虽然目下暂时受苦,久后必然发迹。"前倨后恭,何等之快!让见多识广的林教头感叹:"'有钱可以通神',此语不差。"从"好歹落在我手里"这句,可看出看守囚牢的公人理所当然地将手下的罪犯视为自己致富的资源。

对"黑牢"规则阐释最清楚的是武松刺配到孟州的那一节。武松如林冲一样被老犯人提醒他准备"常例钱"以免受皮肉之苦,武松倔强不听,众囚犯劝道:"好汉,休说这话!

古人道：'不怕官，只怕管'，'在人矮檐下，如何不低头'，只是小心便好。"这两句民谚至今还被中国人广泛使用。有意思的是，差拨见不到武松主动给他银子，前来训斥："你也是安眉带眼的人，直须要我开口说？你是景阳冈打虎的好汉，阳谷县做都头，只道你晓事，如何这等不达时务？"这差拨简直在骂武松是他们"公人"队伍中的傻蛋。农村来的、没见过世面的囚犯需要提醒尚可理解，你武松做过都头，想必当初也拿过"常例钱"，竟然需要提醒，太有损于队伍的整体形象了。

如果不是施恩为了利用武松这超级打手赶走蒋门神，任凭武松是怎样的打虎英雄，虎落平阳，不出银子等待他的会是什么呢？武松后来问同室的囚犯："怎地来结果我？"囚徒们告诉他："他到晚，把两碗干黄仓米饭来与你吃了，趁饱带你去土牢里，把索子捆翻着，藁荐卷了你，塞了你七窍，颠倒竖在壁边，不消半个更次，便结果了你性命，这个唤做'盆吊'。""再有一样，也是把你来捆了，却把一个布袋，盛一袋黄沙，将来压在你身上，也不消一个更次，便是死的，这个唤做'土布袋'。"这可不是施耐庵编出来的，看明末魏忠贤陷害东林党人的笔记，里面记述黄宗羲父亲黄尊素几位东林人士，就是被阉党用《水浒传》中的方式害死的。

随便留心一下古代有关司法的民谣，就知道百姓认为司法不公正是常态，对司法机关普遍失去了信任。古人说："衙门大门八字开，有理无钱莫进来""屈死不告状""官司一进门，两家都求人"。虽然偏激，但民间歌谣决非信口开河。

因此，打官司这样黑，那么关押犯人的监狱黑，也就很正常了。司法腐败，在哪个时代、哪个国家都可能存在。但在健康的社会里，司法腐败只能是"特例"，如果它成为"常例"，那就太可怕了。

黑老大在监狱中的幸福生活

一般说来监狱是关押、改造罪犯的地方,是体现国家权威、执行刑罚的专政机器,因此罪犯在监狱中的地位是很低的,甚至可以说不仅是自由甚至是生命都系于管教之手。许多监狱都写着这样的大标语:"这是什么地方?""你是什么人?""你来这里干什么?"这些标语无时无刻不在提醒犯人:你是罪犯,在这里只有老老实实接受改造而无别的选择。

但如果有钱,有地位,就能在监狱里买到舒适。以江湖上的老大宋江为例,在监狱里服刑的日子,简直就像住星级宾馆,让监狱管教人员成为自己的马仔。

十几年前,媒体公开报道的一件旧闻让人对罪犯在监狱地位低的印象产生了怀疑。东北一个城市的黑老大邹某被判处无期徒刑,在大连监狱服刑。在监狱长等一干监狱民警的关照下,过起了大墙内的"星级生活"。报载:监狱把他安排在远离普通牢房的单间里,房间里有冰箱、彩电、电话等生活用品,两名犯人充当勤杂人员为其服务,随叫随到。很少参加劳动改造的邹某还担任劳改积极分子委员会主任,动不动就打骂其他犯人,简直可在监狱呼风唤雨。看官莫要莫名惊诧,像邹某这样的享受赏识待遇的罪犯古就有之。

宋江被押送到江州监狱服刑，一开始他所在监区的"管教民警"戴院长戴宗，因为他没及时奉上常例钱，咆哮着要像捏死一只苍蝇那样弄死他。可当戴宗知道新来的配军是江湖上名声显赫的及时雨宋江时，态度来了个一百八十度的大转弯，立马说："兄长，此间不是说话处，未敢下拜。"这戴宗和黑社会老大称兄道弟。不过他很有心眼，在监狱里，只作揖而已，可到了无人看见的酒楼单间，"起身望着宋江便拜"。节级戴宗如此，那么他的死党、杀人外逃混进管教队伍的小牢子李逵，自然对宋江这个黑老大更是如天上的星星参北斗一样。当听到宋江亲口说"我正是山东黑宋江"，李逵拍手叫道："我那爷，你何不早说些个，也教铁牛欢喜。"扑翻身躯便拜。

你看这宋江在监狱里过的什么日子：日日有戴宗、李逵陪着喝酒游玩，为了让宋江吃上一口鲜鱼汤，本应监管他的牢子李逵，不惜在浔阳江头和张顺大打出手。几人喝酒时，还有妙龄女子在旁边唱曲。这江州城，哪像是大宋管辖的地面，活脱脱一梁山水泊。

无独有偶，另一位知法犯法、以都头的身份杀人的武松，被押送到东平府服刑，监区长施恩日日好酒好菜对他照顾。一则因为武松打虎英雄之名，更重要的原因是他要利用武松赶走蒋门神。那时候官员做买卖是常事。这施恩原来在孟州东门快活林办了一个大赌场。可他是一个小节级，比起军分区司令张团练自然是小巫见大巫，张团练利用蒋门神赶走施恩，独自经营这个日进斗金的赌场。施恩便请出了自己手下的犯人武松，打败了蒋门神，重霸快活林。

在吏制腐败、司法黑暗的封建社会，所谓的执法权到了具体的执法者手里，便会由公权变成私人的资源。套用吴思先生的理论，这种执法权是由个人支配的伤害能力，即可以产生经济效益，如每个犯人进监狱后，必须给戴宗上供常例钱，否则就会吃皮肉之苦，甚至像只苍蝇一样被打死。同时这种由个人掌握的执法权又能拿来做人情，像在戴宗、李逵、施恩等小吏心中，哪有什么制度、规矩、朝廷，他们心中只有银子和所谓的义气。从制度上说，戴宗他们是管教宋江等人的，自然在宋江面前应该威风凛凛。可那时候管监狱的和罪犯一家，那时节的执法人员，也多栖身于两种体系内。明的说来他们是帮朝廷、帮赵官家当差的。可这份差事仅仅是他们用来谋取利益的工具而已，他们自觉的定位则是江湖中人，因此对一个人地位的判断，大多数如戴宗、李逵、雷横等等依据的不是"白道"上的标准，而是"黑道"上的标准。因此对白道而言，正在服刑的宋江是个杀人犯，要被好好管教才对。可对黑道而言，他是江湖上声名显赫的黑老大，在他面前，无论是巡捕都头雷横、朱仝还是监狱管理者戴宗、李逵，都是用江湖的规则来尊重他，保护他。

宋江在江湖上的威望，说到底是靠银子堆出来的，"仗义疏财"是他最大的品牌。由于当时体制内的小吏和体制外的盲流、盗贼都没有安全感，他们的位置容易互换——李逵作案外逃，这个朝廷通缉犯，竟然在戴宗手下成为"牢子"，成了专门替戴宗当打手的"临时警察"。宋江、林冲等朝廷里的官吏一不小心，也就成了罪犯。因此小吏们自觉地在国家权力之外寻求人身保险，他们知道，朝廷是靠不住的。那么对有钱、有影响的罪犯，谁也不愿意为所谓的"官家法度"将事情做绝。

宋江这个犯人被戴宗、李逵像大爷一样供着，整天出入江州城的酒楼茶馆，为什么江州府衙就不知道呢？直到题写反诗，才由大宋忠臣黄文炳告到知府那里。由此可以想见，大宋政权的反应之迟钝。大官们估计只看下面报来的公文，当然是秩序井然，一片太平景象。朝廷和大官派出来收集社会真实情况的小官吏们，估计和宋江、戴宗一样，早就被腐蚀了，他们反映的信息一定是过滤过的。

黑老大能在监狱里过上幸福生活，这是帝制时代政治权力结构的必然现象。

秦以前，天子封土地，建诸侯，采取的是"承包制"，天子、诸侯、大夫各有自己的"鱼肉"范围。自家的东西当然格外珍惜，所以"鱼肉"起来当然讲究艺术，多数人不会干竭泽而渔的蠢事，所以孟尝君能接受冯谖的建议，免除采邑薛地一些已无偿还能力的欠债者的债务。冯谖如此劝说孟尝君：那些坏账反正收不回来，你要逼得太急，人家干脆潜逃，封地百姓逃亡更划不来，不如送个顺水人情。

到了秦以后，理论上说，各级官员只是皇家委派的管理人员，老板只有一人，就是皇帝，官员贪墨，鱼肉百姓，就是占皇帝的便宜，相当于替皇家看守鱼塘的人在鱼塘里偷偷钓鱼。但中国的历代王朝，特别到明清两朝，官员俸禄不高，让各级官员揩一点老板的油，是一种激励机制，所以没有哪朝皇帝会真正反贪。所谓千里做官只为财，人家三更灯火五更鸡，寒窗苦读得来顶乌纱，替皇帝看管那些两脚的牛羊们，替皇家从两脚的牛羊身上割肉剪毛，除那点门面上的薪水外，总得让人家有更多的好处才行。而且牧场太大，牛羊太多，皇帝不可能管住所有放牧人。对每个放牧人——官员而言，皇家的鱼塘就相当于公共牧地，多数官员都想自己多钓鱼。如果大家都这么想，而皇帝定下的制度又不管用时，那么官员个人钓鱼自肥的积极性就会空前高涨，因为你不钓别人就钓了。

于是在朝廷的正税外，杂七杂八的费多如牛毛。这些"杂费"多数是进了各级官员的荷包，只要不太过分，皇帝只能无可奈何地默认这种分肥机制。但多数官员不会讲大局，不会替皇家社稷作长远考虑，那么鱼肉百姓会越来越花样翻新，越来越不顾后果，也就是说，渔网网眼会越来越密。各级官员占皇家的便宜，概言之就是"靠山吃山靠水吃水"。知府、知县利用收钱粮、审官司和接收下属送礼等方式谋利，而戴宗这类看守监狱的小吏，就只能从罪犯身上做文章。没钱的罪犯就会被"躲猫猫"，而像宋江这样出手阔绰的"黑老大"，自然会受到优待。而被损害的，最终是皇家的利益。

如此下去，鱼肉百姓无极限。原来只钓大鱼，小鱼苗还得留在水中养大。到后来看管鱼塘的人一多——出现"冗官"现象，不管你三七二十一，到了口中便是肉。如此，就威胁鱼塘主人——皇帝的根本利益了。鱼塘的收成一年不如一年，小鱼苗都被钓走了，哪还有可持续发展的潜力？而塘中的鱼鳖们不堪其苦，很可能会造反，掀起波浪冲垮堤坝。到这个时候，皇帝就会心疼自家的鱼塘，进行反贪，惩罚看守鱼塘的，或者干脆就解雇原来的看管员，雇佣一批新人。但只要鱼塘里的鱼鳖们处在任人宰割的地位，它们不能制约看守鱼塘的人，那么新的看守会很快变坏。

几乎每个王朝都是这样的，这就是"窑洞对"中黄炎培先生所说的"周期率"。新王朝刚刚建立，看守鱼塘的人还不多，前几任主人比较敬业，能够威慑住各位看守有节制、讲分寸地钓鱼。但随着时间的流逝，这种讲分寸的平衡一定会被打破，竭泽而渔那是一定的。于是，堤坝被冲垮，鱼塘换了新主人；再建筑新堤坝，然后再被冲垮……如此周而复始循环下去。

铁牛哥哥眼中的法律

"黑旋风"李逵天真烂漫,尽管他将杀人当成游戏,如江州劫法场时不管官吏百姓,见人就砍,为逼朱仝上山残忍地杀死知府的小公子。但读《水浒传》的人,有些还很喜欢这位铁牛哥哥,包括大才子金圣叹。

你以为铁牛哥哥完全是个不谙世事的人吗?非也,出身赤贫之家、避祸远走他乡、又当过小牢子的他,对世道的评价更为简单、精确。在《李逵打死殷天锡 柴进失陷高唐州》中,铁牛哥哥的一句话如有穿云裂帛之力,他是这样说的:

"条例,条例,若还依得,天下不乱了!我只是前打后商量。"

原来柴进的叔叔柴皇城,住在高唐州,家里的花园被知府的小舅子殷天锡看上,要强行拆迁,限这位柴皇城几天内搬走。无子嗣的柴皇城只能找侄子柴进前来出面交涉。作为保镖的黑旋风跟着小旋风来到高唐州,便惹出了一番大祸,最后让龙子龙孙上了梁山水泊。

这高唐州的知府高廉是权臣高俅的堂兄弟,而他的小舅子又仗着高廉的权势鱼肉乡民。你看这权力的接力衍生好比一个连环套,皇帝宠高俅,高俅便权势熏天——高俅的兄弟高廉于是可以做知府,知府的小舅子就可以胡作非为。这个权力路径图是中国几千年来所谓的裙带关系最典型的说明。

可这柴家不比寻常百姓家，他们是大周皇帝世宗的后代，赵家的江山是柴家禅让的。当年大周皇帝托孤给义弟赵匡胤，可老赵在陈桥驿披上了黄袍，夺了孤儿寡母的江山。这毕竟有些不地道。于是为了堵天下人的悠悠之口，赵家给了柴家"誓书铁券"。这誓书铁券以成文法的形式将柴家后人的特权固定了下来。柴家子孙不但有诸多经济上、政治上的特权，还有司法豁免权——即使犯杀人罪也可以免死，不受大宋法律的管辖。

这誓书铁券是大宋开国皇帝太祖的庄严承诺，对后代皇帝、官员来说，有着宪法一样的权威，理应高于一切的民事、刑事类法律，更不用说是寻常官员自己搞出来的土政策和随意的批示了。

可柴进碰到的却是：一个鸟知府以及他小舅子的个人行为，高于具有宪法权威的誓书铁券。和官府亲近的殷"府舅"根本不把誓书放在眼里。

大宋这种有法不依的状态连李逵这样不识字的粗人都看得明明白白。当柴进还天真地想拿出宋太祖颁发的誓书来维护自己的权益时，铁牛哥哥大叫："条例，条例，若还依得，天下不乱了！"这句粗话说出了大宋当时的乱源——有条例（法）不依，所谓的法全留在纸面上，现实中谁有势力谁就可以践踏朝廷律法。

当殷天锡又来强迫柴家拆迁时，而且叫嚣"便有誓书铁券，我也不怕！"，脾气火暴的铁牛哥哥便让这厮见了阎王。

知府的小舅子被打死后，铁牛逃走，柴进被抓，他还迷信太祖颁发的铁券，以为知府不能把他怎样，何况又不是他教唆的。如果说殷天锡作为一个混混，可能不知道太祖颁发的铁券之权威性，但一个地方的最高首长高知府却不可能不知。可在知府眼里，铁券照样一钱不值。

且看这官府的人如何操纵法律的。李逵是成年人，有完全民事能力，作为柴进的庄客，他打死人，该负一定连带责任的柴进也罪不至死，何况还有免死铁券。可高知府对柴进这位大周皇帝后代、大宋皇帝明令有司法豁免权的大官人严刑拷打，刑讯逼供之下，柴进只能招供："使令庄客李大打死殷天锡。"变成了主犯，关进了死牢，等待杀头。多受柴进恩惠的梁山众人自然不会坐视不管，救出了柴进，一起上了梁山。

像宋江这样的小吏反了我不痛惜，李逵、张青之类的群氓反了更是自然，就算是秦明这样的中高级武官反了我也能理解，可受铁券保护的大周皇帝后裔、举止温文尔雅的贵族柴进终于反了，这大宋还有什么希望？

在殷天锡之死中，有连带责任的柴进被冤枉为主犯，重判为死刑。但在阎婆惜被杀一案中，宋江杀人动机、犯罪事实清楚，可阎婆惜一个风尘女子，没人给她说话，而宋江黑白两道都通。宋江被父亲去世的假消息骗回老家，被官府抓捕后，弄出来这样一个供招："不合于前年秋间，典赡到阎婆惜为妾，为因不良，一时恃酒争论斗殴，致被误杀身死，一向避罪在逃。"

最后就依照宋江自己的供述，判了个刺配，服刑地还是鱼米之乡江州（今九江），宋代的江西无论在经济上还是在文化上都属于最发达地区之一。你看宋江如何开脱的：先说被害人自己有过错——"为因不良",然后说自己喝了酒两人争殴,最后的结论是"误杀身死"。宋江不愧是能吏,刀笔好厉害。

对照殷天锡和阎婆惜两人被杀的案子,我们可以看到,在宋代,有罪可变成无罪,无罪可变成有罪,重罪可变成轻罪,轻罪可变成重罪。

铁牛哥哥所说的"条例",只是他们治人的工具而已。想起了民国初年,为清帝退位而和清室签订了优待条约,允诺宣统长住紫禁城。可没几年民国还在,冯玉祥便用枪杆子把人家赶出去。即使有张勋抬出溥仪复辟在前,以对方先违约的理由来解除条约,也轮不到冯玉祥一个军人来出面,应该由当时的中央政府的元首来办这事。

想到这些,心中有股寒意。

董超、薛霸的象征意义：朝廷送人上梁山

当代已故的大文豪聂绀弩早年参加革命，后因得罪江青坐了十来年大牢。他有一首诗吟咏《水浒传》中的两个恶吏：董超、薛霸，写得非常好：

> 解罢林冲又解卢，天下英雄尽归吾。
> 谁家旅店无开水，何处山林不野猪？
> 鲁达慈悲齐幸免，燕青义愤乃骈诛。
> 佶京俅贯江山里，超霸二公可少乎？

这首诗讲的是董超、薛霸两个恶公差，押解过林冲和卢俊义这两个盖世英雄。他们用开水烫林冲的脚，野猪林里差点杀了林冲，而在那个时代这样的旅店、树林到处都是。野猪林里鲁达放过了他俩一命，后来押解卢俊义时，卢的跟班燕青就不客气了，将两人全部杀掉。而在宋徽宗赵佶以及大奸臣蔡京、高俅、童贯的江山里，这样作恶的小吏，是少不了的。

《水浒传》中，就是这两个微不足道的公人——董超、薛霸成了朝廷送人上梁山的象征。当柴进受梁山之托，利诱并威胁蔡福、张孔目等人后，卢俊义保留住一条性命，被刺配三千里，负责押送的公人正好是当初押送林冲的董超、薛霸。《水浒

传》中写道："原来这董超、薛霸自从开封府做公人，押送林冲去沧州，路上害不得林冲，回来被高太尉寻事刺配北京。梁中书因见他两个能干，就留在留守司勾当。"

这段突然冒出来的闲笔文字实在是大有意趣。作为"公人"（即替公家办事、掌握一定公共权力的人），"害不得人"便是过错，要被另外一个更大的"公人"高太尉惩罚。这是一大讽刺。说明在那种制度下，公共权力处处都被私人化了，在东京这朝廷的公共权力属于高太尉，在北京则属于梁中书。正如林冲误入白虎堂一案的当案孔目孙定所说的那样："这南衙开封府不是朝廷的，是高太尉家的？"这种政治、司法环境中，秉公办事、不枉法、不害人的小吏不但难以晋升，而且会得罪将公共权力据为私有的上司。像董超、薛霸这样能干的人，杀不得林冲并非本人有恻隐之心，而是实在害怕鲁智深的禅杖——你总不能要求自己的下属舍弃自己的性命给自己办事吧。就这样不得已的苦衷依然没有得到高太尉的原谅，被从首都刺配到边境。

两个公人的"能干"又被梁中书看上了，令董、薛二人担当押送卢俊义的使命。这次倒不是梁中书授意结果卢俊义，而是李固用金条收买，托他们在半路上杀死卢俊义，"揭取脸上金印回来表证，教我知道，每人再送五十两蒜条金与你。你们只动得一张文书，留守司房里，我自理会"。

李固的这番话证明了当时司法黑暗之可怕。罪犯甚至嫌疑人只要进了官府之门，已无任何权利保障，生杀予夺已操纵于任何一个办案人的手中——办案小吏有这样的非法授权，难怪表面上社会地位不高、收入不高的小吏却依然有许多人包括宋江这样的枭雄趋之若鹜。而且董超、薛霸们这种枉法害人的行为，其风险远远小于收益。"你们只动得一张文书，留守司房里，我自理会。"

据李固这话，我们可以猜测如果不是燕青及时出手相救，而是两人在树林里顺利了结卢俊义性命，他们回去后必然会得到李固给的一笔巨款。那么如何解释卢俊义的死呢？"只动得一张文书"便可，可以想象两人签署的卢大员外意外死亡的文书是些什么内容，要么说看守不慎，卢俊义害怕刺配之苦，不堪妻子、管家的背叛撞树自杀；要么说卢俊义突发心脏病或染上风寒而病亡。留守司房里，自有李固拿钱打点，去验尸的孔目肯定会被收买，出具的证明亦是：死者原来就有心脏病史，因劳累、激愤突然发病，抢救不及时而死。反正，"躲猫猫""被自杀"的理由多得很。董超、薛霸顶多自己在梁中书面前轻描淡写检讨一番，不久后又会押送另一个卢俊义上路，准备收取另外一笔巨款。在林冲案中，如果野猪林中顺利杀林，可能连"一张文书"都不用准备，那可是替当朝太尉、皇帝的红人办事，风险更小，收益更大，也许从此被太尉垂青而青云直上。

自杀或暴病而亡，这样古老而有用的开脱理由，从古至今任由公人们选用。风险这样低，好处这样多，如果你是董超、薛霸，你能拒绝这样的诱惑吗？至于野猪林里花和尚救了林冲，在谋害卢俊义之前，两个公人被燕青用箭射死，只是文学家们杜撰出来的小概率事件，符合老百姓的阅读心理而已。在现实中这种概率小得不能再小。

由于在这样的司法环境中浸染日久，董超、薛霸并不觉得自己这样做有什么伤天害理的。大多数人都这样做，而且这样做或是上司授意，或可以意外得财——在具体的上司命令、金条和虚幻的道德法律之间，开始也许会存在着一种心理冲突，是选择利益还是公道正义？可普遍的司法黑暗吞噬了一切，枉法得利而守法得咎，能奢望司法伦理对公人们起作用吗？随着时光的流逝，新公人锻炼成老公人时，选择迎合上司或获取金钱变成了一种下意识的行为，行为之前根本没有了心理冲突。

陆谦受高太尉之托，送十两金子给董、薛二人，当时董超对陆谦说道："却怕使不得，开封府公文，只叫解活的去，却不曾教结果了他。亦且本人年纪又不高大，如何作得这缘故？倘有些兜搭，恐不方便。"这董超还像个新手，此时或许还有心理冲突，要么完全在做风险分析——为了十两金子结果了林冲对自己的风险有多大？他知道林冲这样年轻的武官，身体健壮，报一个暴病而亡的理由难以搪塞过去。

可薛霸比他更谙官场规则，他对董超说："老董，你听我说。高太尉便叫你我死，也只得依他。莫说使这官人又送金子与俺。你不要多说，和你分了罢，落得做人情，日后也有照顾俺处。前头有的是大松林，猛恶去处，不拣怎的，与他结果了罢！"薛霸的账比董超算得精，董超的顾虑他当然也理解，但他看到更高一层的规则。像高太尉这样的权贵要办的事没有多大风险，不合常理的理由照样没人敢公开质疑，那么林冲年轻力壮、暴病而亡能否经得起考问无关紧要。关键是不但不能得罪高太尉，还要积极表现，趁机攀上这棵大树。

陆谦直夸薛霸爽快，答应事成之后再给金子，并要求揭了林冲脸上的金印做凭证。李固托他俩害卢俊义，也是先给两锭大银做定金，办完事后也以卢俊义脸上金印为凭据，再追加每人五十两金子。

从林、卢两案幕后的交易中可以看出，官场的枉法在当时已经有了非常明确的程序与规则。犹如雇用黑社会报复别人一样，从残害肢体到杀人，都有一个不成文但普遍遵循的价格，先付定金，完成委托再付余款，参与人如何分肥和分担风险、如何验证结果等等都有了法则——李固要害卢俊义，需要给每人五十两金子和两锭大银，而高太尉给他俩的钱少得多。并非林冲的性命比卢大员外贱，而是高太尉掌握的权力冲抵了李固的金钱，在这种对比中可看出权力完全可以货币化。

到了二人押送卢俊义时，经过官场的沉浮与历练，董超变得和薛霸一样成熟了。当卢俊义哀求再过一天上路时，薛霸骂道："你便闭了这鸟嘴！老爷自悔气，撞着你这穷神！沙门岛往回六千里有余，费多少盘缠！你又没一文，教我们如何布摆？"即使李固不贿赂二人，就冲卢俊义无钱送给二人，一路都可能九死一生。你看，宋江到了江州银子开路，武松杀了潘金莲、西门庆后被刺配，一路把别人送给自己的银子让押送的公人任意使用，两人均享受"贵宾待遇"，可见罪犯有没有银子所受的待遇大不一样。从薛霸的话中，我疑心当时由当事人出办案经费已很正常，否则费公家的盘缠，他心疼什么？

而董超骂得比薛霸还恶毒："你这财主们，闲常一毛不拔。

今日天开眼，报应得快。"在害卢俊义时，薛霸动手，董超在外面放哨。薛霸在实施杀人行为之前，讲了一番为自己开脱的理由："你休怪我两个。你家主管李固，教我们路上结果你。便是沙门岛也是死，不如及早打发了！你阴司地府，不要怨我们，明年今日是你周年！"

这些公家人的心态和人生哲学与黑社会何等相似！杀人已不是罪恶，而是遵循"拿人钱财，替人消灾"的交易规则。如此枉法残暴，如此用权力谋私在公门中已成为不需要道德和法律约束的"准职业化"行为，就如京剧《苏三起解》中那个押送苏三妹妹的衙役说的："说公道，道公道；公道不公道，只有天知道。"中国的传统政治中，公道就是这样的软泥，公人们任意捏这块泥团而不再有负罪感，那么官府和黑社会还有什么区别？

这种遵循上司命令而干伤天害理勾当的恶吏，历史中有很多很多。就说施耐庵所在的明朝，王朝末期魏忠贤当政时，指示锦衣卫都指挥许显纯将左光斗、杨涟、魏大中、周朝瑞、袁化中、顾大章六个对熹宗皇帝顺利登基有非凡贡献的官员抓进诏狱。这个监狱不归刑部管理，也就是说游离于当时的司法制度之外，所以格外可怕，许多人有进无出。

第二年，免官回到江南闲居的几位君子又被锦衣卫抓回北京的诏狱，其中包括黄宗羲的父亲黄尊素。

杀死这些忠良的恶吏都是同一伙狱卒。也许他们想立功的心愿太迫切，也许以为诏狱之中，密不透风，无人可知。可要想人不知，除非己莫为，尽管东厂想出一些办法防止监狱黑幕被外泄，如这些人无一不是被诬陷为贪污，且由东厂的人篡改供词，证明他们是大贪污犯，反正以反贪污为名来搞政治清洗，理由冠冕堂皇，而且说不定会获得群众欢呼。又如每次家属探监并交纳"赃款"时，让家属跪在犯官十步之外，并用官话而不能用方言交谈。可有一个叫"燕客"的侠士，同情这些被冤枉的人，花重金买通监狱的人，穿着狱吏的衣服，混进监狱，详细地记录了这些东林党人被刑讯逼供和冤杀的过程。——当时没有秘密录音录像设备，否则记录就更真实了。

燕客后来在《天人合征纪实》中记录："（七月二十四日）是夜，三君子果俱死于锁头叶文仲之手。叶文仲为狱卒之冠，至狠至毒，次则颜紫（有的史书记载为颜咨），又次郭二，刘则真实人也。"几天后，袁化中和周朝瑞分别死在颜紫和郭二之手。一年后，黄尊素等君子也死在这三人之手。

而那个被燕客称为真实人的狱卒刘某，不但没有参与杀人，而且一直在暗中帮助这些被冤的文臣和燕客。如唯一没被暗杀而自缢的顾大章，本来也在被秘密处决的范围，刘某事前告诉燕客："堂上已勒顾爷死期矣！期甚迫，奈何！"后在燕客的运作下，花了很多银子，也因为阉党顾忌舆论，不敢让六人全部不明不白死在监狱，最后只有顾大章经过刑部堂上审讯，尽管也被判处死刑，但顾把六人在黑狱中的遭遇公布于世。叶文仲这类恶吏之所以敢于为恶，不外乎两点，上司的胡萝卜加大棒，他们要立功要晋级要混得更好。他们为恶的时候几乎希望所有的人都沾上鲜血，如王伦让林冲杀人作"投名状"才能入梁山。如此利益共享风险共担，则彼此捆绑在一起，这也是为什么三个人分别充当黑手。那么，我可以猜测，"真实人"刘某在他们中间，肯定是不得志甚至被排斥，这个人的下场如何没有记载，但刘某的存在让我的心不至于太灰暗，以为那个制度下不为恶就没法子生存，其实道路还是可以自己选择的。

叶文仲、颜紫的下场是史有明书的。崇祯帝上台后，阉党被剪除，惨遭冤杀的诸君子被平反。这些东林党人的遗孤跑到京城来为父亲鸣冤叫屈，十九岁的黄宗羲当时满腔悲愤、血气方刚。他在《思旧录》中记载，他和周朝瑞的儿子周延祚，硬是将害死他们父亲的叶文仲、颜紫两人逮住后活活捶死。

叶文仲这样的恶吏当年行凶时难道就没有恐惧感吗？非也，他们只是在利益诱惑和上司的压力下为之，知道这是伤天害理的，也想过退路。杨涟被杀后，他生前留下血书藏在枕头中，他在血书中写道："大笑大笑还大笑，刀砍东风，与我何有哉？"血书最开始被恶吏颜紫获得，他拿着血书对同事说："异日者，吾持此赎死。"

但颜紫等恶吏终于没能"赎死"，既然为恶，就不应该心存侥幸。尽管官大一级压死人，但小吏也可以选择不作恶，大不了不升官呗。有颜紫、叶文仲这样的恶吏，也有刘某这种心地善良的同事，同样，《水浒传》中也有开封府孙定那样的办案小吏，同情林冲被冤枉，极力为其开脱，免了林冲的死罪。就是说，虽然在那种肮脏的环境内，作恶还是为善，自己是可以选择的。所以，每当一些作恶者，用"上司吩咐，不得不这样做"来开脱自己时，其实完全是狡辩，根本不值得相信和

第三编 避免黑暗伤害的智慧 / 179

同情。

金圣叹评点董超、薛霸押送卢俊义时说:"林冲者山泊之始,卢俊义者山泊之终,一始一终,都用董超、薛霸作关锁,笔墨奇逸之甚。"第一个被逼上梁山的林冲和最后一个被逼上梁山的卢俊义都是社会精英,一个是勤勉敬业的禁军教官,一个是本分守法的富翁,他们都没理由去做强盗。可官府中的人用权力或因收受贿赂而陷害他们,使他们做良民而不得。

金圣叹只看到了施耐庵的"笔墨奇逸",而我认为施氏用董、薛二人押送第一个和最后一个被逼上梁山的人,不仅仅为了增加戏剧效果,而是匠心所在。董超、薛霸正是纲纪坍塌、法律破败、官吏昏庸贪墨的朝廷象征,这一始一终上梁山都是董超、薛霸押送,便说明所有被迫造反的人都是朝廷送上山的。

清朝末年的梁启超本是改良派,他不赞成革命,认为革命的代价太大,应该搞君主立宪,由朝廷自己来改革。因此他在日本流亡时,和孙中山、黄兴、章太炎这些主张革命的人论战。虽然梁启超非常有才华,可他的文章却不如革命党宣传效果好。为什么?因为清朝自己把事情做绝,活生生的事实让希望改良的群众一次次失望。所以梁启超很伤心地说过:"革命党者,以扑灭现政府为目的者也。而现政府者,制造革命党之一大工场也。"

官军为何不如民团

《水浒传》中梁山诸人造反后，官府派军队一再进剿，而且规模一次比一次大，统帅的军官级别也越来越高，可结果一样，都落败而去。

如果说晁盖刚刚劫了生辰纲，上了梁山后，济州府尹派团练使黄安带领千人——出动的仅仅是地方武装，第一次攻打梁山，铩羽而归，是因为视梁山等人为普通打家劫舍的草寇，犯了轻敌的兵家大忌，后来朝廷逐步重视梁山的危害，进剿的力度加大，会巫术的高廉落败后，高太尉大兴三路兵，从大宋王朝的辖区内调拨精兵良将，并让名将之后呼延灼摆下连环阵，照样败北；最后高太尉亲任兵马大元帅，征调河南河北、上党太原、京北弘农、颍州汝南、中山安平、江夏零陵、云中雁门、陇西汉阳、琅琊彭城、清河天水等十路节度使各率一万兵，会剿梁山泊，此时已是集大宋政府各地部队之精锐，大举进剿，可结局仍然惨败，梁山好汉们取得了一次又一次反围剿的伟大胜利。

与官军的无能相反，真正让梁山泊焦头烂额的竟然是民团。套用中学历史教科书的说法，给起义军添大麻烦的是当地地主武装。

和梁山毗邻、一个小小的祝家庄，就使宋公明三次兴兵，前两次不但没有搞定，还让许多大将被人俘虏，最后离间了祝、李、扈三家，使用了连环计，让反水的登州府军分区司令员孙立假装前来帮助祝家，才最后攻陷了祝家庄。

攻打曾头市时，曾氏五兄弟加上一个家庭教师史文恭就让梁山好汉们纷纷落败，连梁山首义的领导人、梁山群雄名义上的最高领袖晁天王也中箭身亡。

和官府那帮吃干饭的混蛋们比较，这些自筹钱粮、自练兵马的民团战斗力太强了。原因何在？

原因之一是攻守之势异也。打祝家庄、打曾头市，梁山泊部队是攻，民团是守，做强龙比做地头蛇当然花的力气要更大。而官军进攻梁山泊则是攻，此时的梁山部队是守。但这不是主要原因，三山的义军合兵打青州，也是主动出击，照样取得了胜利。我认为民团比官军战斗力强最重要的原因是不同的管理体制和激励机制。

有宋一代，国富而兵弱是出名的，不但在大辽和后来的大金面前屡战屡败，连地处西北一隅的西夏都敢侵扰大宋疆域。中国历朝历代，恐怕没有比大宋朝更窝囊的了。

钱穆先生在《中国历代政治得失》中说过，宋代是因养兵而亡国的。养兵本是为了护国，最后却走向了反面，这恐怕是太祖皇帝没有想到的。一个殿前都点检（羽林军头目）赵匡胤发动兵变，就能黄袍加身，好比非洲一些小国，一个少校衔的总统府警卫队长，就敢赶下总统自己当。赵匡胤深知武将坐大之祸，杯酒释了兵权，在文官地位持续提高的同时，武将地位却降低。

宋代军队分禁军、厢军两类,基本上都是募兵即职业兵,从少小当兵到六十岁退伍,这样的军队还有什么战斗力?另外一种兵就是配军,像武松、宋江、杨志这样犯了罪的人,刺了字进军队服役。这样的兵闹不好像牧野之战的纣王部队一样,来个反戈一击。厢军就是些杂七杂八的地方部队,他们并不归军事首领统帅,而是由当地的文官如知府管理,而文官是流官,常常调换的。平时不修战备,纯干些地方的建设项目,如苏东坡在杭州时,浚西湖修苏堤的主力是当地的厢兵。有些地方部队还经商,如《水浒传》中的张团练就是"快活林"的后台老板。这样的部队,只有到了战时临时征调,才稍加训练,能有什么战斗力?而且这些临时征调的地方部队,其统帅并非平时朝夕相处的将领,也是临时选拔的。如《水浒传》第五十四回中,高太尉集合了一些兵马准备去剿梁山,临时找了呼延灼做兵马指挥使,"(呼延灼)火急收拾了头盔衣甲、鞍马器械,带引三四十从人一同使命,离了汝宁州,星夜赴京"。呼延到了东京后,又临时找了韩、彭二人做先锋。这样将不知兵、兵不知将,如何能打仗?呼延带去打梁山的数万部队,恐怕只有从汝宁带过去的那个三四十人的警卫排真心听他的话。

禁军是从各地选拔来护卫京师的,战斗力稍稍强一些,但开国日久,这些模范部队的战斗力也下降了——就如唐代的神策军、满清的八旗一样,最后徒有其名。因为禁军在皇帝身边,他更不敢长期让能干的军事将领统帅,大多交给高俅这样只会哄皇帝开心的弄臣管理。对付梁山这样的造反者,也只能多用各州厢兵，不敢轻易劳动禁军，因为如果京师空虚，北面大辽南下如何办？

中国从秦始皇郡县天下后，真正的封建已经消亡。封建社会才是家中有家，国这个大家中有无数小家。天子、国君对各地割据的贵族内部事务并不多加干涉，碰到外敌就像周幽王遭遇狄戎一样，用烽火召集各地诸侯来勤王。各地诸侯自己养兵，自己保卫自己，自然积极性很高，部队也有战斗力。但这样做最大的害处就是诸侯拥兵自重，不把老大放在眼里，像楚子那样，"吾有敝甲，欲观中国之政"。后代的皇权社会，皇帝老儿最大的担忧是武将拥兵自重，因此处心积虑地削弱军事将领对部队的影响。宋代和明代在这方面做得最彻底，宋、明皇帝恨不得天下几百万兵卒只听皇帝一个人的，而不受制于任何一个将军——管他是岳飞还是戚继光或者袁崇焕。三人的悲剧也是源于此。既希望平时将兵分离，又希望打仗时将兵一体，英勇善战，这怎么可能呢？只有在现代民主社会，文人统军、武人治军，既能避免军人干政，又能保证常备军的战斗力。所以在皇帝用文官不断干预军事、不断折腾武将时，军队人数再庞大，如宋代一百多万，明代绝不少于这个数字，在胡人和流寇的攻击下，也一溃千里。就如那些去打梁山的官军一样，兵不知道为何而战，为谁而战，眼里也没有军事统帅，临时抽调的将领也心里不平，受制于高俅那样的人，打不好还要当替罪羊，谁愿意死心塌地地打仗？

和官军正好相反，民团有具体的战斗目的——就是保护自己的庄园，保护自己的家。无论是祝家庄还是曾头市，他们厉兵秣马、修建濠垒的目的明确，抵抗那些动不动就来"借粮"、实则是烧杀抢掠的梁山人。这些人世代聚族而居，同声共气，一荣俱荣，一损俱损。练兵的目的明确，练兵的方法、防御的模式也很有针对性。他们不像官军那样，中间有无数的层级，决策者和战斗人员之间隔膜重重，信息不畅。这些民团的将兵之间，或亲戚、或世交、或师生，因此这样的民团，最小的成本能产生最大的效益。

尽管秦汉以后，割据减弱，但各地的庄园主，还是喜欢训练民团，为什么呢？因为他们对官军，即自己纳税养起来的政府军极度不信任。时迁上梁山之前，偷了祝家庄一只鸡，引发了三打祝家庄。实际上不管有没有时迁的小偷小摸，以梁山和祝家为代表的当地豪强之间的矛盾都是不可避免的，宋江要生存，要四处"借粮"，自然不会放过梁山门前的富裕庄园。而面对这些盗寇，祝家庄需要自保。在梁山和祝家的战斗中，我们看不到官军的影子，这些靠百姓养活的军队任凭祝家用自己的粮草养自己的民团来抗击强盗。祝家在战端开始前，已经对官府不抱多大的希望，他们寻求的是和李家庄、扈家庄的联盟互助。如果硬要说官军在三打祝家庄中起了什么作用的话，那就是起了有利于梁山的反作用。登州提辖孙立投靠梁山后，利用当时的通讯不便以及师兄弟栾廷玉对自己的信任，假装职务调动来协防祝家庄，从而打开了祝家庄的大门——这极具戏剧性的情节恰是对官军作用的反讽。

在封建和民主社会之间，皇权制实质上是个很糟糕的政体。封建社会是责任分解,用许倬云先生的话来说,就是总公司给各子公司极大的自主权,你自己练兵保护自己,只要别造董事长的反就行了。而现在的民主社会,所有国民给你交了税,别的事情就不用再管了,政府自然有义务来保证社会稳定、保护国家不受侵犯。可是在皇权社会里,老百姓已经支付了用于防卫的费用,即皇粮国税,官军却并不能履行相应的义务,大的战端一开,各地的老百姓还得自己保护自己。让官军打仗,朝廷会像明末那样,一次次为辽东战事临时向老百姓加税,老百姓明明知道这种双重支付不合理,但为了自己的安宁,还是选择自己掏钱保卫自己。如祝家庄、曾头市,他们这样花钱至少能看到钱花在哪里,看到花钱所起的直接效果。

其实,在中国由于皇权社会管理混乱,效率低下,官军的战斗力很多时候都不如"家军"——民团。李闯王能一鼓作气攻进北京,南退后却处处陷入地主武装的伏击围剿中,最后在九宫山命丧民团之手。满清铁骑由吴三桂迎入关内,打败李闯王,可打到了江南,柔弱之江南遗民处处毁家抗争。到了咸同之世,八旗、绿营等政府军一塌糊涂,剪除洪杨、廓清东南的依然是曾、左、李等人的民团。

面对梁山的人马,当地庄园只能自己养兵自卫,他们大概会问:花费无数公帑,朝廷养兵干什么呢?

两类"吃人"的比较

《水浒传》中最恐怖的场景莫过于吃人肉了。梁山的大小头领,上至老大宋江,下至矮脚虎王英等,好像多数吃过人肉。最著名的一场是,宋江为了报黄文炳挑拨知府的仇恨,将其肉一点点割下来烤,最后取出心肝做醒酒汤。

宋江在上梁山之前,有几次差点成了"黄文炳"。在清风山,燕顺、王英、郑天寿把他当成俘虏的"牛子",差点取其心肝做醒酒汤,幸亏他"及时雨"的名望挽救了他;在揭阳镇,被"催命判官"李立用药麻倒,放进人肉房里准备加工,幸亏李俊及时赶到,才刀下留人。

人类对自身的尊重,是随着社会的发展不断进步的。在灵长类动物中,如大猩猩和猴子,对自己的亲近者也有一种尊重其身体的自然法则,如不伤害它们的遗体,甚至能围绕遗体表达哀悼之意。"虎毒不食子"这句话则揭示了动物界的某些禁忌。在生产力不发达的原始社会,食物没有保障,因此人们将敌人的身体当成可以享用的食物。白种人首次踏入新大陆时,那里的印第安人部落还有吃自己俘虏的习俗。在历史上饥饿横行、人面临死亡时,也出现过人类相食的惨剧。随着人类文明的进步,人类相食的野蛮行为才渐渐消失。

但梁山人吃人肉,他们显然不是因为饥饿或者是人肉的美味,他们的行为有其多种动因。

其一,吃人肉是对敌人人格最大的侮辱,是一种极端的复仇行为。中国的成语"食肉寝皮"即是此意,他们吃敌人身体的时候,已经不把这个人看成自己的同类。宋江要割黄文炳时,问:"那个兄弟替我下手?"李逵自告奋勇站出来完成割人肉烧烤这一酷刑。这不是随意之笔,而是李逵身为宋江亲信,他烤黄文炳就等于是宋江下手。另一个原因,梁山人中李逵最接近动物界,他干这活没有任何的心理负担,反而有种畸形的快感。如同二战时期,德国纳粹残忍地杀害犹太人,一些纳粹军官竟然将人皮做成灯罩。纳粹为什么会有这样非人伦的残酷行为?他们不会受到良心的谴责吗?我想是因为纳粹分子已经将犹太人视为本民族最大的仇人,在他们心里,并不将犹太人当作同类,因此可以毫无人性地对待犹太人。

其二,"吃人"实质上是一种具有象征意义的宣言:我是强盗我怕谁?李立和张青、孙二娘夫妇将人肉作为商品出卖,是为了赚黑钱,而梁山人吃人肉不是为了赚钱,更不是为了满足口腹之欲,这种行为实质上是对社会正常伦理的最大蔑视、对正常社会秩序的最大挑战和对人类尊严的最大践踏。因为他们已经成了强盗,在别人的眼里,他们是没有正常人的道德观的一群人,是被社会所不能容忍的另类。他们自己也干脆自唾其面,自污其身,用吃人这种行为来宣示他们不屑于接受正常道德的规范。

出于对人类自身尊严的敬重,如果将人肉作为食物,绝对超出了人类文明的底线。如原来中非的皇帝博卡萨是个暴君,他杀人无数，奢侈淫乱，贪污腐化，但这些行为全加起来都抵不上他另外一种罪行——他竟然吃人肉。这是对人类文明的挑战。

多年前有媒体报道说，昆明出现了"女体盛"事件，即让年轻的女性几乎全裸躺着，用其胴体代替盘碗杯盏盛食物让食客享用。批评者多半指责这种行为不尊重妇女，不符合食品卫生法，有悖于公序良俗，等等，但都没有说到点子上。《南方周末》一篇评论《"女体盛"的本质是将人物化》说出了问题的本质。文中说：

> 在我看来，亵渎妇女或许只是问题的表面，这么多年以来，为什么被亵渎的总是女性，为什么受伤的总是女人？如果把这些问题放到更广阔的历史和社会背景下来考察，我们也许可以得出一个结论：在一个利益化越来越严重的社会，当人们把追逐利益作为根本的甚至是惟一的目的，作为逐利者主体的人，就陷入了"拜物教"的怪圈，并最终将包括自己在内的所有人予以"物化"，在这一过程中，人的尊严即告荡然无存。

昆明餐厅的行为已经超出了法律规制的范围而进入有关"人的尊严"问题的范畴。按照人类学和社会学的观点，如同"女体盛""人乳宴"等现象一样，所有将人的身体或其一部分直接或间接作为商品出售的行为，都是对人的尊严的严重侵犯。因为，作为生命的承载体和表象，人的肢体与人的尊严密切相关，出售或变相出售人的肢体，就是物化人的表现，就是对生命尊严的漠视。

从这个意义上讲，无论是女体盛还是男体盛，其所包含的信号十分明确且本质相同，那就是用人的尊严作为代价以追求经济利益。毫无疑问，这与我们社会所倡导的与市场经济相适应的道德规范是格格不入的，应予坚决的反对与抵制。

可见，在文明社会里，不但吃人是不能容忍的，即使将人的尊严作为商品出售，也是为社会所不容的。梁山人"吃人"的行为实质上是自毁人格，也就是说，他们不在乎自己变成莽林里的动物，抛弃正常人的伦理道德。那么，这样吃人的人被招安后回归正常社会，他们怎能不被其他人继续当成异类对待呢？

那些将李逵们视为"吃人"动物的庙堂权贵们，他们有种种饮食禁忌，别说吃人，就是宰杀动物他们都认为是残忍的，"故君子远庖厨也"。《孟子》中记载，齐宣王看到一个人牵头牛准备去宰杀用以祭祀，他对这人说：放过它吧，我不忍心看到它发抖害怕的样子，没有罪过而被杀死。可这些满口仁义的人却进行着另一种吃人的行为。

画着花鸟画、写着瘦金体、听着宫廷音乐的宋徽宗，是何等优雅，然而他的"花石纲"害得多少人妻离子散、家破人亡，这难道不是吃人？高太尉可以纵容自己的干儿子欺男霸女，难道不是吃人？高廉知府怂恿自己的小舅子强占民居，难道不是吃人？梁中书在自己的治内搜刮民脂民膏，难道不是吃人？我们的老祖宗造词实在是太精到、形象，"鱼肉百姓"四个字，足以说明封建时代的统治者视老百姓为任意宰割的食物。五四新文化运动时期，鲁迅等人抨击两千年的封建社会是吃人的社会，那些"肉不正不食"的孔子门徒，是怎么吃人的呢？鲁迅在《狂人日记》中写道："我翻开历史一查，这历史没有年代，歪歪斜斜的每页上都写着'仁义道德'几个字。我横竖睡不着，仔细看了半夜，才从字缝里看出字来，满本都写着两个字是'吃人'！"

强盗们的梁山上和大宋的朝廷里都摆着人肉的盛宴，不过他们宴席的食物来源有差别，宋江、李逵只能将俘虏作为宴席的原料，而大宋王朝宴席的原料则是大宋江山下所有的老百姓。从这点来看，宋徽宗、蔡京、高俅等的吃人，比宋江、李逵等的吃人，吃得更巧妙、更残忍、更肆无忌惮。

匪性和奴性的结合

比较梁山上众头领的性格,我发现一个有意思的规律:越是杀人如麻、崇拜暴力的人,越缺乏人格的独立性而甘愿为奴,"匪性"和"奴性"在同一个人身上竟能如此奇妙地共存。乍一看,土匪是最不讲规矩、天不怕地不怕的,而奴才却是最恭顺的,两类性格怎么可能结合在一起呢?

如果问看过《水浒传》的人,书中谁是最地道的匪?我想大多数人会毫不犹豫地回答:李逵。没错,李逵的匪气十足,眼中只有两把板斧,心中没有任何的规则概念。可他在宋江面前却是奴性十足,给他的宋公明哥哥做奴才虽九死而犹未悔。

李逵一见宋江,就不自觉地把自己摆在"奴"的位置上。当戴宗把宋江介绍给李逵时,李逵说:"若真个是宋公明,我便下拜!若是闲人,我却拜甚鸟!节级哥哥,不要赚我拜了,你却笑我。"当宋江自得地说明"我正是山东黑宋江",这李逵便像失散多年的孩子找到了母亲,性格暴烈的他好像这么长时间以来终于找到可以托付终身的主子,书中如此描写:"李逵拍手叫道:'我那爷,你何不早说些个,也教铁牛欢喜。'扑翻身躯便拜。"这一拜,便彻底奠定了宋江、李逵的主仆关系。

李逵做宋江的奴才至死不悟。宋江害怕自己死后李逵造反,毁了自己的名声,便骗铁牛一起喝下毒酒。铁牛知道自己的公明哥哥拉上他做垫背时,对宋江也毫不怨恨,反而说:"罢,罢,罢!生时伏侍哥哥,死了也只是哥哥部下一个小鬼。"他不但此生愿给宋江做奴才,还想下辈子继续做。

其他的一些梁山头领也是如此,王英在知道宋江的真实身份前,匪的凶残冷血暴露无遗,嚷着要挖宋江的心肝下酒。一旦知道宋江的真实身份,他立马下拜,奴性顿现。戴宗也是这样,作为管理犯人的节级,在犯人面前他是一尊杀气腾腾的凶神,当面对的犯人是江湖上的老大宋江时,也是立即行礼,因为在监狱里面,他还必须解释:"兄长,此间不是说话处,未敢下拜。"

这种匪性、奴性共存一体的怪象,是大宋这种皇权社会中多数人的真实写照。因为一个不是凭规则管理、靠谈判协商的社会,谁掌握更多的暴力资源,谁就能在社会等级的金字塔中占据更重要的位置。匪和奴是一个人的两副面孔,对强于自己的人,自愿为奴以求投靠攀附;对弱于自己的人,便是匪的狰狞,强取豪夺。宋江靠自己多年的积累,在江湖上混得了老大的声名。江湖自有其独特的价值判断体系,既然江湖上的人都说宋江是泰山北斗,那么类似李逵、戴宗、王英这样的人便自然觉得宋江强于自己,自己做他的奴才不但没有什么委屈,反而应该兴高采烈。

江湖上的规矩就是这样,两个匪碰在一起便是争夺,我赢了你,你便是我的奴,我可以驱使你;输给了你,我便给你当奴才,任你驱使,因为这江湖上少平等的人,而大多是两类人——匪或者奴。而且最彻底的匪往往变成最彻底的奴。

江湖如此,那么大宋朝廷呢?也是如此。戴宗、施恩这样的吏在犯人面前是匪,在上司面前便是奴。高俅的地位够高吧,在林冲这种低级军官面前,他是蛮不讲理的匪,连人家的老婆都敢抢夺;可在大宋天子面前呢?他同样是奴才。在天子的眼里,大宋所有的臣民都是他的奴才,可他也得虚拟出一个主人呀,于是他便把自己当成上天的奴才。

清朝是满人当家,他们比起宋朝,少了那些美丽的词藻,而是直指本质。大臣们见到皇帝时跪下来自称"奴才",可他们一旦出宫呢?奴才立马变成主人。由于匪性与奴性的共存,宋江等人在两种身份中游刃有余而无精神分裂之虞。他在郓城县时,白天在县令面前是个恭顺的押司,到了晚上,他又成了江湖上呼风唤雨的宋公明大哥。

土匪和英雄、奴性与忠诚是不一样的。英雄是敢于挑战比自己更强大的人,而土匪往往欺负弱者。奴性是没有原则的归顺,如李逵这样,只认准宋江,至于自己主人的选择是否正确,他一般不做考虑。尽管李逵内心反对招安,可公明哥哥进了朝廷,他也只得跟着进朝廷;忠诚是对一种价值和信念的认同与服膺,而非对某个人的无条件的服从。土匪只有奴性,英雄才具有血性。

在梁山的世界里,只有林冲和鲁智深是最不具备匪性和奴性的英雄。虽然他们都杀人,但不是滥杀而是有原则地杀,并对比自己弱小的人心怀悲悯。对梁山泊的选择他们尊重且接受,但对大头领宋江个人,却保留一种难得的清醒与独立。

第四编 情欲的罪与罚

正常的女人和爱情哪去了？

一言以蔽之，《水浒传》是一部没有女人只有汉子，没有爱情只有奸情的小说。

一百单八将中，尽管还有扈三娘、孙二娘、顾大嫂这三位做点缀的女人，然而仔细看来，她们仨很难说是正常的女人。孙二娘且不用说，这个开黑店谋财害命的母夜叉，仅仅性别是女的而已，其凶狠毒辣不亚于江湖上任何一位杀手，哪有丁点儿的女性魅力？而扈三娘，本来是一个大户人家的千金小姐，被梁山人毁了家，强抢上山，配了长相、品德都不堪的矮脚虎王英，从此患上了"斯德哥尔摩症"，成了一具任人驱使的木偶；而顾大嫂呢，比前两个人正常一些，她更像一位爱护孩子的母亲或嫂子，母性之外，其女人的味道也依稀难寻。

至于爱情，除了林冲和他娘子那种恩爱之外，我实在看不到其他的男女之间还有什么爱情。林冲对妻子的保护，在《水浒传》中更多地表现为一个男人对尊严的捍卫，而作为禁军教头的他，很难公开表露出他对娘子的爱怜。他的娘子对丈夫的爱，则表现为不愿意受到高衙内的凌辱以上吊来明志。

《水浒传》中第一个出场的女人，是第二回《史大郎夜走华阴县　鲁提辖拳打镇关西》中的金翠莲。当鲁达和史进、李忠在渭州潘家酒楼上喝酒时,听到一位女子啼哭。这女子"虽无十分的容貌,也有些动人的颜色"。她向鲁达哭诉:自己被当地一霸镇关西郑屠先虚钱实契,占了身子,后被郑屠的大老婆赶出家门,又要追讨并没有支付的三千贯钱,不得不流落街头卖唱还债。金翠莲的不幸遭遇唤起了鲁达的恻隐怜悯之心,并去找郑屠算账,结果三拳打死了郑屠。

整个《水浒传》中,除了林冲以外,就只有鲁达懂得女人,尊重女人了。《红楼梦》和《水浒传》《三国演义》比,更具有现代性,我认为重要的原因是《红楼梦》中男主人公贾宝玉的观念符合现代文明社会的理念,把人当人看,特别是把长期处于弱势地位的女性和奴仆当成平等的、正常的人来对待。《水浒传》中,也只有鲁达在对待女人方面有和宝玉相同的情怀。《三国演义》公开宣称"兄弟如手足,女人如衣裳",而《水浒传》中自宋江、卢俊义以下,除鲁达、林冲等极少数人外,有谁以平等、尊重的眼光来对待女人?

我们来比较两处相近的场景,看起来都粗鲁的鲁智深和李逵先后埋伏在一个女人的闺房里,目的都是行侠仗义,保护借宿的两个土财主的家。鲁智深那次,是因为桃花山的小霸王周通要强抢刘太公的女儿做压寨夫人,严重违背女人乃至其家长的意志。赤条条的花和尚假装刘小姐埋伏在销金帐中,将周通狠狠扁了一通,让周通退亲,理由是:"周家兄弟,你来听俺说,刘太公这头亲事,你却不知。他只有这个女儿,养老送终,承祀香火,都在他身上,你若娶了,教他老人家失所,他心里怕不情愿。你依着洒家,把来弃了,别选一个好的。原定的金子缎匹将在这里,你心下如何?"

李逵那次呢?他投宿在四柳村狄太公家,听说他家闹鬼,其实乃是狄家小姐和外面的汉子私通,故意装出中了邪祟,不让其他家人进她的闺房。胆大到无法无天的李逵进去捉鬼,捉住了两个自由恋爱的年轻男女。他却将两人残忍地杀死后,再将尸体"恰似发擂的乱剁了一阵",并将头砍下来交给狄太公。太公伤心自己女儿被杀,这黑旋风竟然说:"打脊老牛,女儿偷了汉子,兀自要留他!"在李逵眼里,和人私订终身的女人就不是人,非死不可。如果他进了大观园,估计每一个如花似玉的女人,不管林妹妹还是薛姐姐,都得吃他一板斧。

浊世佳公子贾宝玉和不识字的花和尚鲁智深是心灵相通的。《红楼梦》第二十二回中贾宝玉陪着老祖宗和众姐妹看戏,宝钗点了一出《鲁智深醉闹五台山》,宝钗将戏中鲁智深所唱的一曲《寄生草》念给他听:"漫揾英雄泪,相离处士家。谢慈悲,剃度在莲台下。没缘法,转眼分离乍。赤条条,来去无牵挂。那里讨,烟蓑雨笠转单行?一任俺,芒鞋破钵随缘化!"宝玉听后,喜得拍膝画圈,称赏不已。随后再深思这戏文,悟出了禅机。

在《水浒传》以及《红楼梦》的时代,那是个几乎完全由男人主宰的世界,能像鲁智深、贾宝玉那样以平等之心、怜爱之心对待女人的男人,少之又少。那么处于绝对弱势的女人,其命运只能由男性来决定,女性必定依附男人活着,能嫁给林冲这种男人的女子实在太少了。女人不能自主自立,那么就不可能有在平等社会中生长的正常爱情,男女之情在畸形的环境中，只能生长出奸情，或者女性放弃自己的主张，为活着而任由男性处置自己的命运。

以第一个出场的金翠莲为例，鲁达的仗义，让她摆脱了镇关西的控制，可天地广阔，哪里才是一个弱女子的立足之地呢？给人做妾、被人包养几乎是她唯一的出路。她离开渭州后，在代州雁门县，做了一个赵员外的外宅——连小妾都不是。妾，那可是要娶回家的。父女俩为感谢恩人，陪他慢慢地饮酒，赵员外听说后，以为自己的"二奶"又红杏出墙了，领着庄客前来捉拿鲁达。等弄清楚鲁达是"二奶"的恩人后，这个有钱有势的山西"煤老板"一石两鸟，建议鲁达去五台山当和尚，明为给鲁达找个避祸的地方，其实是为了绝后患，一个如此有情有义的大英雄住在他家，他哪放心得下。若让金翠莲自由选择，鲁达可爱还是土财主赵员外可爱？答案不言自明。可那个时代，哪有金翠莲自由选择的机会！

《水浒传》中的多数女子，命运还不如这位给人当外宅的金翠莲。阎婆惜和金翠莲际遇相仿，翠莲和父亲流落到西北渭州，而阎婆惜则和母亲一起流落到山东，也给当地一位"成功人士"宋江做了外宅。这宋江虽然在江湖上很有名望，但对待女性，委实连一点怜香惜玉之心都没有，更不用说平等之尊重了。阎婆惜的悲剧命运乃是她不同于金翠莲那样逆来顺受，不甘愿被宋江冷落，从而和宋江的同事、郓城县衙另一位押司张文远有了恋情。这就好比南方一些被巨贾包养的"二奶"，"商人重利轻别离"，独守空房的"二奶"和某位男青年有了感情。——但在由男人特别是成功男人说了算的社会，这样的爱情只能被视为"奸情"。阎婆惜为了使自己那份"奸情"能见阳光，修成正果，不得已拿着宋江和梁山强人的书信，向其敲诈，最后误了卿卿性命。

另外两位《水浒传》中的超级"淫妇"都姓潘：潘金莲和潘巧云。——我怀疑这施耐庵老先生是不是曾受过潘姓女子的伤害。这潘金莲害死武大郎固然罪不可赦，但她沦落到一个杀人犯的地步，亦是她不能独立主张自己命运的必然。早年的她在一个大员外家，因为姿色出众，被员外占有了。但那个时代的社会就是这样不讲理，孤立无援的丫鬟在老爷面前，只能是待宰的羔羊，可老爷的大老婆吃醋，大闹，脏水全都泼到被伤害的小女子身上，说她狐媚偏能惑主。潘金莲早年的遭遇和明末江南名妓柳如是完全一样。这柳如是在退休阁老周道登家中做侍女时，因年轻貌美被周老爷奸污，收为小妾，深得周的欢宠，引起了群妾妒忌，说她与书房琴童私通，于是周道登一怒之下将柳如是卖作娼妓。此后柳如是在风月场所中一直在观察、在寻找机会从良，终于碰到了致仕回乡的礼部侍郎、当时的文坛领袖钱谦益。而潘金莲的命运就远不如柳如是了，她实质上比被卖入风月场所还惨。成为名妓的女子，尚有被恩客赎身的可能，而成了三寸丁谷皮武大郎的妻子，再红杏出墙的话就严重违背社会道德规范。当碰到武大郎的弟弟武松时，她立即爱上了这位高大威猛的小叔子，"发乎情"再正常不过，而未能"止乎礼"也可理解。而武松对她的鄙夷和轻蔑，未必不使她有了破罐子破摔的心理。最后和西门庆的苟合，则是求爱情不可得而必然导致奸情的悲剧了,西门庆所贪图她的,只是美色,只是情欲。可自她在少女时代被老爷占了身子后,最美好的青春岁月里,没有一个英俊体贴的男人对她好过,西门庆的迷魂汤让潘金莲魂不守舍,进而投怀送抱,岂非自然之事?

至于潘巧云,那就更惨了。她第一个丈夫死了,改嫁给杨雄。这杨雄有时间和江湖上一帮狐朋狗友来往,却没有时间陪自己的娇妻,潘巧云怎么能不心有怨言呢?我强烈怀疑杨雄和石秀之间有某种同性恋倾向。武松警告潘金莲,情有可原,毕竟他和大郎是亲兄弟,在那个时代嫂子如果闹出丑闻是侮辱了武家门风。而石秀,一个外来户,结交了当地的小吏杨雄,才没让他办"暂住证"而待下来谋生。别人家夫妇的事情,他管什么闲事?当潘巧云与和尚裴如海好上后,裴害怕石秀,说你家叔叔好生厉害,潘巧云说,"这个睬他则甚!并不是亲骨肉!"潘巧云这话虽说得刻薄,但也不无道理呀。后来杨雄在石秀的唆使下,残忍地杀了潘巧云,并不是因为他爱潘巧云而不能忍受所爱的人移情别恋,而是顾及自己在结义兄弟面前以及江湖上的面子。

男人的面子比女人的性命重要。这就是那个时代的逻辑。

《水浒传》中,几乎没有正常的女人,因为那个时代不正常。做女人的,只能老老实实接受命运的安排,依附男人;如果反抗,只有两条路,要么像孙二娘那样做不像女人的女强盗;要么,就做被社会道德所排斥的淫女荡妇。除此而外,别无选择。

民间歌谣与传言

在没有网络、没有广播电视、没有报刊的古代，当政者比较在意民间的各种歌谣和流言，因为这些看似无意、十分诙谐辛辣的歌谣、传言，往往是民间情绪的真实表现。所以从周代开始，天子和诸侯命令那些没有儿女的孤寡老人，在采诗官的带领下，摇着木铎，深入到田间地头采集老百姓心口传唱的各种歌谣，以观民间风俗和执政的得失，套用现在的话，就是"了解舆情"——那些孤寡老人，政府发给一定的给养，大约可算作"以工代赈"。

自古有点想法的人也往往利用童谣、儿歌这种形式为自己造势，以显示自己是上天所命，来凡间是有特殊使命的。其实这些歌谣大多是不安分的文人制造的，因为简单易记、琅琅上口，好奇兼好玩，小孩一学就会，传唱甚广。统治者视这些歌谣为"谶言"，十分重视。《三国演义》中的长安小孩唱着："千里草，何青青。十日卜，不得生。"想必是类似王允那样不满董卓老贼荒淫残暴的人造出来的舆论攻势；明末流传"十八子当主神器"，大概也是闯王部下故意放出来的烟幕弹，如果真是上天钟爱李闯王的话，也不至于当了几天大顺的皇帝就仓皇南逃，不知所终。

《水浒传》里最有名的一首儿歌是:"耗国因家木,刀兵点水工。纵横三十六,播乱在山东。"宋江在浔阳江头题写了反诗,后被黄文炳举报,知府蔡九开始本没有太在意,直到黄文炳提醒他:"相公不可小觑了他。恰才相公所言尊府恩相家书说小儿谣言,正应在本人的身上。"政治敏感性不强的纨绔子弟蔡九这才如梦方醒,下决心铲除这个不稳定因素。我猜测这歌谣大约也是黑白两道通吃的宋公明策划好的"成名方案",利用儿歌炒作自己,积累当老大的资本。所以他上梁山后,见到了晁盖,还不无得意地提到了这首儿歌,以示自己当首领的合法性比晁天王强。

《水浒传》中最有名的传言就是风流皇帝宋徽宗和东京城第一花魁李师师的"零距离"关系。皇帝是天下第一人,自然是级别最高的公众人物,被升斗小民们关注一言一行自然是很正常的事。可惜大宋不是美利坚,美国前总统克林顿和白宫实习生莱温斯基的关系仅仅登堂入室,还未到亲密无间,就被美国媒体紧紧咬住不放,全方位多角度地给予曝光,让身为地球上最有权势的美国总统克林顿没有一点隐私的空间——这领导人当得真憋屈。大宋没有现代意义的新闻媒体,也没有现代意义的新闻自由,皇帝居九五之尊,权威不容亵渎。但"防民之口甚于防川",所以只能允许口头传播这些事情。宋江和柴进、燕青等人化装进入东京城走门子,当路过李师师所在的勾栏,看到"歌舞神仙女,风流花月魁"的"招商广告"时,问茶博士:"前面角妓是谁家?"茶博士道:"这是东京上厅行首,唤做李师师。"宋江道:"莫不是和今上打得热的。"茶博士道:

"不可高声,耳目觉近。"

看来这风流皇帝宋徽宗和李师师的那点关系,在大宋朝已经成了"地球人都知道"的公开秘密了,大概连契丹、西夏、大理、吐蕃这样的番国都亦有所闻。而且像宋江这样想走"二奶"后门,以达天庭的恐怕也不是少数。作为皇帝,虽有乾纲独断的权威,但禁不住悠悠之口议论自己的私事。大宋那么多人,你总不能派无数的小吏专门来监控这种传言吧。何况大宋朝许多像宋江、戴宗、雷横、朱仝这样对朝廷三心二意的小吏,没准还会加入传播皇帝风流故事的行列。

有一位四川籍当代作家说过皇后具有公共属性,此话很有道理。作为母仪天下的皇后,她必须满足男性子民们合理的心理活动,对权力和女人,皇帝和草民的期许没有什么质的区别,因此对"御用产品",大多数男人也有种想试一下的心理冲动。这是个很有意思的心理学、社会学课题。而女人是最重要的"御用产品",让草民们"意淫"一下当然正常。在皇帝千方百计打击"僭越"的高压下,这种"在场"的体验大多是想象。不过我觉得这位发明瘦金体的多才皇帝还算开明,自己宠幸过李师师后,并未为她建造别居,将其垄断,而是让她仍从事本职工作,在元宵佳节依然接客。不像别的皇帝,用过的东西必须放进纪念馆,作为"圣迹",草民只能远观而不可近玩——凭这点我佩服这位最后葬送大好河山的皇帝的大度。

在历代奚落挖苦国君糗事的歌谣里,有两首最著名,尽管经过孔老二的"删诗",依然通过《诗经》流传至今。

这两首诗都产生于中原大地。周朝的豫北有三个小国：邶、鄘和卫，中原大地居民多是商人的后代，在西部的后起部落周灭掉他们的中央王朝商以后，商的子民由于远远多于周人，不可能全部被杀掉，外部来的征服者只能采取殖民、同化、监视的办法，一点点确立新王朝的权威。遗民们要么被迁徙，如让他们去渤海附近，要么就被分成许多小国，封周朝的王室或功臣去做诸侯，统治这些遗民。卫国的国君就是这样的"殖民者"。

商人热情奔放、敢爱敢恨，所以才有纣王这样精力充沛、好美女醇酒的帝王，可是战斗力和掠夺性自然不如西部偏僻之地的周人，商人先丧失了自己的中央王朝，后来卫国又被北方来的狄人灭掉。

文化发达、崇尚人性的国家总打不过野蛮国家，这是中国的历史宿命。

卫等三国的居民顽固地保留自己的文化和民族性。在淇水之滨，他们无周人的男女之防，他们的年轻人开放活泼，他们在一种充满情欲的气息中恋爱、交合，他们也没有那么多的伦理道德，因此长期被服膺周礼的后代读书人诟病——而来统治这些开化之地的贵族，也渐渐变得更加开放，以至于没有廉耻。

当时的卫宣公给自己的儿子娶了个媳妇，看到自己的儿媳宣姜漂亮，便变了主意，自己纳之。后来的李隆基搞了寿王的老婆、自己的儿媳杨太真，用的也是这招。而这位公子，又是宣公和自己父亲的侍姬夷姜私通所生。宣公这老爬灰死翘翘后，正当如狼似虎年华的宣姜又和宣公的庶子顽私通，生了五个儿女。你说这宣公,上搞庶母,下搞儿媳,他的儿子自然有乃父之风——这关系够乱的。

在如此开放的文化中长大的百姓也感觉过分,作了两首诗嘲笑他们。

一首是讽刺宣公爬灰的《新台》:

> 新台有泚,河水瀰瀰。
> 燕婉之求,籧篨不鲜。
> 新台有洒,河水浼浼。
> 燕婉之求,籧篨不殄。
> 鱼网之设,鸿则离之。
> 燕婉之求,得此戚施。

翻译成现代白话文的大概意思是:
新建的高尚住宅好漂亮,旁边的河水清澈浩荡。
本来嫁给儿子夫妇般配,癞蛤蟆公公夺去真流氓。
新建的楼房真是高大,旁边的河水东流哗哗。
本来是郎才女貌和和美美,可烂牛屎上把鲜花插。
渔网张开本想等大鱼大虾,可钻进来的是只癞蛤蟆。
公子少女多么匹配,可要陪伴这猥琐老头痛苦呀!

这卫宣公行为不堪,而这宣姜日后的放荡无德一点不亚于她这位本应是公公的老公。

尽管一开始,美女嫁给老头,未必乐意,但权力的诱惑是巨大的,能抵消男人的年岁。如果唐玄宗不是天子而是小老百姓，如花似玉的杨贵妃会和他发誓"在天愿作比翼鸟"吗？不久，宣姜接受了现实，和卫宣公接连生了两个儿子寿和朔。人老珠黄的夷姜——也就是宣公原来的庶母、后来的夫人、公子急的母亲，可能不堪忍受，上吊自杀了。这下宣姜更肆无忌惮地干政了，她和儿子朔一起密谋，要搞掉理当继承君位的公子急。这宣公本来自己夺了公子急的老婆，父子俩有芥蒂，这下儿子的亲母亲死了，又听年轻貌美的宣姜吹吹枕头风，他也下决心将大儿子除掉。

于是，宣公派公子急出使齐国，然后买通杀手在卫、齐两国交界的地方守候。宣公和宣姜所生的另一个儿子寿知道了，这人心地善良，马上去报告急，让他别去。急说，父亲的命令我哪能不听？于是寿设酒宴为哥哥饯行，等哥哥喝醉后，他穿着急的衣服，拿着急的旗帜前往边境，因为走的是水路，寿在船上被杀手杀掉。急酒醒后，知道弟弟寿代自己去送死，连忙坐船在后面追，等赶到的时候，弟弟已经被杀死了，杀手还没有撤离。他对杀手说，你们要杀的是我，现在杀错人了，寿有什么罪过？干脆把我也杀了。——于是杀手连他一起杀了。为了悼念这两位在污秽环境中长大却品行高洁的公子，卫国百姓传唱一首歌谣《二子乘舟》：

二子乘舟，泛泛其景。
愿言思子，中心养养。
二子乘舟，泛泛其逝。
愿言思子，不瑕有害。

等到卫宣公死了后,这风韵犹存的宣姜,竟然又和自己的庶子私通,给死去的宣公戴了一顶大大的绿帽子,国人作《鄘风·墙有茨》讥讽:

墙有茨,不可埽也。中冓之言,不可道也。所可道也,言之丑也。

翻译过来是:
墙上的蒺藜,扫不掉呀。宫中的传言,没法说呀。若是说出来呀,那可真是丑死啦!

当高官真是很累,有点乱七八糟的事情,在当时信息不发达的春秋时代都闹得满城风雨。不过卫国这些国君和国母,比起宋徽宗和李师师,品位的差距不能以道里计。

三位"二奶"的成败

《水浒传》描写的基本上是男人的世界,满篇多是杀人、放火、喝酒、吃肉,描写风月的笔墨不多。寥寥可数的女人中,除了林冲娘子这样的贞节烈妇外,其他的不是如孙二娘那样的"野蛮女友",就是潘金莲、潘巧云那样的淫女荡妇。有人甚至说,施耐庵是不是年轻时受过女人的伤害,把女人写得那样不堪。

我认为,这可能不是施耐庵个人的原因,而是长达几千年的封建文化决定的,女人仅仅是男人的附属品,是生儿育女的机器。男人犯了大错误,总要从女人身上找毛病。商纣王荒淫无耻,后人说那是受了苏妲己这个狐狸精的迷惑;周幽王戏弄诸侯,史家说那是因为为博得宠妃褒姒一笑。

《水浒传》因为写的是江湖世界,而不是朝廷,也不是家族,那么里面的女人也自然多是边缘女性,相夫教子的正常女性,不在《水浒传》所能关注的范围之内。将里面三个欢场女子的命运,比较一番,大有意趣。你会发现,无论做什么,要有智慧,要讲规矩。

欢场,顾名思义,是制造欢乐的场所,和现在的娱乐业,有点接近,但并不完全一样。也不是简单的青楼。欢场女子,以色艺来服务男性,有些可能色占的比例高一些,有些可能是色艺双全,纯粹只有艺术水平,而长得丑八怪一样恐怕不会有太大的市场。琵琶女弹琵琶的技艺再高,如果不是姿色也出众,很难是"名属教坊第一人"。

《水浒传》中的三个欢场女子,都是给人做"二奶"的。"二奶"还不同于小妾。妾,在那个时代是要抬花轿娶回家的,她和生养的儿女的权利,是受到礼法保护的。而"二奶",则名不正言不顺,没有妾的名分,仅仅是给人包养。

三个"二奶"中,有两个"二奶"混得非常失败,那就是被宋江杀死的阎婆惜和促使雷横落草的白秀英。

这两位都是东京人士,也就是说是在首都长大。眼界开阔,阅人无数,见识过"五陵年少争缠头"的京都美女,山东郓城那样小地方的汉子,即使如江湖上声名赫赫的宋江,照样难入她的青眼——因为风尘中慧眼识李靖的红拂女毕竟是奇缺得如大熊猫一样。

阎婆惜就是这样一个女人。和父母一起从东京流落到郓城那个穷地方,我认为未必是她的亲父母,或许是养"瘦马"的养父母。到了郓城不久,父亲死了。而当地刚刚解决好温饱问题,娱乐业还不发达。《水浒传》中写道:"不想这里的人,不喜风流宴乐,因此不能过活。"估计那时候公款娱乐还不甚流行,她只能屈身给宋江做了没名没分的"二奶"。

宋江在江湖中是及时雨,是小孟尝那样的人,可在"我拿青春赌明天"的阎婆惜眼中却一无是处。如果明媒正娶的话,哪怕是做小妾,宋江再无趣终究是她的老公,能一起生孩子过

第四编 情欲的罪与罚 / 211

日子，终身有个依靠。可她的出身不可能成为已跻身郓城上流社会的宋江的妻室，甚至连妾的名分也没有。而且宋江长得太对不起观众了，黑黑胖胖的，又生活无趣，胸怀壮志心忧江湖却不会哄女孩子。除了被宋江养活外，她既得不到乐趣，又满足不了性欲，还不可能有名分，那么她喜欢上年轻英俊、乖巧伶俐的张文远便是自然的事情。小帅哥比老男人当然有吸引力。

阎婆惜毕竟只是个普通的风尘女子，没有红拂女的眼光，没有李师师的福气，没有杜十娘的心计，她只能一心一意地爱张文远，而及时雨的威望、名气以及勃勃雄心这些无形资产，在一个欢场女子的眼里也许还不如一朵玫瑰花。

同为押司，显然宋江的资历、人际关系、声望远远高于张文远，舍弃宋江而爱张文远，这是阎婆惜的第一错——真正的爱情对于"二奶"来说是奢侈品也是杀伤自己的刀刃。傍大款还挑什么年龄相貌？主要看他是否有钱是否有发展前途。阎婆惜可能以为宋江只能永生为吏了。同样是押司，还不如傍上年轻体贴的张文远。她母亲阎婆让她好好侍奉宋江——姜还是老的辣，阎婆看出来这郓城县所有的小吏中间，宋江的能耐无人能比。阎婆惜不情愿地把宋江灌醉了，心里却在想："那厮搅了老娘一夜睡不着。那厮含脸，只指望老娘陪气下情，我不信你，老娘自和张三过得好，谁耐烦睬你！你不上门倒好！"

阎婆惜的第二错就是低估了一代枭雄宋江的狠毒与权谋，这样的女子虽在江湖上混，却毫无江湖常识，引来杀身之祸也是自找的。她可能以为宋江无非和自己的相好张文远一样，不过是见到县令相公便唯唯诺诺的小吏而已。她读完了晁盖等人给宋江的感恩信，应该想到，敢于将犯那样重大罪行的江洋大盗放走，能被黑道众多好汉拜服的宋押司，其胆量、智慧以及江湖地位可想而知。当得知包养自己的黑老大的惊天大秘密时，应当如何做呢？

第一种选择是装着不知道，反正宋江喝醉了，自己装作根本没有动过招文袋，即使宋江怀疑也不至于当场杀死她。

第二种选择就是对老大说，我无意知道了这事，但小妾有一百个胆子也不敢说出去，而且发誓从此以后死心塌地跟着老大走。没准以后她真做个压寨夫人。

可被爱情与金钱冲昏脑袋的阎婆惜做了最不应该的选择：敲诈宋江。你敲诈一点金子不要紧，还扬言要立马给钱，不然拿着书信去公厅告官。书中写道：阎婆惜"却把那纸书展开来，灯下看时，上面写着晁盖并许多事务。婆惜道：'好呀！我只道吊桶落在井里，原来也有井落在吊桶里！我正要和张三两个做夫妻，单单只多你这厮，今日也撞在我手里！原来你和梁山泊强贼通同往来，送一百两金子与你。且不要慌，老娘慢慢地消遣你。'"这阎婆惜能看得懂书信，说明她受过一定的文化教育，这在那时候并不多见。可她竟然会犯那样的大错误，也许是因为阎婆惜真的爱张文远，太想和张文远公开地在一起。人常说，恋爱中的女人都是愚蠢的。

从阎婆惜的话中可以看出她很有些小聪明。看惯了曲本（现在的肥皂剧）的小女子知道"公人见钱，如蝇子见血"，没有将送来金子退回的一般规律，也知道"歇三日却问你讨金子，正是'棺材出了讨挽歌郎钱'"，因而要一手交钱，一手交货。她害怕退回书信宋江再也不会承认，因为在郓城县宋江黑白两道通吃，他的话更容易被人相信。但也可以让宋江打个欠条呀，等金子拿到，立刻回到东京，盘个店铺，招个郎君过小日子不也很好吗？这个傻妞枉跟宋江一场，对宋江一点也不了解，最后把宋江逼上绝路也把自己逼上死路。她不明白，杀掉一个在当地没有根基的风尘女子和作为押司而放走江洋大盗，两相比较，前者罪过更小。

如果说阎婆惜是因傻而被灭口，那么白秀英则是因狂遭祸。

白秀英也是从东京来郓城捞世界的，她傍对了人，是新任知县的"二奶"。也许因为来郓城时间太短，她和当地最高首长的亲密关系还不被很多人知道。那时候的干部选拔考核还有些规矩，至少知县的"二奶"依然卖唱，没有承包县政府的工程，更没有由舞女变为法官。不识泰山的雷横一不小心触了霉头。

白秀英唱完后讨大家的赏钱，坐在VIP包厢的雷横忘了带钱。作为巡捕都头的雷横，在郓城地面上，兴许没有带钱的习惯。堂堂的都头来看戏，你岂不识抬举？

雷横不识庐山真面目可以理解，你白秀英只要暗示一下，雷都头不仅明天会补钱，也许还会派人来给你护场子。可白秀英这位京都女子自恃和县令的亲密关系，狂得不得了。她难道不了解小地方自有小地方的规则？也不了解一下社情，了解一下郓城地面上的人物再做买卖。强龙不压地头蛇，聪明的知县大人也知道对当地的头面人物让三分。她和自己的父亲白玉乔一唱一和讽刺雷横，特别是白玉乔以京城人的口吻说："我儿，你自没眼,不看城里人村里人。"当别人说这是雷都头时,白玉乔还辱骂道:"只怕是驴筋头!"堂堂的都头大人哪里受过这样的侮辱?打他一拳是自然的。

可挨了打的白秀英还不吸取教训。雷横知道她和知县老爷的关系后大约会上门负荆请罪,赔上银子,你就坡下驴给个面子,雷都头就会成为你在郓城的保镖。可她因为有大靠山,告了恶状让县令枷了雷横,而且枷在她经营的勾栏面前示众,还让其他的公人,原来雷横的部下或同事打雷横。这个县官也是脑子进水,履新不久为了自己的"二奶"而如此得罪手下的众多干部,因为这不仅对堂堂汉子雷横是奇耻大辱,而且让其他的干部也有唇亡齿寒之感。正如雷横母亲控诉的那样:"几曾见原告人自监着被告号令的道理!"

这不识字的老婆子都明白起码的法律,即使执法也应当由政府来执法,哪能由原告执法?可恶的白秀英还打了老太婆,标准的孝子雷横再也忍不住了,用枷打死了白秀英。这叫欺人太甚,自取其祸。

和两个失败的"二奶"阎婆惜和白秀英相比,有一个做得相当成功的"二奶",她就是大宋第一"二奶"李师师。李师师她不仅傍上了天下第一人道君皇帝宋徽宗这个大款,还狠狠地赚了梁山泊那伙强盗一大笔银子,让这伙杀人不眨眼的强盗出了银子还对其感恩涕零。

李师师有如此的通天本事,能成为天下第一"二奶",仅仅凭色艺双全是不够的。通过《水浒传》的描写,我们能窥见她过人的智慧、娴熟的交际手腕和通达的处世态度——和阎婆惜、白秀英相比，简直是云泥之别。

白秀英因为仗着是县令的"二奶"，骄狂得不把整个郓城的大小官吏放在眼里，最后侮辱了雷横母子而遭杀身之祸。照这个逻辑，皇帝的"二奶"李师师可以狂到天上去了，天下人除了皇帝谁也不能入她的青眼。但李师师能戒骄戒躁、谦虚谨慎，努力做好自己的本职工作，这正是李师师高于白秀英等人的地方。

作为东京最大的娱乐公司的花魁和京师歌舞团最红的歌星，李师师被皇帝包养后，应该金盆洗手专门伺候道君皇帝，或者搞一个正五品或从四品的歌舞团团长当当，让赵官家掏公帑把她养起来——她在皇帝耳旁吹吹枕边风，这事不难办到。可李师师没有这样做，她还是在风月场所做她的花魁，而且是真做，依然笑迎天下客。不过因为是御用的，价码高了点。从这点看，具有艺术家气质的宋徽宗还是能与民同乐的。这位后来被金人俘虏的皇帝虽然荒淫，但写得一笔好字，更兼吹拉弹唱无所不通，也算多才多艺吧。

因为李师师还坚守为大宋风月事业兢兢业业工作的态度，宋江等梁山泊的反贼才可能通过"二奶"路线，使自己想被招安的一番真情让皇帝老子知道。

皇帝常居深宫，中间关山重隔，又被高太尉这样的奸臣蒙蔽，想通过高太尉等权臣向皇帝表白希望受招安之心的路子已不可行。走李师师这个"二奶"的路子，是当时梁山诸人的唯一选择。民国时期的上海和天津，一些类似陈白露的交际花就充当了民间和官府的桥梁。

梁山泊首先派出了第一美男兼公关部长燕青出马，三两下就搞定了李师师的经纪人李妈妈，然后再带领宋江等人去见李师师。由于出手阔绰，立马被李师师母女另眼相看。你看李师师拜谢道："员外识荆之初，何故以厚礼见赐，却之不恭，受之太过。"态度多么谦恭，谈吐多么得体。

等宋江喝了点酒，指指点点吆三喝四，露出梁山泊贼首的面目后，再加上骂骂咧咧、长得粗野的李逵，作为沾过天子雨露的李师师来说，心底里对这伙举止不雅的土财主未必瞧得起，但她恪守风月场的职业道德。宋江介绍李逵："这个是家生的孩儿小李。"你看李师师如何幽默："我倒不打紧，辱没了太白学士。"风流倜傥的大才子李白、色冠群芳的李师师、只会杀人喝酒的李逵，三个姓李的如此排列在一起，令人开心。

李逵打了为皇帝提供保卫的杨太尉后，惊了御驾，宋江一伙的真实身份暴露了出来。接待如此重要的反贼，搁在别人那里早就被东京警备厅抓进去了。可因为是皇帝的"二奶"，"李师师只推不知"。这"二奶"的级别越高，她的安全系数也越高。

等燕青再次进京见了李师师后，李师师已经知道上次闹东京一帮人的身份。但见过了大风大浪的师师根本不当回事，她对燕青说："你不要隐瞒，实对我说知；若不明言，决无干休。"听说梁山泊人真心想受招安时，李师师安慰燕青："你这一班义士，久闻大名，只是奈缘中间无有好人，与汝们众位作成，因此上屈沉水泊。"

侠肝义胆的李师师向皇帝引荐了燕青，燕青报告了宋江真心想招安一事。没有师师的引荐，梁山泊人不可能被招安，宋江被招安的愿望实现，李师师功不可没。

李师师相助梁山泊人成了招安大事，除了受了钱财、喜欢燕青等原因外，我认为还与李师师的见识和经历有关。风月中人按理最应当理解江湖人士，他们往往都有难言的人生际遇，有种种辛酸，他们的道德观、是非观不同于正常社会。李师师有幸傍上了皇帝，但她没有得意忘形，依然明白自己的身份，能对梁山泊人给予"同情的理解"——看《水浒传》中的女人，我以为最可爱的就是李师师。

"二奶"左右王侯，妓院胜于官衙，风月影响政治，这也算是中国封建时代的政治陋习吧。

不过那个时代，女性的地位普遍不高，不能名正言顺担任公共职务，所以无论知县的情人白秀英还是皇帝的情人李师师，再如何得宠，仍然得继续战斗在娱乐事业第一线。

皇帝偷情是风流，草民偷情是罪过

中国文人在曹雪芹之前，描写真正爱情的太少，而写男女不道德偷情的却比比皆是。《诗经》中的《静女》《蒹葭》，是写一转三折的思念之情的名章，出自民间的无名氏之口；焦仲卿这样尾随爱妻刘兰芝而去、敢于殉情的男人也是在民歌中出现——大多数文人恐怕还瞧不起他的没出息；梁山伯与祝英台、牛郎与织女、白蛇与许仙的爱情故事都是民间传说；白居易在《长恨歌》中歌颂的"在天愿作比翼鸟，在地愿为连理枝"的爱情背后，实则有着公公夺儿媳的不伦；元稹的《莺莺传》写的是始乱终弃；而《三言二拍》里面多是李甲这样辜负杜十娘的小男人。

在爱情面前，女人更勇敢更坚韧更有一种为爱痴狂的无畏，一对恋人碰到爱情难题的时候，最先逃避、退却的往往是男人。或许在爱情面前这种胆怯、柔弱决定了中国男人没有勇气去文艺作品中寻求最美最真的爱情，反而热衷于描写被抛弃的怨女、不得善终的荡妇、搬弄是非的媒婆，写起偷情来，更是笔墨纵横、汪洋恣肆、才气透纸。《水浒传》就是一个很好的例子。李碧华曾说过，施耐庵大概感情上受过女性的打击，因此笔下的女人几乎要么是孙二娘那样的野蛮女，要么是潘金莲那样的荡妇——一百单八将里面唯一有姿色、出身好、武艺高

第四编　情欲的罪与罚

强的扈三娘却让宋江配给好色、丑陋的矮脚虎王英。似乎一朵鲜花不插在牛粪上，施耐庵就不自在。这并不独独是施耐庵的毛病，这种爱情人格的不健全，中国传统文人都有。文人们一方面纳妾无数，像李渔那样对女人的姿色、媚态、服饰、化妆甚至房中术研究得十分专业；另一方面羞于说自己的真爱，即使真的爱妻子、爱情人，也得等到人家死了才放开心扉写悼亡诗文。这种不健康的爱情观使男人们将女人看成玩物、看成私有物、看成工具。为爱情不要江山不要官位的是没出息的傻蛋，而视"女人如衣裳，兄弟如手足"的男人则受到敬仰。在几千年的专制社会里，男人敢爱简直是原罪，而于风月场所玩弄女性则是洒脱与自在。

施耐庵的笔下，唯一的好女性是林冲的妻子张氏，非施氏厚爱张氏，而是施耐庵觉得林冲太完美了，非贞女不能配他。当陆虞候将张氏骗到自家，引高衙内进来污辱时，林冲赶到，对妻子的第一句话竟是："不曾被这厮点污了？"娘子道："不曾。"爱妻至深的林武师依然冲不破"失节事大"的礼法桎梏，大才子施耐庵也许认为只有不失贞，张氏才有被林武师爱的资格。

古代文人中，我独爱曹雪芹，很重要的原因是他具有现代人道主义的关怀，能以平等的眼光去看待女人，去歌咏她们的爱与忧愁。大概是因为他是汉军旗的人，和纳兰性德一样，未被汉族那些陈腐的东西过多污染，保留着一份真纯。

施耐庵写爱情笔拙或者是不屑，而写起偷情来，那样津津有味，疏密得当。

《水浒传》中写偷情的有：西门庆和潘金莲、潘巧云和裴如海、白秀英和郓城知县、卢俊义老婆与管家李固、阎婆惜和张文远、李巧奴和张旺、四柳村太公的女儿与邻村王小二、王庆和童贯侄女娇秀。当然，还有大宋第一人和大宋第一"二奶"李师师的偷情。

这么多的偷情，施耐庵写出来，让人读了却没有重复、拖沓之感，每一次偷情写出来都别有面目，施氏才气真如汩汩泉水。只是在他的眼里，偷情都是罪不可赦的大恶。

潘金莲和西门庆的通奸发展过程，不仅是一部《水浒传》中写偷情最精彩的，即使放在中国所有写偷情的文学作品中比，都可以排在前几位。西门庆向潘金莲献殷勤那番功夫，金圣叹评价为："妙于叠，妙于换，妙于热，妙于冷，妙于宽，妙于紧，妙于琐碎，妙于影借，妙于忽迎，妙于忽闪，妙于有波撼，妙于无意思，真是一篇花团锦凑文字。""真所谓其才如海，笔墨之气，潮起潮落者也。"

西门庆与潘金莲、王婆用计鸩杀了武大郎，显然是刑事犯罪，当依律处置。可在谋害大郎之前，两人的奸情，却属于道德调整范畴，而非罪行。潘金莲对武大郎的忠贞义务，是外部的礼法强加的，而非潘氏自愿。潘金莲在做使女的时候，因为反抗主人的纠缠而被记恨，白送给"身材短矮，人物猥琐，不会风流"的武大郎——可见潘金莲原来并非是人尽可夫、见钱眼开的人。武大郎既不能满足潘金莲的感情需要，亦不能满足其性欲需要。"好一块羊肉，倒落在狗口里！"——让癞蛤蟆吃上天鹅肉，施耐庵就感觉很爽，心态何至如此？

西方文学中，作者对爱情得不到满足的红杏出墙行为，往往抱以一种同情的理解，即使有"错"，但也无"罪"，如查泰莱夫人和安娜·卡列尼娜——西方的文明里，更重视人性。而在潘金莲挑逗武松时，在武松的眼里以及施耐庵的笔下，已经是"大大的罪孽"。潘金莲想："大虫也吃他打倒了，他必然好气力。"男人健壮在女人眼中自然是优点，这是最质朴的审美观。当潘金莲的挑逗变得赤裸裸时，武松的反应过于剧烈，简直将潘金莲的皮剥了，让人家的自尊荡然无存。"嫂嫂，休要恁地不识羞耻！""武二是个顶天立地、噙齿戴发男子汉，不是那等败坏风俗、没人伦的猪狗，休要这般不识廉耻。倘有些风吹草动，武二眼里认得嫂嫂，拳头却不认得嫂嫂！"武二不为美色所惑，不坏人伦固然是条真汉子。可潘金莲喜欢他，也不是什么罪过呀。嫂嫂喜欢英俊潇洒的小叔子，难道就十恶不赦了？非得让武松如此辱骂她？其实武松大可不必出粗口，你悄悄地走了，不再理她，彼此不伤面子不就得了？爱之深便会恨之切。潘金莲幽怨地说了句："好不识人敬重！"女人的那颗脆弱的心，谁人能理解？

即使受到了武二如此的辱骂，当武二即将押送礼物上京，前来向哥嫂告别时，潘金莲对武二的爱情幻想还未破灭："莫不是这厮思量我了？却又回来？那厮一定强不过，我且慢慢地相问他。"可武松当着武大警告了潘金莲——这就有多管闲事的嫌疑了。你拒绝诱惑是你自己的权力，可嫂子是否守妇道，小叔子凭什么替哥哥来教训嫂子？你哥哥也是个有着完全民事能力的成年人，夫妻之间的种种事情，第三者没有置喙的资格。

被爱伤透了心的潘金莲在武松那里碰了一鼻子灰后，西门庆出来了，一个既能给她生理慰藉又能给其心理慰藉的大官人出来了，而且西门庆并不是像张员外那样，利用权势强迫潘金莲。他是个泡美眉的天生高手，潘安的貌、驴儿大的行货、似邓通有钱、绵里针忍耐的性格、闲工夫这五样他都具备，而且"捱光"计十个阶段，钱使到九分九，都有前功尽弃的可能，但西门庆不害怕这种"投资风险"。碰上如此的人物，别说是潘金莲，我看怕是林黛玉也抵挡不住爱情的攻势。你看西门庆泡潘氏的那份温柔体贴、那份善解人意。潘金莲埋怨自己嫁错了丈夫："他是无用之人，官人休要笑话。"可西门庆是这样回答的："娘子差矣。古人道：'柔软是立身之本，刚强是惹祸之胎。'似娘子的大郎所为良善时，'万丈水无涓滴漏'。"他绝不是跟着贬大郎而是夸奖大郎，如此理解和尊重女人，武二等哪能及其万一？当西门庆说到自己的亡妻时，充满了敬佩感激之情："小人先妻，是微末出身，却倒百伶百俐，是件都替得小人，如今不幸他殁了已得三年，家里的事，都七颠八倒。为何小人只是走了出来？在家里时，便要呕气！"然后再提到自己养的几个"二奶"张惜惜和李娇娇，没有一个及得上潘金莲。如此既说明自己不是滥情之人，博得了潘金莲的尊重，又满足了小妇人的虚荣心。那么，两人感情发展到恩情似漆、心意如胶的程度自是水到渠成。

当武大从郓哥那里得知妻子和西门庆的奸情以后，这位老实巴交的善良男人内心一定是非常的痛苦。他意外地得到了这样一个美女，自己起早贪黑地做小买卖供养妻子。但是感情是勉强不来的，男女是否般配不仅仅是外貌，更重要的是内心感觉。潘金莲不爱自己，企图靠自己对潘的小心爱护来感化潘金莲是难以生效的。

　　武大和潘金莲的婚姻出现了极大的危机。如何解决这一危机，现在的夫妇可以先协议离婚，协议不成就上法院，法院根据双方的过错判定财产的归属。然而那时候是大宋，女人没有主张自己婚姻的权利，要想解除婚姻，只有被动地等待丈夫写休书。这时武大的合理选择是什么呢？显然他想维护自己的婚姻，那么私下劝潘金莲回头，或者是等弟弟武二回来后商量，都不失为理性的选择。如果找武松商量，武松也许会利用自己都头的地位和西门庆交涉，但以武松的性格，也许更会劝哥哥休掉这个败坏家风的嫂子。那样就不会出现命案了，武松、西门庆、潘金莲、武大等人的命运将完全是两个样子。可是武大采用了那时候大多数男人的办法——捉奸，这是一时激愤极容易采取的传统方法。可惜这个懦弱、善良的男人碰到了阳谷县有钱有势的西门大官人。他被西门踢伤了。武大如果有他弟弟十分之一的机敏，也会忍气吞声等待弟弟回来再做打算，然而他的善良及对潘金莲的爱，使他遭到了杀身之祸。他一半是威胁一半是善意地提醒："我的兄弟武二，你须知他性格，倘若早晚归来，他肯干休？若你肯可怜我，早早服侍我好了，他归来，我都不提。"家有利器不可轻易示人，这不是提醒潘金莲等人吗？最后在王婆的策划下，潘、西门毒死了武大。

潘金莲杀夫当然是不折不扣的犯罪,我无意为潘辩护。我只想说,武二杀嫂是一场悲剧。武大爱潘金莲却得不到回报,潘金莲爱武二亦得不到回报,西门、潘金莲两情相悦也很难找到合适的解决办法,最后演出了杀夫、杀嫂的一幕——西门、潘金莲、王婆是罪犯,武松走正常的诉讼程序不能为兄长伸冤,结果也从都头变成罪犯。当武二扯开曾向自己眉目传情的嫂子雪白胸脯上的衣襟时,用尖刀一剜,当时他除了悲愤,还想到什么?

这场悲剧没有撕裂读者内心的力量,是因为谋杀与复仇、贞节与淫荡这种简单的道德划分减弱了悲剧的力量。人们看到的是淫妇奸夫和复仇好汉的两极对立,而未有对促使美女变凶手之原因的深层次思考——在施耐庵眼里,稍有出墙心思的女人就是该死的,不可饶恕的。中国毕竟产生不了托尔斯泰、陀思妥耶夫斯基那样具有终极关怀的作家。

不知道为什么,《水浒传》中的汉子们一个个都是性冷淡。宋三郎既然不好女色,接济了阎婆惜母女俩不就得了,为什么要包养她?既然包养了人家,却又冷落人家,这不是不负责任吗?难怪人家看上了风流温柔的张文远。那拼命三郎石秀更没道理多管闲事,你的义兄杨雄疏远了嫂子潘巧云,潘巧云碰到了青梅竹马的裴如海,和尚与已婚之妇偷情,作者便以"淫妇""贼秃"命名之。石秀作为结拜兄弟,将自己的观察分析结果告诉杨雄,已属不应该,自古"疏不间亲",人家毕竟是夫妻,顶多善意地暗示、提醒就罢了。当杨雄醉骂巧云因而走漏了风声，巧云为了自保，诬陷石秀调戏她，杨雄信以为真。作为第三人，清者自清，你就悄悄地离开得了，总有水落石出的一天，可他竟然自己去悄悄地杀死裴如海，这不是故意杀人是什么？杀了裴如海也就罢了，哪个人能保证一生在感情上不擦枪走火，可石秀怂恿杨雄诱骗巧云和丫鬟上山，合伙杀了两人。巧云罪不至死吧。我真的怀疑石秀和杨雄是同性恋，杨雄娶巧云是为了掩人耳目，不然杨雄在当地不大不小也是个人物，何必娶个寡妇呢？石秀也许因为吃醋，借机杀了巧云。

童贯的侄女娇秀喜欢上王庆，更能理解。娇秀作为政治联姻的牺牲品，被童家许配给蔡京的孙子，一个憨呆的傻瓜。这对一个美眉来说太残忍了，爱上"俊俏风流无限"的王庆不是很自然吗？可施耐庵依然认为这种偷情是大大的罪过。当娇秀和王庆好上后，施公写道："王庆那厮，喜出望外，终日饮酒"——用笔如此，似乎愤愤不平。当蔡京等人找个理由将王庆刺配后，为自己的傻孙子迎娶了娇秀。"一来遮掩了童贯之羞，二来灭了众人议论。蔡攸之子，左右是呆的，也不知娇秀是处子不是处子。"是不是处女，在施公看来悠悠万事，唯此最大，他好像很为蔡京那个傻孙子抱不平。

照《水浒传》那个时代人的理论，妇道比什么都重要，不守妇道就算被杀死也活该。潘金莲被人像配牲口一样配给武大，就应该从一而终；杨雄不爱自己的妻子，但受不了她红杏出墙，因为妻子是他的私人物品，他不使用也不允许别人染指，他痛恨妻子偷情不是因为爱，而是因为自己的尊严被挑战；娇秀也是这样，对童、蔡两家来说，利益同盟最重要，大家族的面子最重要，女孩的幸福则算不了什么。

宋徽宗放着三宫六院那些满汉全席不吃，跑到勾栏瓦肆泡民间的妓女李师师，尝尝这道地方小吃。这也是偷情，可在施耐庵的笔下，便不是罪过而是风流佳话了。李师师傍上皇帝后，挂出了"歌舞神仙女，风流花月魁"的广告牌，看来被皇帝泡是可以大肆渲染的光彩事情。天下人都议论这件事，皇帝不以为意，还常常从专用的地道钻出来，临幸一下李师师。而且不避近臣，让杨太尉亲自在外面站岗。

同样偷情，为什么草民干和皇帝干有这样大的区别？因为在皇权社会里，"普天之下，莫非王土"，天下万物都是皇帝的私人财产，天下百姓都是皇帝的奴才，他睡任何一个女人不是偷情而是主人的恩宠，天下女子的房间无非是三宫六院的扩大而已——雄性对雌性的控制权力，在动物世界和专制社会里是衡量雄性权威的一个重要指数，皇帝的权威最大，因此他的性资源理应最丰富，性自由更大。即使一般的官员和财主，对自己家的丫鬟进行性侵犯也没人敢说出个不字。潘金莲不服这个规矩，所以她的下场很惨。贾琏玩府里奴才的老婆，凤姐泼醋，可老祖宗认为没有什么大不了的。那么一般的老百姓，对自己的妻妾有自由的性权力，泡别人的女人则是觊觎，是偷情，是罪过，别的雄性动物不能原谅他。他们的性权力虽然不能和皇帝、大官比，但关起门来，这种控制权本质上是一样的。这也是为什么杨雄可以不去滋润潘巧云，但又不允许自己对潘巧云的专属性权力受到别人侵犯的根本原因。而女人呢？只能处于被处置的被动地位,让人养着,让人挑选,让人玩弄,如果自己主张自己的性权力,就是十恶不赦的罪过。

这种不平等,总结一下,便是:

> 皇帝胡搞是游龙戏凤,
> 巡抚胡搞是深入群众,
> 知府胡搞是娱乐活动,
> 知县胡搞是体育运动,
> 小吏胡搞是生活作风,
> 草民胡搞是流氓活动。

扈三娘:卿本佳人,奈何从贼

扈三娘是我最同情的一个女人,她高挑美丽,武艺高强,出身富裕之家,可是却嫁给了矮脚虎这样好色丑陋、品行不堪的人。这一切的源头不是造化弄人,而是宋江的乱点鸳鸯谱——宋江把扈三娘当成一只羊羔,送给了王矮虎这只色狼。而梁山和扈三娘是有不共戴天之仇的,李逵将她家上上下下杀个干净,就剩下她哥哥扈成逃走。

当年楚国灭亡了息国,美丽的息夫人被俘虏后,纳入楚王后宫。三年后连儿子都生下来了,可息夫人为了表示对故国的怀念,表示自己的迫不得已,从不开口说话,从不欢笑。后人感慨:"千古艰难惟一死,伤心岂独息夫人。"连文弱的息夫人尚且这样无声地抗议,而能上马杀敌的女将军扈三娘为何这样甘于被杀父仇人驱使呢?

归降梁山后,扈三娘每每出征,在马后张开一面旗帜,上书:"美人扈三娘"。在不知道美为何物的梁山男人世界里,她的美丽是那样寂寞苍白,仅仅是一种类似滑稽的点缀。卿本佳人,奈何从贼?扈三娘是否被梁山人强迫服下了一种神秘药品?她的精神是否已被公孙胜这样的人用法术控制?或者她势单力薄,迫不得已苟全性命于淫威之下?那么她的内心一定非常痛苦。但她的苦,唯好肉欲而不解真情的丈夫能理解吗?夜深人静的时候,她会不会向隅而泣?

扈三娘她患上了斯德哥尔摩综合征——这个说法有个典故,1973年8月23日,在瑞典首都斯德哥尔摩,两名有前科的罪犯挟持了四位银行职员,在警方与歹徒僵持了一百三十个小时之后,因歹徒放弃而结束。然而这起事件发生后几个月,这四名遭受挟持的银行职员,仍然对绑架他们的人显露出怜悯的情感,他们拒绝在法院指控这些劫匪,甚至还为他们筹措法律辩护的资金。他们都表明并不痛恨歹徒,更甚者,人质中一名女职员竟然还爱上了其中一个劫匪,并与他在服刑期间订婚。于是心理学家和犯罪学家将被害者对于犯罪者产生情感,甚至反过来帮助犯罪者的情结叫斯德哥尔摩综合征。

上梁山的人中,有打家劫舍来避祸的罪犯、小偷,有被逼无奈的体制内人,有被宋江设局诱骗来的官员,他们尽管对梁山的感情程度不一,但至少是最后由自己做出的选择,而扈三娘是唯一被劫持和胁迫上山的。

李家庄的管家杜兴向石秀、杨雄介绍说:"惟有一个女儿最英雄,名唤'一丈青'扈三娘,使两口日月双刀,马上刀法了得。"三娘已与祝家的老三祝彪有婚姻之约,两人是通家之好,又是门当户对,男女般配。而王矮虎呢?押车的伙计出身,见财起意杀死了雇主,落草当了强盗。这样一点江湖规矩都不讲的人,能是什么好货色?在清风山拿住宋江后,不问三七二十一,首先想到的是"取下这牛子心肝来,造三分醒酒酸辣汤来",其残忍不亚于李逵。劫持到刘知寨的老婆,他马上将其抬到自己的房里去，连宋江都认为，"原来王英兄弟，要贪女色，不是好汉的勾当"。当宋江被刘知寨陷害，打进囚车，半路被花荣、燕顺等人救出时，王英仍然念念不忘知寨的老婆，"我明日自下山去，拿那妇人，今番还我受用"。拿住妇人后，燕顺为了不留祸患，一刀将其杀了，王英倒要和自己的兄弟燕顺拼命。其好色而无品位，还不如同样好色的周通，人家小霸王周通抢人家的姑娘做压寨夫人，还像模像样地送聘礼、拜老丈人。第一次和扈三娘对阵时，十个回合就被三娘擒住，让这样无才无德无貌无品的人获取三娘的芳心，实在是太不可能了。

而擒住扈三娘的，却是顶天立地的英雄林冲——胜女英雄的唯有真英雄。梁山中的诸好汉，真正和扈三娘匹配的恐怕只有林冲。而林冲此时，妻子已在东京上吊自尽，扈三娘不必做妾，可以光明正大地成为林夫人。

可是宋江不会这样想，他把女俘虏看成当然的女奴，任意处置。宋江为什么要把一朵鲜花硬硬地插在牛屎堆上呢？表面上看是他在履约。在王英和燕顺因女人几乎刀枪相见时，他劝解答应给矮脚虎娶一门媳妇。可天下女人多的是，像王英这样出身、如此品味的人，有肉欲少真情，找一个如史进的相好李瑞兰那样的风尘女子完全可以打发他。为什么非得让这样优秀的三娘嫁给矮脚虎呢？有几种可能。

一是宋江有自己得不到的东西必须毁灭掉的心理。宋江将扈三娘交给宋太公看管时，众头领以为宋江要这个女子。这没什么奇怪的，因为好东西先让老大享用是强盗的规矩。宋江并非不好女色，否则他不会包养阎婆惜，也不会在见李师师时酒后失态。大男孩李逵没遮拦说出了他的本性。只是他自己没有让女性喜欢的本钱，女人是感性的动物，有时你的权谋你的江湖地位还不如几句好话更能获得其好感。连阎婆惜都不喜欢他，何况扈三娘？他对三娘求爱遭拒绝后，又怕霸王硬上弓有损自己的名声，毕竟他不同于在女人面前什么也不管的矮脚虎。于是就像一气之下将潘金莲配给武大郎的那位员外一样，将执意不从的三娘送给在梁山中最下作的矮脚虎受用。

第二个原因是梁山的光棍太多，大伙都在盯着这个美女。给谁都可能伤了和气，宋江不愿意因此引起骨干们互相的猜疑，给一个大伙公认的超级色鬼，其他人反而心理平衡。

第三个原因是巩固自己地位的需要。林冲无异心，且品行一流，让扈三娘嫁给他，岂不是双剑合璧，天下无敌吗？宋江不愿意自己手下的人有更多的真友谊、更多的真爱情，那样他的老大地位有可能被削弱，他只能把美女当成奖品送给亲信。他的几个亲信中，李逵只爱杀人，这方面没开窍，花荣有娘子，戴宗是个近似出家的人。而王矮虎是自己收罗的嫡系，当年劫囚车救他时立下大功，又好色如命，投其所好才是好礼物，能让他更加死心塌地地为自己效劳。梁山和扈三娘毕竟有杀父之仇，送给非宋江嫡系的人，害怕枕头边策反，将三娘送给亲信，有暗中监视的意味。

《水浒传》中写宋江认扈三娘为义妹，当着众头领将她许配给王矮虎时，"一丈青见宋江义气深重，推却不得，两口儿只得拜谢了"。王英自然拜谢宋大哥，而扈三娘当时心可能在流血,不得已从贼,也不能从矮脚虎这样的贼呀,谁也没法给我一个三娘爱王英的理由呀。扈三娘推却不得倒是实,人为刀俎,我为鱼肉,她能怎样?

众人看到鲜花往牛粪上插的时候,"都称颂宋公明真乃有德有义之士"。宋公明的"德义",就是不把女人当人。上了梁山的扈三娘,便成为一位木偶美人,没有自己的感情,没有自己的意志,白天让宋江驱使上阵打仗,晚上回来面对矮锉子丈夫。哀莫大于心死,三娘也许在得知家破人亡后,心已经死了。

《水浒传》中的女人,美丽的、多情的、淫荡的、爱财的、英武的、贞节的,几乎都没有自己的独立人格,也没有好下场。在这样的世界里,扈三娘不从贼,她又能从谁呢?

王婆说风情的"智慧"

《水浒传》中的王婆可不是简单的自卖自夸的卖瓜王婆,在消费者越来越聪明的时代,一味地自夸弄不好会引起人的反胃。这个王婆出售的是自己的"智慧",我认为王婆的"智慧"甚至不亚于"智多星"吴用。

王婆是个卖茶水的,这是个辛苦而利薄的职业,和武大郎卖炊饼、郓哥卖水果差不多,因此她需要做兼职,补贴家用。那么对于市井中的老妇人来说,说媒牵线便是首选。不要小看说媒这个行当,一般的人胜任不了。说媒的首先要具有敏锐的观察力和较强的信息收集能力,对所在地的社会情况比较了解,知道别人的生活状况,如家庭、职业乃至爱好,同时还要具备对信息的综合分析能力,知道哪些信息有用,谁最需要什么。除此之外,她要有充分的计谋、出众的口才,才能将两人撮合到一起。这些条件王婆全部具备。

当西门庆被潘金莲叉帘的竹竿打了一下,潘氏的美色立刻使他动心。他便进了王婆的茶馆打探,刚问道:"干娘,你且来,我问你,间壁这个雌儿,是谁的老小?"在各色市井人物中历练出来的王婆自然立刻知道了大官人的心思,但超一流的媒婆王婆不会如此轻易地出卖信息,她卖起了关子,引西门庆上钩。王婆说:"她是阎罗大王的妹子,五道将军的女儿,问他怎的?"这个西门庆能把买卖做得那样大,自然是个一点就透的聪明人,知道王婆需要什么,便假装无意地问:"王干娘,我少你多少茶钱?"并问起王婆的儿子,"却不叫他跟我?"对于一个老太婆来说,钱和儿子当然是最重要的。两人在闲话中初步达成买卖的意向:西门庆需要买王婆的"智慧",西门庆的出价不低。

等西门庆再次来到王婆店里,两人仍然在心照不宣中用双关语试探。王婆问西门庆:"大官人,吃个梅汤?"西门庆回答:"你这个梅汤做得好,有多少在屋里?"王婆故意将梅汤听错,说:"老身做了一世媒,那讨一个在屋里?"买方与卖方的意向进一步明朗。

经过几个回合的交流,过了几天,西门庆以还茶钱的名义给了一两银子与王婆。王婆看出西门庆的着急,进一步引导他把话挑明:"老身看大官人有些渴,吃个宽煎叶儿茶如何?"依然用双关语,但意思已明明白白。西门庆奇怪王婆能猜中自己的心思,王婆说:"有甚么难猜?自古道:'入门休问荣枯事,观着容颜便得知。'"当王婆猜中西门庆的心思后,她自豪地说:"老身为头是做媒,又会做牙婆,也会抱腰,也会收小的,也会说风情,也会做马泊六。"

如果说王婆和西门庆前期的交往体现了她作为媒婆的基本功,真正看出王婆智慧的,是她对"捱光"的硬件分析,以及"捱光计"的具体部署和实施。"捱光"即是偷情,但偷情是很需要智慧的。阿Q调戏吴妈挨了一顿暴揍,原因是他根本不懂如何"捱光",直直地提出要和吴妈睡觉,能不把人吓个半死吗?所以王婆说:"但凡'捱光'的两个字最难,要五件事俱全,方才行得。"这五件事便是"潘、驴、邓、闲、小",即潘安的貌;驴儿大的行货;要似邓通有钱;要有闲工夫;要有温柔体贴的小心意。这简直是"五项全能",看来大宋时泡妞也不是那样简单,哪像后世,只要舍得银子,似乎什么样的妞都能泡到手。

王婆的"捱光计"分十个步骤,且环环相扣,层层铺垫,进退自如,直到高潮,不存在演砸的坍台失面子的担忧,简直是高手演兵布阵。她设计先央求潘金莲为她当裁缝,这第一分光是整章乐曲的序曲;和潘金莲正面接触后,再实施第二步,让潘金莲到她家里来做衣服,这叫"请君入瓮";然后一步步往前推进,让男主人公适时出现,再向潘金莲隆重推介;最后自己装着去买酒,把时间和空间留给男女主人公。但最关键的第十分光难度最大,王婆自己也说:"这一分倒难。大官人,你在房里,着几句甜净的话儿,说将入去。你却不可躁暴,便去动手动脚,打搅了事,那时我不管你。先假做把袖子在桌上拂落一双箸去,你只做去地下拾箸,将手去他脚下捏一捏,他若闹将起来,我自来搭救,此事也便休了,再也难得成。若是他不做声时,此是十分光了。"十分光以后该怎样做,当然西门庆不需要王婆再教了,否则他就不具备泡妞的资格。这十个步骤中,没有一丝一毫的强迫,但潘金莲的行动完全被王婆控制住,一步步投向西门庆的怀抱。

这"捱光计"最重要的是在恰当的时机做恰当的事,太早太晚都不能成功。这风情之事大约都这样，男女两人相识时只能说相识时的话，做相识时的事。初恋、热恋每个阶段，说的话做的事都不一样。如果一个男人刚刚认识某位女士，还不能确定这位女士是否喜欢自己，就说一些过分的情话，可能会如阿Q向吴妈求爱的遭遇一样；但如果两情相悦，他言语和行动上的热度还不提高，恐怕女友会责怪他是个榆木疙瘩。

说风情、谈风月的"捏光"是如此，而权力场上也是如此，不但要全盘考虑，更要把握时机，过早地行动可能全盘皆输，行动太晚就会懊悔机会稍纵即逝。

我国古代的风险投资专家吕不韦"奇货可居"的故事，就说明了把握时机、拿捏到位的重要性。秦国太子安国君的儿子子楚作为秦国的人质被派到赵国，秦国常攻打赵国，因此赵国对子楚也不以礼相待。而子楚在安国君的众多儿子中属于爷爷不疼姥姥不爱的主儿，似乎没有继位的可能，但吕不韦看中了子楚的潜在价值，决定投资，并一步步实施。首先他对子楚说："秦王已经老了，安国君被立为太子。我私下听说安国君非常宠爱华阳夫人，华阳夫人没有儿子，能够选立太子的只有华阳夫人一个。现在你的兄弟有二十多人，你又排行中间，不受秦王宠爱，长期被留在国外当人质，就算秦王死去，安国君继位为王，你也不要指望同你长兄和其他兄弟们争太子之位。"并进一步对子楚说："你贫窭且客居在此，拿不出什么来献给亲长，结交宾客。我虽不富，但愿意拿出千金来为你西去秦国游说，侍奉安国君和华阳夫人，让他们立你为太子。"子楚正如久旱逢甘霖，当然满口答应，这是吕不韦投资寻求巨大回报的第一分光。

之后，吕不韦用奇珍异宝结交上华阳夫人，让华阳夫人在安国君面前大说子楚的好话，并将子楚立为继承人，这是第二分光。

吕不韦的第三分光便是将怀上自己孩子的美女赵姬送给子楚做妻，并向这位在人质生涯中担惊受怕的呆头鹅隐瞒了怀孕的消息。当安国君即位后，吕不韦帮助子楚全家脱险，回到秦国，子楚如愿以偿地被立为太子，这是他的第四步。秦王死后，子楚即位。几年后，子楚又死了。赵姬从吕家暗怀六甲去子楚家，后来生下的孩子嬴政便在年幼时继承王位。吕不韦的计谋一步步实施，最终成功，这计谋和王婆的"捱光计"有异曲同工之妙。

王婆出主意之前，她对西门庆自夸："老身那条计，是个上着，虽然入不得武成王庙，端的强似孙武子教女兵，十捉九着。"可惜她事情做得太绝，最后被县令拉出来当街剐了，用来平息民愤。

一般人认为《水浒传》中最有计谋的是吴用，吴用最得意的代表作是智取生辰纲和用激将法让林冲火并王伦，但和王婆的"捱光计"相比，也高明不到哪里去。在智取生辰纲中，他首先了解押送生辰纲经过当地的时间和具体路线，这和王婆收集各类男女的信息差不多，然后定出了"人多做不得，人少做不得"，找上晁盖，然后请三阮出山，相中白胜家用来隐藏，这和王婆所说的五大要件相似。最后在黄泥冈，用眼花缭乱的把戏一步步把杨志和手下的兵套进去，这有点像王婆的十大步骤泡定潘金莲。无论是泡妞，还是求财，抑或是追求权力，许多计谋是通用的。

顾大嫂的母性之爱

梁山的三个女头领基本上是为其他一百零五个男人做陪衬的。即使在三个女将中间,顾大嫂也是出场最晚,着墨最少的。然寥寥数笔,却使人感觉到顾大嫂的可亲、可敬。

孙二娘凶悍而又残忍,她能将人肉做包子馅;扈三娘可怜而又可悲,让宋江指定配给猥琐的矮脚虎,自己却无力反抗。相比较孙二娘和扈三娘,顾大嫂是真正的市井妇女、邻家大嫂。她泼辣直爽、侠义,更有可贵的同情心。这样的大嫂,是市井社会中最常见最普通的。她风风火火和丈夫一起赚钱养家,她对周围的不平事爱打抱不平,她不修边幅不会学闺中描眉女的妩媚,比起她的妯娌、孙立的妻子、乐和的姐姐乐大娘子的美貌,她是粗线条,但这种粗线条正是顾大嫂最让人喜爱的地方。

孙二娘纯是凶悍,而顾大嫂不时露出女性温柔的一面;扈三娘无论和梁山为敌时,或是归顺梁山后,大多是被动地让别人调遣,显出一个富户人家女儿性格怯弱的一面,而顾大嫂在关键时刻的果敢丝毫不亚于她的丈夫。

孙二娘和张青干的完全是杀人越货的犯罪勾当,而孙新、顾大嫂基本上是合法经营,虽然辛苦但衣食无忧。

如果不是自己两个表弟遭遇大宋官府"黑讼"的陷害,顾大嫂的小康日子完全可以一直过下去，用解珍的话来说："（顾大嫂）开张酒店，家里又杀牛开赌。我那姐姐有三二十人近她不得，姐夫孙新这等本事，也输与他，只有这个姐姐，和我弟兄两个最好。"她的大伯子孙立做着登州提辖，是当地的军事长官，有这棵大树乘凉，她的生意自然红红火火。

顾大嫂的首次出场，可看出她是一个深谙人情世故、热情和气的生意人。当乐和匆匆忙忙来通报她解珍、解宝被投入大牢的消息时，她把乐和当成客人。乐和问："此间姓孙么？"顾大嫂回答说："便是。足下却要沽酒？却要买肉？如要赌钱，后面请坐。"一副精明能干的老板娘形象栩栩如生。当知道面前的人是嫂子乐大娘子的弟弟时，立刻换成亲戚之间的口气，熟络而亲切："原来却是乐和舅，可知尊颜和姆姆（妯娌间的称呼）一般模样。"——此语赞乐和的标致。"闻知得舅舅在州里勾当，家下穷忙少闲，不曾相会。今日甚风吹得到此？"这看似寒暄客气之语，却折射出中国传统熟人社会中人际关系的特点，那就是靠血亲、姻亲等构成的伦理化社会，人与人之间的距离就靠这个作标尺。顾大嫂和乐和原来素不相识，一旦挑明两人之间拐来拐去的关系，距离立即拉近。看《水浒传》此点不得不察。书中常有这样的场景：两个强盗在厮杀得难分高低时，恰巧第三个强盗路过，他和双方都认识，跳出来一解释，打架的两个人就会立即罢手，结为兄弟，朋友的朋友很快便成为朋友。在熟人社会中，没有原则，只有人情。同样是武松进了孙二娘的黑店，当他是身份未明的陌生人时，在孙二娘眼里，便是做人肉包子的原料。当得知这位是打虎英雄武松时，尽管未曾谋面,但江湖上的规则使他们具有天然的交情,他们一下子成了熟人,"包子馅"变为座上宾。当乐和告诉顾大嫂,解珍、解宝被人陷害,打入死牢,性命危在旦夕时,她为了营救自己的表弟,决定抛弃一切,铤而走险,这是"义",中国传统的道义责任促使她冒险。解珍、解宝父母双亡,和表姐顾大嫂最亲。从某种意义上说,顾大嫂对兄弟俩有着类似母亲的责任感。明白这点,我们便能理解顾大嫂奋不顾身的勇气。

当顾大嫂招待乐和吃完酒饭后,"将出一包碎银,付与乐和道:'烦舅舅将去牢里,散与众人并小牢子们,好生周全他两个兄弟。'"不能因为乐和是亲戚就忽视黑牢里的规则,此处可见顾大嫂的人情练达。从杨志的买官、梁中书给蔡京送厚礼,到林冲给狱卒送"常例钱"、晁盖为救刘唐给雷横塞银子、顾大嫂的未雨绸缪,从庙堂到江湖,从都市到陋村,这种靠金钱开路才能办事的陋规侵蚀了大宋的每一个毛孔。

和丈夫商量后,顾大嫂请出邹渊、邹润叔侄俩帮忙,并假装害病,将大伯子孙立全家骗回来,商量一起劫狱。她对孙立的一席话说得入情入理:"我如今和这两个好汉商量已定,要去城中劫牢,救出他两个兄弟,都投梁山泊入伙去。恐怕明日事发,先负累伯伯,因此我只推患病,请伯伯、姆姆到此,说个长便。若是伯伯不肯去时,我们自去梁山泊去了。如今天下有甚分晓?走了的倒没事,见在的便吃官司。常言:'近火先焦',伯伯便替我们吃官司、坐牢,那时又没人送饭来救你。伯伯尊意若何?"这是顾大嫂的"智"。

顾大嫂装作进牢房为解氏兄弟送饭,遇到包节级的盘问与阻挠时，异常镇定，抽出藏着的尖刀，将小牢子戳翻，救出了兄弟二人。这是她的"勇"。

当攻打东平府时，史进潜入原来的相好李瑞兰家，被她出卖进了大狱。为营救史进，又是顾大嫂打头阵，冒险去大狱中向史进传递消息。她装扮成头发蓬松、衣服褴褛的女乞丐进城。见到看守监狱的老公人，她利用其同情心——顾大嫂"看着便拜，泪如雨下。那年老公人问道：'你这贫婆，哭做甚么？'顾大嫂道：'牢中监的史大郎，是我的旧主人。自从离了，又早十年。只说道在江湖上做买卖，不知为甚事陷在牢里？眼见得无人送饭。老身叫化得这一口儿饭，特要与他充饥。哥哥怎生可怜见，引进则个，强如造七层宝塔！'"见到史进后，"顾大嫂一头假啼哭，一头喂饭"，偷偷地把梁山人将来营救的消息告诉史进。顾大嫂进东平府，不但需要逼真的演技，更需要无畏的胆量。她见史进比营救解珍解宝兄弟还要冒风险，因为救解氏兄弟时，外有孙立、孙新、邹氏叔侄的接应，内有乐和的帮助，而进东平府大狱则完全是孤身履险。梁山人中，除了燕青、柴进，恐怕其他人没有这等本事。

为救自己的兄弟，顾大嫂将自己的生死置之度外，她身上显现的是一种母性的光辉，对女人而言，只有爱才能给她们最大的勇气，这种爱有情人之爱也有母性之爱。豪放不让须眉的顾大嫂，泼辣的外表下，藏着的是一颗温柔的女人心。最后，作为唯一活下来的女将，顾大嫂被封授东源县君，和自己的丈夫孙新跟随大伯子孙立回故乡登州。

不知道经历过多少血雨腥风而苟活下来的顾大嫂，经历了她所冒死营救的解家兄弟、史大郎的阵亡的惨痛，回到老家登州后，是惆怅悲伤还是庆幸？梁山本不属于这位大嫂，官场也不属于她，她必须回来。若干年后，在登州东门外的十里牌，酒幡之下，门外倚着一个白发老妪，咧着缺牙的嘴对来往的客人说："足下却要沽酒？却要买肉？如要赌钱，后面请坐。"她的膝边，两个孙子正在玩游戏。

客人们也许不知道，这个慈祥的老妪，竟然是当年登州大劫狱中声名远播、上梁山征辽国平方腊九死一生的顾大嫂。

我相信这一场景的真实性。战争的烽火，对女人来说是残忍的，哪怕如母大虫这般不妩媚的女人。对女人来说，最好的归宿是过平常人的居家生活。顾大嫂应该得到了这种归宿，这是她具有母性之爱应得的回报。

第五编　英雄的末路选择

四条汉子的末路

在中国历史上，统治者最要防备的是两种人：落第秀才和末路英雄。这一文一武，前者有智慧，后者有武力，如果他们走投无路，参加造反，甚至结合在一起，对旧秩序的冲击力是巨大的。所以聪明的统治者，总是想方设法提供某种制度保障，让人对生活有企盼，让人觉得还有一条活路。用现在的话来说：给人提供一种救济渠道。如果连所有的救济渠道都堵死了，忍受不了的人，选择反抗是合乎情理的事情。

《水浒传》中有四个人对水泊事业的发展有着决定性的作用，无他四人，梁山将不成其为梁山，水泊亦将不成其为水泊。这四人便是林冲、柴进、宋江和吴用。

林冲蒙冤上山，大多时间勤勤恳恳，做好山寨的工作。当王伦不收留晁盖一伙人之时，当晁盖被史文恭杀死之后，在这两次水泊事业最关键的时刻，林冲如山中之虎豹，静候多时，突然蹿出，用大智大勇奠定了梁山前期和后期的基业。而柴进是梁山真正的源头，先是有恩于王伦、杜迁、宋万等人，然后再介绍林冲上梁山，使梁山有了第一个关键人物，无柴进，林冲不得上梁山；林冲不得上梁山，晁盖难以顺利做梁山老大；晁盖等不上梁山，后面宋江等人壮大梁山都是虚话。宋江更不用说，他为一百单八将之首，私放晁天王等人，广招各路豪杰上梁山，最后力主招安，可谓梁山事业系于一身。而吴用呢？谐音"无用"，在乱世，文弱书生如果考不上举人、进士，不能去做官，看起来确实是无用，但这样的书生一旦和英雄紧密结合，那就是大用了。没有吴用，晁盖下不了劫取生辰纲的决心；没有吴用的激将法，林冲未必会杀掉王伦，晁盖等人就不会那么顺利地夺下梁山做根据地；同样没有吴用，宋江难以顺利当老大，后期梁山也不可能那样兴旺。

这四人，一为英雄，一为贵族，一为小吏，一为书生。他们都是走投无路，不得已才上了梁山。四个人上梁山的原因、上梁山之前的心态很值得对比。

和宋江、柴进相比，林冲真是百分之百的冤屈。宋江私放劫生辰纲的江洋大盗，为灭口杀死了阎婆惜，本是弥天大罪，按律是死罪，幸亏他银子使得好才轻判个刺配江州。柴进则是被知府小舅子夺了叔叔的老宅，对小旋风来说，最可激愤的并不是一屋之失，而是太祖皇帝允诺的贵族特权，百年之后竟然被地方官和地方官的亲戚藐视、践踏，再说李逵冒冒失失打死了殷天锡，虽罪不至死但连带责任还是有的。唯有林冲，干干净净老老实实，无丝毫作奸犯科之情节，可衙内为自己的淫欲，悍然强夺命官之妻，顶天立地的好汉竟保护不了自己的妻子，对那个年代的男人来说，夺妻是最大的耻辱也是最大的权利侵害。他一忍再忍，最后连自己的生命都难以保全，无敌忍者突作怒目金刚，手刃仇家上了梁山。

因此，和早有自己小算盘的柴进、宋江相比，林冲上梁山最有悲壮色彩。这位忠心耿耿效忠朝廷的教头不得不做强盗，其内心之痛苦、煎熬、悲愤可想而知。在朱贵的店里，上梁山之前，林冲几碗酒下肚，想起前尘往事，想起去路漫漫，想起娇妻与深仇，悲从中来，不可断绝，便在白粉壁上写下了八句诗：

> 仗义是林冲，为人最朴忠。
> 江湖驰誉望，京国显英雄。
> 身世悲浮梗，功名类转蓬。
> 他年若得志，威镇泰山东。

一个"仗义"、"朴忠"的英雄，不能万里觅封侯就罢了，可做一本分小官不可得，过平常日子不可得，黑暗的朝廷就是这样逼迫自己本应最依仗的精英来反对自己。这首诗不仅是林冲心思的写照，也是千百年来无数报国无门反遭迫害的英雄末路之时的写照，英雄走向末路，大宋也就该走向末路了。

宋江没有林冲的"朴忠"，林冲靠清清白白做人，老老实实做事安身立命，宋江则靠权谋，靠利用最流行的潜规则来博取最大的收益：金钱、名望，用的全是小吏的手段。林冲能交鲁智深这样的真好汉做朋友，也能帮助李小二这样"窃钩"的穷人，但把他放在宋江押司的位置上，碰到上司发文来追捕重大犯罪嫌疑人，他会像宋江那样泄露重大国家机密吗？宋江那样做,是施恩于黑社会,是不折不扣的黑社会保护伞,连一个公务员最起码的操守都不具备,何来"忠"?宋江作为郓城小吏,利用权力金钱,收买各路边缘人,声闻于天下——他的钱也来得蹊跷,有财产来历不明的重大嫌疑。从当小吏开始,他就做好随时和朝廷决裂的准备。这是小吏和英雄的重要区别,英雄光明磊落,小吏暗藏心机。光宗耀祖是男人正常的追求,但宋江选择的路径和林冲不一样,一用潜规则,一用显规则。因此他在江州题写的"反诗",和林诗相比,风格不一样:

> 不幸刺文双颊,那堪配在江州。
> 他年若得报冤仇,血染浔阳江口。

宋江所表露的是一种怨气而非悲壮。林冲蒙冤那样重,想到的只是"威镇泰山东",显示自己的耿耿忠心和不凡实力,而非报复社会。这位口口声声忠孝的宋押司如果真忠于朝廷,不但不会私放天王,也不会在流配的路上劝诱和欺骗燕顺、王英、郑天寿、花荣、秦明等上梁山。黄文炳看得一点不错,他早有造反之心,然后走"杀人放火受招安"的老路,博取官爵。当然以揣测犯罪动机来定罪,而不是根据犯罪事实定罪,则是"莫须有",据此将宋江判处死刑是很不公平的,这是另一个问题。题反诗事发是上梁山的导火索,因此和英雄末路相比,这个小吏的末路有点滑稽。先是装疯卖傻在屎尿坑里打滚,企图骗过缉捕的公人。推上法场时,"宋江只把脚来跌,戴宗低了头只叹气"。被晁盖救了后,哭道:"哥哥!莫不是梦中相会?"

比起英雄和小吏的末路,贵族柴进的末路直叫人惋惜痛心。大宋的开国皇帝赵匡胤不地道,本来和周世宗柴荣是结拜弟兄。这柴荣是个非常厉害的角色,他建立了禁军制度,南征北战,基本上统一了中原。大宋的家底其实就是他打下的。可惜英年早逝,传位给年幼的儿子恭帝柴宗训,临死前向义弟赵匡胤托孤。后来的故事大家都知道了,发生了陈桥兵变,赵匡胤黄袍加身,夺了柴家的江山。因为这事情很不光彩,所以赵匡胤一再撇清自己,说自己本不想当皇帝,是手下部将逼的,他让手下人给他背黑锅。而其实呢?谁相信这种鬼话?所以他内疚,更怕天下人指责他忘恩负义,不但不能对柴家斩尽杀绝,而且给予了柴家后人誓书铁券,以开国皇帝的名义签订了法律文书,保证柴家的种种特权。

作为大周皇帝的嫡传子孙,有誓书铁券在手,对来自朝廷的伤害柴进有种自信,你们赵家欠我们柴家的,那点特权怎比得上这江山如画。和"朴忠"的林冲、"权谋"的宋江比,他一直和现行的体制保持冷静的距离。作为让位于赵家的柴家后裔,他内心恐怕并不认为自己是大宋的臣民,因此"忠"对他没有意义,谋取高官自然对他也没有意义。他和大宋是一种"契约"关系,自己的祖先和皇帝的祖先订立了江山转让"合同",按照合同赵家需给予补偿,补偿条款中便有"司法豁免权"一项,大宋对他而言,唯一应该做的就是"履约",即严格按合同办事。秦汉以降,郡县天下,贵族势力日渐凋零,特别是隋唐开科取士后，寒门与豪门一起参加科举考试，国家公共职务向全体百姓开放，没有了特权自然没有了贵族。到宋代，除了皇族恐怕异姓贵族只有柴家了。贵族和皇室只是名义上的君臣关系，更多的是一种盟约关系，贵族尊某姓为共主，贵族自己有独立的势力范围和很大的自治权。许倬云先生曾比喻，秦汉前天子和诸侯的关系是总公司和子公司的关系，是真正封建；秦汉以后皇帝和各地方政府是总公司和办事处的关系，办事处是没有独立法人地位的。

赵匡胤订立了赵、柴两家的合同。那么在宋朝初期，赵家或许还有种得位于孤儿寡母之手的道德内疚感，履约的积极性很高，但统治天下时间一长，便具有自然的合法性，履约的约束也越来越弱。其实此时的柴进并非没有危机感。战国时期新兴地主阶级崛起后，国与国之间征伐不已，各国贵族有朝不保夕之感，孟尝、平原、信陵、春申等战国四君子的大批养士之风就是在这种背景下形成的。柴进"养士"也是出于这种考虑，不管良莠都招集在门下，既周济林冲、宋江、武松那样的人，也养洪教头那样的人。"酒店里如有流配来的犯人，可叫他投我庄上来，我自资助他。"在奸臣当道、公器私用的北宋末期，繁华之中隐藏着极大的社会矛盾，过着优厚生活的柴进自然不能置身其外，"养士"以备不时之需，这也是贵族一种"自保"的措施。大官积累财富攫取权力以获得安全感，小官巴结上司以求自保，祝家庄这样的地主自己练兵自保，小老百姓去当响马自保，柴进不能去做大官，也不愿意去当贼，最好的选择是"养士"。金圣叹评价说："柴进无他长，只有好客一节。""旋音去声,言其能旋恶物聚于一处故也。水泊之有众人也,则自林冲始也,而旋林冲入水泊,则柴进之力也。"——柴进旋林冲入水泊,只是无意插柳,他自己是不愿意放下贵族架子去当强盗的。

这样一个连皇帝都许诺给司法豁免权的贵族子弟,在知府的小舅子眼里,却完全是可以任意鱼肉的乡民。权力可以通吃一切,先朝订立的法律文书,在殷天锡眼里,只是废纸一张,"便有誓书铁券,我也不怕"。当年让江山订立的合同,大宋政府完全可以违约了——江山已经到了老赵家一百多年了。

林冲平时出阵,只是一职业军人奉命而为,无多话。攻打高唐州时,"头领林冲横丈八蛇矛,跃马出阵,厉声高叫:'姓高的贼,快快出来。'"林冲主动出马,一为报柴进之恩,二是出于对高家的仇恨。迫使林冲、柴进两位梁山大功臣上山的为高俅兄弟,高俅才是梁山第一大功臣。

原本寄希望于赵官家遵守合同的贵族也不得不做了强盗,但他和林冲一样,毕竟有种情结,做不了彻底的强盗,对大宋他也决无宋江那样的奢望与天真,最后称病辞官回乡务农,得以善终,这是贵族的清醒。

而吴用和他们三人不一样,不是被哪一件具体的事情逼迫当强盗的。《水浒传》中一开始,他就对朝廷心怀二心。晁盖得知梁中书送给蔡太师的礼物经过当地,想抢夺,但下不了决心,特意邀请吴用来商量。可见平常他和晁盖这位地方大户人家打得火热。他的出场,《水浒传》是这样描写的:"似秀才打扮，戴一顶桶子样抹眉梁头巾，穿一领皂沿边麻布宽衫，腰系一条茶褐銮带，下面丝鞋净袜，生得眉清目秀，面白须长。这人乃是'智多星'吴用。表字学究，道号加亮先生，祖贯本乡人氏。"这种读书人若没有功名，当不了官，是最尴尬的。如果他像孔乙己那样迂腐、没本事，也就罢了。问题是，这样的人虽然科举运气不好，但读过书，又足智多谋，那么他对现行体制的埋怨，比一般的农民要厉害多了。这种人又不愿意种地、做买卖，给人当私塾先生，收入也很少。平常也就给大户人家当当清客，打打秋风。因此一有机会，他们绝对不会放过。读书人中间，虽然也有黄巢、洪秀全这样的落第秀才当了造反的头子，但这两人本身就带有英雄气概加流氓气质。而一般的读书人只能因人成事，自己当不了老大，要观察、选择一个老大，跟着他起事，所以中国古代这种君臣际遇的典故都被当成佳话。比如张良遇刘邦、刘备三顾茅庐请诸葛亮、刘伯温遇朱元璋，等等。当然，像这种造反时当军师成功后做宰相的书生，也不是一次就看准人之后便死心塌地地跟着，因为他们也有比较，碰到一个比自己原来老大更有能力、更可能成大事的人，他们很容易改换门庭。比如历史上的两大贤相管仲、魏征都是这样的。春秋时的管仲原来跟着公子纠，和另一位公子小白争夺齐国国君之位，管仲还向小白射了一箭，幸亏射在小白的腰带扣上，小白装死，逃过一劫。后来小白赢了，就是五霸之一的齐桓公。管仲的朋友、一直跟着小白的鲍叔牙把管仲推荐给齐桓公。开始管仲还有点不好意思，对鲍叔牙说："我与召忽一起侍奉公子纠，却没有辅佐他登上君位，召忽自杀尽忠，我没有为他死节，实在惭愧。现在又去侍奉仇人，那该让天下人多么耻笑呀！"鲍叔牙对管仲说："你是个聪明人，怎么说起糊涂话来。做大事不拘小节；立大功的人，不需他人谅解。你有治国的奇才，桓公有做霸主的远大志愿，如你能辅佐他，日后不难功高天下，名扬四海。"就这样，管仲成了齐桓公的相国。魏征原来是唐太宗李世民的哥哥太子李建成的谋士，玄武门之变，李世民赢了，魏征就随了胜利者，也成为一代名相。

这吴用对晁盖和宋江的态度，基本上与这两人类似。最开始在乡间，他和晁盖最熟悉，视野之内，晁盖是最合适带头造反的大哥。后来宋江带着许多人马上了梁山，而当过县政府干部的宋江，在整合资源、发展梁山方面显然比土财主出身的晁盖要强得多。在晁盖还没死的时候，吴用已经向宋江委婉地表明了自己的态度。当宋江三打祝家庄，要立下上梁山后的第一桩功劳，让兄弟们信服时，吴用是竭尽全力为他出谋划策。晁盖阵亡后，立下谁捉拿史文恭，谁当山寨之主的遗嘱。谁都知道，梁山那么多好汉武艺高于宋江，宋江凭自己的本事很难擒获史文恭。又是吴用出主意，让刚上山没资历不敢贪图老大位置的卢俊义捉了史文恭，然后策动其他兄弟，推翻晁盖遗嘱，顺利拥戴宋江坐了第一把交椅。所以晁盖死后，吴用仍然得到重用，而最早跟随晁盖的刘唐、阮家三兄弟就没这样的运气，基本上被边缘化了。

两位孤独者的友情

江湖上有没有真正的友情？有，但是不多。在江湖团伙里面，更多是相互依存的利益关系。别看相互之间称兄道弟格外亲热，实则只是暂时的利益结盟。所以我们看《投名状》，三个当年歃血为盟的兄弟，最后因各自道路的选择，成为死敌。

友情，需要彼此间是平等的关系，是相互理解的关系，真正的心心相印是不能掺杂过多的功利因素的。我们常说的管鲍之交，就是基于平等与理解的友情。管仲和鲍叔牙侍奉不同的主公，但不影响两人之间的友情。后来鲍叔牙的主公齐桓公在争国君位置中赢了，鲍叔牙又向齐桓公大力举荐自己的朋友、已成为囚徒的管仲。因为他充分理解管仲的才能和志向，才无私地把相位让给朋友。《水浒传》中如果说还有这种义薄云天、不讲功利的友谊，我以为只有林冲和鲁智深之间存在。

金圣叹说："林冲自然是上上人物，写得只是太狠。看他算得到，熬得住，把得牢，做得彻，都使人怕。这般人在世上，定做得事业来，然琢削元气也不少。"

林冲是一个现代人，他本来和江湖的那一套规矩隔得很远，也很讨厌。他懂得珍惜爱情，呵护妻子，对家庭负责。在金圣叹看来，林冲"熬得住，把得牢，做得彻"，对自己的行为自始至终都非常清醒与理智，考虑问题太过于周全。如金圣叹这样的率性人看来，林冲可佩服而不可亲，不如鲁达之豁达、武松之豪迈、李逵之率真。但林冲在《水浒传》众好汉中，最具备现代职业人的种种品格和素质。林冲应该生活在现代，而不是生活在千年前的大宋，因为他的言行符合现代社会的种种规则。

如果林冲生活在现在，他也许会成为一个非常幸福和成功的中产阶级的一员。林冲的可爱，就在于"可靠"。他是一个可靠的丈夫，一个可靠的朋友，一个可靠的下属和同僚。他不会轻易动情，但一旦选择了某位女子，他会为其一生负责；他一旦成为你的朋友，你可对他托付一切，别人可以出卖他而他不会出卖别人；对上司对同僚，他会永远抱一种有距离的尊重，他会兢兢业业做好自己的分内工作，对这个集体负责对自己上司负责而不轻易涉及人事上的是是非非。

在《水浒传》中，有两个孤独者——林冲和鲁达。他俩的友谊超越世俗的功利，他们是一对真正达到精神默契的朋友。在官场，林冲不是普通的官吏，在梁山，也不是寻常的匪。在官场和匪窝，他都是一个异类，一个品行高洁的异类，一个没有丧失独立精神、独立人格的异类。将林冲和鲁达相比，似乎他们是性格的两极：一人能忍，一人性急；一人精细，一人豁达；一人温雅，一人鲁莽。但他们却能成为最好的朋友，因为他们是真正的伟男子，他们都有着包容三山五岳的胸怀，他们有着人世间最宝贵的"爱心"。

两人初相识时，地位是不平等的。鲁智深是个逃犯，在五台山做和尚也不安分,被发落到大相国寺看菜园,整天和一帮地痞流氓混在一起。而林冲呢?可是一个成功人士,是禁军教头,有幸福的家庭。

林冲与鲁智深相识,正值鲁飞舞禅杖,林冲喝彩道:"端的使得好。"鲁智深知道对方是禁军教头时,根本不自卑,对林冲说:"洒家是关西鲁达的便是,只为杀得人多,情愿为僧,年幼时也曾到东京,认得令尊林提辖。"——不卑不亢,且坦荡赤诚。林冲在京城里见多了那些戴着面具的官员,对这位西北汉子是发自内心的喜欢。那些见了宋江就跪拜的人,怎么可能成为宋江的朋友?宋江也没有朋友。

两人刚结为朋友,就碰见了高衙内调戏林冲妻子。鲁智深立马要出拳相助,被能忍的林冲劝住。鲁达一见林冲妻子,立刻如林冲多年的兄弟一样,叫道:"阿嫂,休怪,莫要笑话。阿哥明日再得相会。"如此唐突,方显出鲁智深坦荡真诚的性格,一见定交便如此。男女间有一见钟情的爱情,男人与男人之间,何尝没有一见如故的真友情?可见他俩的相识相交,超越地位的差距和经历的差异,是真正的英雄惜英雄。

《水浒传》中处处说"忠义",但真正做到谋事忠、对友义的只有林冲和鲁达。宋江以下的众头领,互称兄弟,然而他们之间,大多并不是一种心心相通的、人格平等的朋友关系。要么是宋江与戴宗、李逵,卢俊义和燕青那样的主仆关系,要么是宋江和吴用、柴进等相互利用的关系,更多的是李忠、周通这些为了自身安全而结成的利益"盟友"。一百单八将中,有些人几乎没有什么交情。如卢俊义未必会与出身低微、本事全无的白胜有什么兄弟情谊，他和大官人柴进会更投缘；吕方、郭盛作为铁杆宋系的人，也不会去结交小乙哥；而杜迁、宋万死时，黑三郎才给了一句赞语，此前也没有与这两人交谈的记载。在这种打着忠孝仁义旗号、存在有教主绝对权威的黑社会结构下，三阮、二张、孙立孙新、菜园子母夜叉、李应杜兴这样的亲兄弟、夫妻、主仆关系才是正经，且分崩离析、各自逃难之时更加明显。惟有鲁智深和林冲，不是势利之交，不是血缘同胞，偶遇而相互欣赏，结成生死之交。

撇开一切世俗的尘埃，林、鲁友谊如高山上之白雪，如幽谷中之兰花，如云散雾开后之明月，那样超凡脱俗，那样美丽洁净。在草莽之中，竟有这样的伯牙与子期。

宋江第一次见武松，便说："江湖上多闻说武二郎的名字，不期今日却在这里相会。多幸，多幸。"过了数日，拿出来银子给武松做衣服，武松离开柴进家时，宋江相送数里，再次赠送银子。宋江第一次见李逵，就是替他还赌债。"贤弟但要银子使用，只顾来问我讨。今日既是明明地输给他了，快把来还他。"然后请李逵大碗喝酒大块吃肉，博得李逵的称赞："真个好个宋哥哥，人说不差了，便知做兄弟的性格。结拜得这位哥哥，也不枉了。"与其说这是交朋友，不如说是收买。宋江能收买李逵这样的顽童，因为顽童往往一个玩具就能搞定，而对武松却未能收买住。所以金圣叹评论道："其结识天下好汉也，初无青天之旷荡、明月之皎洁、春雨之太和、夏霆之径直，惟一银子而已矣。"

和陆虞候这样的"朋友"相比，鲁智深更显出世上真朋友的稀缺。陆虞候可是林冲的发小，为了自家富贵，巴结高太尉，为虎作伥陷害林冲。林冲误入白虎堂后，被刺配沧州，鲁智深千里暗中护送，直到林冲脱离险境为止。鲁智深在野猪林里那席话，至今读来泪满襟。

"兄弟，俺自从和你买刀那日相别之后，洒家忧得你苦。自从你受官司，俺又无处去救你。打听得你断配沧州，洒家在开封府前又寻不见，却听得人说，监在使臣房内。又见酒保来请两个公人说道：'店里一位官人寻说话。'以此洒家疑心，放你不下，恐这厮们路上害你，俺特地跟将来。见这两个撮鸟，带你入店里去，洒家也在那店里歇。夜间听得那厮两个做神做鬼，把滚汤赚了你脚。那时俺便要杀这两个撮鸟，却被客店里人多，恐防救了。洒家见这厮们不怀好心，越放你不下。你五更里出门时，洒家先投奔这林子里来，等杀这厮两个撮鸟，他到来这里害你，正好杀这厮两个。"

此段话不仅可看出鲁智深的多情多义，也可看出他的粗中有细。这份情谊，直可动天地泣鬼神，安能用"江湖义气"四字形容之？

随后，刺配路上林、鲁一别，便关山万里，两人并未互通信息，可情谊决非时光和距离可以隔断的。直到第五十七回，众虎归水泊后，鲁智深问林冲："洒家自与教头别后，无日不念阿嫂，近来有信息否？"这就是真正朋友的相知，他知道林冲是顾家的人，他知道林冲深爱着自己的妻子，刺配之后，留妻子孤身在京，自然放心不下，问阿嫂近况实在是对朋友最大的关爱。而此正是林冲的伤心事，他妻子已上吊自杀了。反观宋江害怕李逵再次造反，为了保住自己一身的名节不惜毒死李逵，这不是友谊而是最大的自私，他把李逵当成自己的私有物了。

李白和杜甫长安相识后，不久相别。天宝四载在山东得以短暂相聚后，各自飘零，山高水远，可那份情谊，两人一生未能忘怀。杜甫流落秦州，当时李白因从永王而被流放，杜甫担心李白的安危："凉风起天末，君子意如何？鸿雁几时到？江湖秋水多。"李白死在当涂后，杜甫也是垂垂暮年，可对朋友的思念一点没有减弱，想起他和李白壮年时同游单父台的情景："隔河忆长眺，青岁已摧颓。不及少年日，无复故人怀。"只有相知相得，才有这种历岁月而弥坚的友谊。

林、鲁两人，都具备大智慧和大慈悲。

林冲爱妻子、爱朋友、爱自己的职业，富有同情心。他是个优秀的军事教官，不但业务水平出众，而且没有野心，不与官场的大多数人同流合污。尽管他精细过人，但还是着了高太尉的道。高太尉、陆虞候正是利用林冲忠于职守、同情弱者、热爱本职的"软肋"，才能诱骗他进白虎堂。首先，高太尉派人装成落魄的江湖壮士卖刀，引起酷爱先进武器的职业军人林冲的同情。林冲买了刀后，又派人请林冲拿刀去给太尉观瞻，以服从为天职的林冲自然难以拒绝。林冲尽管才智过人，但哪能想到人心如此歹毒。林冲被刺配后，为了妻子的安全与幸福，对丈人说："只是林冲放心不下，枉自两相耽误。"并写了份休书：

东京八十万禁军教头林冲,为因身犯重罪,断配沧州,去后存亡不保。有妻张氏年少,情愿立此休书,任从改嫁,永无争执。委是自行自愿,即非相逼。恐后无凭,立此文约为照。

什么是真正的爱情?这就是真正的爱情,牺牲自己,替对方考虑。张氏嫁夫如此,死而无憾。如此真挚之情,却让造化嫉妒,正应了"情深不寿"那句话。

鲁智深要杀董超、薛霸这两个意欲害他的公人,林冲认为他们只是受高太尉的指使,心生怜悯制止了智深;火并王伦,林冲为了梁山的大业,甘愿被吴用利用;晁盖死后,梁山群龙无首,又是林冲出面力主宋江代理老大的职位,避免了梁山的分裂。两次梁山发展最关键的时刻,都是林冲立了大功,而且不为私利,功成身退,低调行事。当王伦要他杀一个无辜的路人来做"投名状"时,走投无路的林冲一定异常悲痛。一个遵纪守法的朝廷军官,不得已上了梁山,还要滥杀无辜才能被土匪接纳,必须在精神上自虐与自污方可为匪!对一个爱惜羽毛的人来说意味着什么?后来他遇见了有着同样经历的杨志,两人不分胜负,"投名状"到底没有拿来。这是施耐庵对这位真男子的爱护。林冲,即使落了草,他的品行也是高洁的。

鲁智深一生孤单,他的"花和尚"绰号之来由,并非因其沾花惹草,而是他义薄云天,尊重并保护弱女子,是个真正的"护花和尚"。他一生中几次重大的转折都和保护女人有关。武松、李逵只知道杀女人，而鲁智深却处处怜惜女人。听了金翠莲的哭诉后，一怒打死了镇关西，这位提辖不得不亡命他乡，最后当了和尚。从五台山往东京的路上，夜宿刘太公家，听到桃花山的周通强抢太公的女儿，便潜伏在女孩的闺房里，狠狠地教训了小霸王，最后让周通折箭立誓，不再骚扰刘家。在瓦罐寺，伙同史进，将奸淫民女的崔道成、丘小乙杀死。流落江湖那么多年，一直牵挂阿嫂的人身安全。而鲁智深救史进，也是女人引起的。贺太守抢了画匠王义的女儿"玉娇娘"，史进去刺杀太守被捉拿，智深再去救史进。对江湖上的朋友智深也是光风霁月。当他向史进、李忠借银子接济翠莲父女时，责怪李忠的不爽快，将二两银子丢还给李忠；在桃花山扁了周通，当周通偷了呼延灼的宝马，即将被青州的官兵攻破寨子，不得不求救于二龙山之时，周通还担心："只恐那和尚记当初之事，不肯来救。"李忠却了解智深："不然！他是个直性的好人，使人到彼，必然亲引军来救我。"李忠虽然小气，但有知人之明。当他引兵去少华山，要去救史大郎时，朱武杀牛宰马要招待智深，平时嗜酒如命的智深却说："史家兄弟不在这里，酒是一滴不吃！要便睡一夜，明日却去州里打死那厮罢。""都是你这般性慢直娘贼，送了俺史家兄弟！只今性命在他人手里，还要饮酒细商！"——好一个可爱可敬可亲可信的"花和尚"！对于招安的下场，鲁智深也一直是异常清醒。

只因智深心存真善，哪怕喝酒吃肉杀人放火，依然与佛法有缘。五台山的智真长老在几千吃斋念佛的沙门中间，独独看出智深深具慧根，并非全是赵员外推荐的缘故。当他在钱塘江畔圆寂之前，自己写了一偈："平生不修善果，只爱杀人放火。忽地顿开金绳，这里扯断玉锁！咦！钱塘江上潮信来，今日方知我是我。"人生真如大潮，起落一瞬间。无大智慧大慈悲的人，哪能这样拨云见日，心证三果呢？当年弘一法师知道自己即将脱离臭皮囊时，写了一封遗书给弟子刘质平，其中有一偈："君子之交，其淡如水。执象而求，咫尺千里。问余何适，廓儿忘言。华枝春满，天心月圆。"

真友谊便是君子之交，真佛法，亦淡如清水。林冲、鲁智深这样的真汉子，如果生逢其时，完全可以建功于边廷，立千秋万世不朽之名；或者即使不能被重用，在一个正常的现代社会里，也能凭自己的本事、自己的品行赢得尊重，过着平常而幸福的中产阶级的生活。可惜他们生活在一个是非颠倒的社会，一个淘汰良民的社会，一个扼杀精英的社会，一个必须牺牲人性才能生存显达的社会。尤其是林冲，做一爱岗敬业的职业军官不可得，做一爱家护妻的好丈夫不可得。他们要么像陆虞候、富安那样，牺牲自己的良心，自己污辱自己的品行，巴结权贵以求显达；要么就只能去当杀人放火的草寇。没有中间的道路可让他们选择。这是林、鲁的悲哀，也是大宋的悲哀。

《水浒传》中的人，只有林冲、鲁智深懂得友谊，也只有林冲、鲁智深懂得女人。他们注定是孤独而清醒的，无论在官场还是在江湖。他们是不幸的，好在两个孤独者之间还有一份弥足珍贵的友谊，可以彼此抚慰。

黑道的规矩和武松的品牌

前文曾说到英雄林冲、小吏宋江、贵族柴进、书生吴用如何在走投无路时走上造反的道路。这四个人,家境都不错,林冲是首都市民,职业军官,当然不用说。柴进作为周世宗的嫡系子孙,祖上将江山让给赵宋王朝,就更不用说了。宋江家里很富裕,有大庄园,所以能自幼熟读经史。吴用,至少出生在农村殷实家庭,否则没办法读书。

而《水浒传》中,有个顶天立地的大英雄,他的出身远不如以上四人,这个人就是武松。

金圣叹非常推崇武松,他说:"武松者,天人也。"意思是说这是天上才有的人才。并解释道:"武松天人者,固具有鲁达之阔,林冲之毒,杨志之正,柴进之良,阮七之快,李逵之真,吴用之捷,花荣之雅,卢俊义之大,石秀之警者也。"

也就是说他有鲁智深的豁达、林冲的狠劲、杨志的正统、柴进的良善、阮小七的爽快、李逵的率真、吴用的敏捷、花荣的优雅、卢俊义的大气、石秀的警觉。——你说说这样一个综合素质巨高的英雄,在贵族、大官家庭的子弟里,都很难找,何况武松是草根阶层。从贫下中农子弟里出这样一个人物,简直就是奇迹。或者是造物主公平,亏欠他哥哥武大郎太多,然后才让他如此优秀。

武松第一次出场,是在柴进的庄上,正是他落魄的时候,得了疟疾,躺在柴进家的走廊下面烤火。和柴进喝多酒的宋江出去解手,脚踏在火锹上,把炭火掀到武松的脸上,武松抓住宋江要打,柴进闻讯跑来解围。武松为什么这么落魄?是因为他在清河县和人打架差点把人打死,逃到柴进庄上。柴进像战国时代的孟尝君一样,利用自己的特权收留那些作案外逃的人,以备将来为自己效劳。尽管一开始他对武松还客气,但这位贵族公子难免有些势利,对宋江这种读过书、在官府做事、名气远播的实力派,那是真心结交。对武松未免有些慢待,毕竟不是一个阶层的人呀,出身和人生经历相差太大。而武松性子刚烈,又因为流落江湖,脾气更不好,就和柴家的仆人常发生冲突。这类仆人更是势利眼。可见,自尊自傲的武松,在人家的屋檐下,是多么难堪。

同样出身于穷人家,李逵至少还有个母亲,武松却父母双亡。但李逵几乎没有自主意识,凡事听大哥的。而武松不一样,他有自主意识,能保持独立人格。宋江见到武松后,也是百般笼络,两人结拜弟兄,武松离开柴家庄园时,宋江给他十两银子,但武松推辞,说"哥哥客中自用盘费"。宋江说,贤弟不要推却,你若推却,我便不认你做兄弟。话说到这份上,武松才接受。可见他人穷志不穷,可以和宋江你做兄弟,但绝对不做你的奴才。而李逵正相反,宋江在江州酒楼上初见李逵,给了李逵十两银子,李逵毫不推辞,立刻拿着去赌博。所以金圣叹评点说,只十两银子买一铁牛,宋江一生得意之笔。宋江用钱能买来李逵的死心塌地,但在武松那儿不管用,武松在众好汉中,认识宋江算较早的，但自始至终，他都刻意和宋江保持一种距离。

　　武二郎这样一个全能冠军，纵使千年之后亦让人遥想不已。本来他应该是穷人家孩子学习的好榜样。一个出身卑微的穷孩子，不但武艺好，而且人品正，不贪钱财不好色，双拳打死害人的老虎。——老虎在那个时代是实实在在的害虫，要是今天中国哪个地方冒出一只华南虎，别说谁敢去伤害，当地的林业部门会立马申报保护区，要钱要项目，否则也不会有周正龙"纸老虎"的故事。因为打虎，被阳谷县县令任命为巡捕都头——这可是公安局长或者至少是刑警队长的职位。而且和哥哥武大郎又重逢了。这样的经历，可以编进各种励志类图书了，可以被媒体树为穷且益坚、自强不息的典型了。武二郎面前，应该是一条光明大道，但那个社会，看似一件偶然的事情——他哥哥娶了无福消受的美女潘金莲，让这位十佳青年武二郎变成了一个杀人狂。其根本的原因是什么？还是我在前面一再说过的，社会的不公平不公正。

　　武松不但比李逵这样一个莽汉有头脑，而且比鲁达精细得多，能控制住自己的情绪。当他嫂嫂挑逗他时，他严词拒绝。为了维护哥哥嫂嫂的关系，他向哥哥瞒下潘金莲的所作所为，任由潘金莲挑拨。在奉县令之命去东京城出差之前，当面用言语暗示嫂子要安分守己，叮嘱哥哥晚出早归，防止潘金莲红杏出墙。——说到这，我多讲两句，武松这趟公差是做什么呀，原来是县令让他将搜刮来的钱财送到东京亲眷处保管，用来打点门路谋升官。杨志奉梁中书之命去东京出公差，也是押送金银财宝。——大宋英雄,在贪官的手下,最重要的作用原来是做这个的。

可以说,武松的精细程度超过林冲,他把可能想到的危险都做了预案,即便如此,在他出差的时候,潘金莲和西门庆仍合谋害死了他哥哥。到这个时候,他仍然没有失去理智,找到收殓他哥哥尸首的何九,找到目睹奸情的郓哥,找到撮合西门庆潘金莲的王婆,软硬兼施,取得了确凿的证据。然而即便有证据,即便他是一个都头,即便他刚给县令押送金银上京,但在被西门庆用钱买通的县令面前,他无法通过正常的司法程序为死去的哥哥讨个公道,只有自我执法,杀了潘金莲、西门庆。自我执法,就是私刑,这种血亲复仇是古老而野蛮的。但当官府无可维护正义时,血亲复仇不但能获得理解,甚至还有人喝彩。即使是杀了潘金莲,犯了这么大的罪,他依然处理得非常冷静,把善后的事安排得清清楚楚。对围观的邻居们说:"小人因与哥哥报仇雪恨,犯罪正当其理,虽死而不怨。却才甚是惊吓了高邻,小人此一去,存亡未保,死活不知,我哥哥灵床子,就今烧化了。家中但有些一应物件,望烦四位高邻,与小人变卖些钱来,作随衙用度之资,听候使用。今去县里首告,休要管小人罪犯轻重,只替小人从实证一证。"

因为武松有自首情节,更重要的是先前拿了西门庆钱财的县令,看到西门庆死了,再偏袒西门庆没甚好处,反过来想起武松为他做过的事,加上民意同情武松兄弟,于是就做了个顺水人情,最后的判决:武松刺配。

第一刀砍出去,就很难收住了,"十佳青年"武松便不得不在杀人犯的路上越走越远。杀人如麻，也成就了他更大的江湖声名。以后武松所有的遭遇都和他的超级打手品牌紧密相连，直到落草成为职业打手。他不像李逵那样，李逵天生就是个杀手，武松并不想当一个职业杀手，但无论他如何小心谨慎，最终没有挣脱这个命运。

武松被刺配孟州后，落入管监狱的施恩父子手中，不立马送常例钱给管教，按常规将吃皮肉之苦甚至丧命。武松被押到管营相公的堂前，准备打一百杀威棒时，一位二十四五岁的年轻人在管营相公面前悄悄说了几句，就绕过了这顿杀威棒。接下来，更让武松和他同号子的狱友百思不解的是，连续几天给他好酒好肉招待，让他洗澡更衣。

为什么武松能在监狱里获得如此特权呢？原因是他有了在江湖上响当当的品牌。他的品牌就是有一身好武艺，能打能杀。世上但凡是有了自己的品牌，就不愁了。宋江有了仗义疏财的品牌，行走江湖，虽然武艺平平，但强盗一旦知道他是及时雨宋江，就倒地便拜；李师师有了花魁的品牌，连皇帝也撇下三宫六院，来她的住处寻欢作乐。

原来对管营父子来说，武松有着比勒索钱财更大的价值——他的伤害能力。管营的儿子施恩原来在孟州东门快活林开了一家店，用施恩自己的话来说："但是山东、河北客商们，都来那里做买卖，有百十处大客店，三二十处赌坊、兑坊。往常时，小弟一者倚仗随身本事，二者捉着营里八九十个拼命囚徒，去那里开着一个酒肉店，都分与众店家和赌钱兑坊里。但有过路妓女之人，到那里来时，先要来参见小弟，然后许他去趁食。那许多去处，每朝每日，都有闲钱，月终也有三二百两银子寻觅。"那时候新来囚犯给管营的看守送十两银子，就是重礼，可想这每月两三百两银子的收入是多么可观。大宋官场真是烂透了，这管监狱的官员子弟，不但办涉足黄赌毒的公司，而且还将国家送来让其看管、改造的囚犯当成自己的家丁，出监狱到经营场所为自己做事。——不过在快活林做那样的买卖，没有一点官府背景，是经营不下去的。后来，大伙知道，另一个张团练，带领一个叫蒋门神的汉子，赶走施恩，独霸了快活林。这监狱警察在老百姓面前，可以耀武扬威一阵，但哪斗得过军队里的？

施恩必须找一个一流打手为自己出头，自己管辖的犯人正好是这样一位打虎英雄，岂不是"盘活存量"？武松自然受到贵宾的待遇。

于是，武松打走了蒋门神。"醉打蒋门神"这一节，描写得特别精彩。武松就像鲁达专门去刁难、激怒镇关西一样，去到蒋门神看守的店里，专门找茬。让老板娘陪酒——从古至今，流氓地痞让酒店、娱乐场所交保护费，多半也采取这样的找茬方式。一般能开娱乐场所的，手下的保安不会太差，更别说蒋门神了。于是武松和蒋门神打起来了，这蒋门神虽然长得高大，但被酒色掏空了身子，结果被武松三拳两脚就打跑了。

超级打手的名号不仅给他带来了监狱中的特殊待遇，也带来了后来的祸端，张团练伙同张都监，陷害了他。这张团练为什么要处心积虑地报仇？失去快活林这个日进斗金的买卖固然可惜，更重要的是他若不出这口气，败在施恩父子手下，将来在黑白两道就没法混了。上海青帮头子黄金荣，因为和当时驻守上海的卢永祥的儿子卢筱嘉一起捧某个女名角，卢公子得罪他，他手下人不知底细将人家打了一顿。卢公子回去带领荷枪实弹的军人，找个机会把他捆了，差点把他毙了丢在黄浦江。最后有人出来调停，黄金荣赔礼道歉，才放他出来。从此，他在上海滩黑道的大哥位子就被杜月笙顶替了。

最后武松大闹飞云浦，杀了两个公人并蒋门神两个徒弟，潜回到张都监家，杀死男女老少十五名，这位前都头已经完完全全是个嗜血杀手了，"一不做，二不休，杀了一百个，也只一死！"尤其是他杀人之后，还不忘自己名震天下的品牌，在白粉墙上写道："杀人者，打虎武松也。"到此时，武松已完全成了杀人狂。分析武松为什么杀张都监一家，如此狠毒，完全是因为那时他心中恨意太大。武松这样的汉子，讲义气，有计谋，懂道理，但最恨被人戏弄，被人冤枉。而张都监做了那么大的一个笼子，先重用武松，取得他的信任，中秋之夜在张家请他喝酒，让武松放松警惕，最终诬陷其为小偷，这是对武松最大的侮辱。武松一生行走江湖，就这一次麻痹大意，让张都监钻了空子。只是他的报复，现在看起来实在太血腥了。

超强杀人能力对朝廷而言，是犯罪，可在江湖上却是同道敬仰的"闪光点"。这一点在武松十字坡酒店遇见张青、孙二娘夫妇时得到了充分的证明。

武松被押送到孟州的途中，在十字坡孙二娘开的店里喝酒吃肉时的表现，就可知他是多么机敏。孙二娘早存害人之心，而做过缉盗抓贼公差的武松也早有提防。武松故意挑逗母夜叉后，佯装中计让二娘着了道，这个孙二娘无论怎样凶悍，也不是打虎英雄武松的对手。武松制伏了孙二娘，准备狠扁她时，张青回来了向他求情。武松自报家名，张青得知是"景阳冈打虎的武都头"，纳头便拜。你看看，这品牌何其响亮！

一个人的处女秀是很重要的，他的人设往往因此而确立，关系到日后的江湖地位。鲁达初入汴梁，处女秀是"倒拔垂杨柳"，悟空是大闹龙宫，而关羽则是温酒斩华雄。武松如果没有打虎的处女秀，他的命运便会改写。

张青夫妇与武松消除误会后，江湖上的同志找到了共同语言。张青讲述了十字坡酒店的规矩：三种人不可害。张氏酒店的规矩订得很有意思：

"第一是云游僧道，他不曾受用过分了，又是出家的人"；"第二是江湖上行院妓女之人，他们是冲州撞府，逢场作戏，陪了多少小心得来的钱物。若还结果了他，那厮们你我相传，去戏台上说得我等江湖上好汉不英雄"；"第三是各处犯罪流配的人，中间多有好汉在里头，切不可坏他"。

这家谋财害命的黑店，残暴得连过往的客商杀了后都还把人肉做包子馅卖钱，哪能有什么怜悯之心？他们所不杀的三种人都属于主流社会不齿的"边缘人"，一是化外的出家人，以乞讨化缘为生，一是卖笑的妓女，一是罪犯。除了张青明说的原因之外，最主要的原因是开黑店的张氏夫妇同样是"边缘人"，和所说的三种人属于一个命运共同体，因此他们同声共气,相互依托,有唇齿相依之感。

江湖、妓院、寺庙,相对朝廷所控制的社会,它们是疏离的,也是相对独立的,因此它们遵循着相通或相似的行事规则。自然,也有不少趋炎附势、巴结权贵的僧道和妓女,也有投靠朝廷的江湖败类。但总体而言,不合正常道德规范的"边缘人",在这三种地方还有较大的空间。

所以,我们看到鲁达杀了人,唯一的出路就是去五台山出家,然后自然而然地做了草寇;李师师被徽宗宠幸,但决无三宫六院中那些妃子们的政治觉悟,她能对宋江、柴进、燕青这些强盗们抱以理解的同情,并将他们引见给皇帝,这位天下第一"二奶"如此仗义的根本原因是她行院的出身。

张青对武松的尊重,首先是因为将其看成同道,其次是武松超强杀人能力的品牌——那个年月,做强盗也要做得出类拔萃、风风火火,所以梁山中的人,时迁爱偷鸡摸狗,便在排名中很靠后。十字坡酒店定那样的规矩,亦是有自我保护、为以后留退路的考虑,保不定什么时候自己也会去寺院避祸,或者成了官府抓捕的罪犯。

可是随着时代的发展,江湖上的强盗连这样的规矩也不守了。有些流氓地痞不但敲诈寺庙,而且专门结伙抢劫娱乐场所的小姐。江湖的规矩,是一点也不讲了。

武松的神勇威武,大多在他上梁山之前就表现出来了。后来他和鲁智深的二龙山合并到梁山后,他们成了非主流,他和鲁智深、林冲,是梁山上最孤独的三位英雄。他们三人惺惺相惜,和宋江那伙人保持着相当的距离。

李逵、悟空的顽童性格

李逵和孙悟空是两个具有顽童性格的男人。尽管李逵招安后被授予镇江润州都统制的官职，孙悟空修炼成斗战胜佛，但他们对官职的态度更多是近乎于儿童玩过家家的态度，满足自己一种心理上的征服欲大于对官职所带来的政治权力和经济权益的期望。

《西游记》中曾写到悟空去拜师时，说自己"一生无性"，这种"无性"应是源于佛教学说。佛教认为修行到佛的境界，则无男无女。而在混沌未开时，也应当是无男无女，正如美猴王自己说的那样："我无性。人若骂我，我也不恼；若打我，我也不嗔，只是陪个礼儿就罢了。"这正是佛家的无嗔无痴无贪也无性。但如果说大闹天宫时期的悟空还是无性，就有点问题了，那时的他动辄怒火冲天，奋起千钧大棒，早就非"不恼""不嗔"了，也非"无性"了，他已经长成一个顽劣的男童。等他修成佛的果位后，又成了"无性"。

《水浒传》中《燕青智扑擎天柱 李逵寿张乔坐衙》这一回看似闲笔，实则写出了李逵的一种顽童性格。也许有人说，政治场就是秀场，做官更多的是作秀。但大多数官员作秀的目的是有着很现实的政治、经济诉求的，而李逵跑到寿张县衙，更多是为了好玩。

李逵进了县衙的大堂，吓跑了县令。他自己"扭开锁，取出幞头，插上展角，将来戴了，把绿袍公服穿上，把角带系了，再寻皂靴，换了麻鞋，拿着槐筒，走出厅前，大叫道：'吏典人等都来参见！'"这位只爱喝酒吃肉杀人的铁牛哥这次倒是态度温和，没有给各位吏员动蛮，而是让他们当了一回群众演员，自己狠狠地过了一把当官的瘾。让两人乔装因斗殴前来告状，在这场游戏逼真的外表下，李逵的"判决"显露出游戏的本色，他根本不具判断寻常民事纠纷的起码常识，而是用自己的强盗逻辑来断案，"这个打了人的是好汉，先放了他去。这个不长进的，怎地吃人打了，与我枷号在衙门前示众"。他穿着官服，一直跑到了忠义堂前，引起兄弟们的哄堂大笑。

　　美猴王跑到天庭要官也更像一场闹剧。他对天庭官职的好坏大小根本没什么了解，作为一个从最基层混出来的人，突然有点本事，觉得有个官职才是对自己地位的认可——这个官职究竟能做些什么、能控制多少公共资源倒不是很重要的。他先被骗做了"弼马温"，这个官职有没有油水，能管多少实质的事务，他一无所知，只图一个名声。开始他毫不嫌弃，好似一个民间精英刚被重用时，兢兢业业将马喂得膘肥体壮。可当他知道"弼马温"只是一个未入流的小官时，便大怒道："这般藐视老孙！老孙在那花果山，称王称祖，怎么哄我来替他养马？养马者，乃后生小辈，下贱之役，岂是待我的？不做他！不做他！我将去也！"美猴王的愤怒并非因为他养马这件"贱业"，如果这样他开始就不会把马养得那样好，他所气愤的是"藐视"他，没有满足他做大官的"虚荣"，所以他敢称自己为

"齐天大圣",就像乡下一个小饭馆挂着"环球大酒店"的招牌一样,自我满足一下。故而天庭为了安抚他,就坡下驴,再骗他一把,干脆封他一个不管事的"齐天大圣",满足其游戏的心理,让他别闹别嚷。

李逵作为赤诚、直率之人却有一些可爱的"狡猾",他这种"狡猾"正像一个和大人玩心眼儿的顽童。如宋江这种真正爱用权谋的人,小事上显得异常大度豪爽,而李逵这样的顽童,大事上坦坦荡荡,小事上则常常施点可爱的小手腕。李逵江州初见宋江,为了赌博,撒谎说自己有一锭十两的整银想换成零钱,宋江将十两银子送他,他毫不推辞大方地拿走,可从此却成为任宋江驱使的得力干将。和戴宗一起请公孙胜时,戴宗告诫他必须素食,他偷偷地跑到外面吃牛肉喝酒,还以为瞒过了戴宗。被罗真人用法术弄到官府大狱中,却又自称是罗真人的徒弟,骗来监狱的牢子用酒肉孝敬。脱离牢狱后,饱受痛殴的他不但不气恼,反而和戴宗吹嘘自己骗牢子酒肉的"丰功伟绩",大有小儿得饼之乐。

李逵、悟空一味地喜欢打打杀杀,好像缺少男人一些正常的欲望,我觉得是因为他们的本领是成人的甚至超过成人,而他们的心理却是顽童的,如此我们才能理解他们的种种行为。

李逵和戴宗一起去请公孙胜出山,公孙的师父罗真人不愿徒弟再去做强盗,不答应戴、李的请求。李逵想到的就是杀死这个道人,绝了公孙胜的退路,就如摔死小衙内逼迫朱仝上山一样。晚上他偷进真人练功的房间,一斧头砍下去,"李逵看时，流出白血来"——铁牛砍倒的是真人的一个葫芦。铁牛自以为得计，笑道："眼见得这贼道是童男子身，颐养得元阳真气，不曾走泄，正没半点的红。"金圣叹在评点此语时说："因此文，忽然想到李大哥亦定是童男子身，不尔，教他何处破身尔？"悟空和李逵一样，似乎没有半点男人的正常欲望，对女色没有兴趣，两人又不是太监，何故？唯一的解释是，二人还不具备正常的男人性心理。一个男孩，在度过六岁前的混沌时期后，有一段似懂非懂的岁月，这段岁月大概是七岁至十二岁情窦初开之前，男孩们往往将与异性的亲近看成耻辱，小伙伴们常联合"打击"那些和女同学关系不错的男孩。就是对动物的交合，这个时期的顽童也爱捣蛋、阻挠。如看到狗、牛交合在一起，顽童们非得将它们拆散，才觉得痛快。

有人说过悟空有同性恋倾向，不然为何对女妖、女王们诱惑师父那样痛恨？其实考虑到悟空的顽童性格，就可以解释了。顽童们不能理解大人们正常的男女情感需要，对自己心理上依靠的父、兄所表露出的对女性的关心爱护有种天然的嫉妒。当唐僧表示出对美女妖怪的同情时，猴子便奚落师父凡心动了，不如早早分家得了。用师父最忌讳的一点"和尚动凡心"来嘲笑唐僧，就是担心唐僧真的"动了凡心"。李逵对宋江的态度和悟空对唐僧一样。梁山人俘虏了扈三娘，送到宋太公住处，让仆人好生照料。铁牛和其他人都以为宋大哥要自己享受，那些心理成熟的强盗很是理解大哥的这点正常需要，可李逵却愤愤不平。三打祝家庄，李逵将扈家一门老幼全部杀光，被宋江责备，李逵说宋江："你又不曾和他妹子成亲，便又思量阿舅、丈人！"当一伙强盗冒名顶替宋江，将刘太公的女儿抢做压寨夫人时，李逵立刻信以为真，他的理由是："我见他在东京时，兀自恋着唱的李师师不肯放，不是他是谁？"并且直接呵斥宋江："哥哥，你说甚么鸟闲话！山寨里都是你手下的人，护你的多，那里不藏过了！我当初敬你是个不贪色欲的好汉，你原正是酒色之徒：杀了阎婆惜便是小样，去东京养李师师便是大样。"自己不喜欢女色，也痛恨别人尤其是自己信赖的人喜欢女色，完全是个蛮横不讲理的小男孩。

但悟空和李逵在生理上已经是个健壮的男人，那么，二人那样多的荷尔蒙如何释放？他们唯一的办法就是杀人，在暴力中宣泄。杀人杀得越多，杀人的场面越血淋淋，他们越有快感，用杀人欲代替性欲。大多儿童都有种破坏欲，将小动物弄死，将花呀、草呀掐断，便觉得很快乐。他们在不断的成长中，由于接受成人世界的教育，也由于有更多人世间的诱惑，心中的兽性便一点点收敛，最终变成了循规蹈矩的成年人。因此大人对不服管教、四处惹祸的愣头青，采取的办法往往是：给他娶房媳妇，套上笼头——在情感的慰藉下，将金刚化成绕指柔，在温柔里消融那些个造反精神。李逵、悟空以及哪吒，刚出江湖都是一片天真烂漫，杀人对他们而言，是最高享受。哪吒闹海，将龙宫太子抽筋剥皮；悟空看到自己金箍棒下面死伤的妖怪，哈哈大笑。李逵更不用说了，每每听说要去杀人，便异常兴奋："我两把板斧许久不曾发市，在角落里听了，很是高兴。""我许久不曾杀人了，闲得慌。"将扈家上下杀绝后，被宋江训斥，他回答说："谁鸟耐烦，见着活的便砍了！"宋江因此让他功过两抵，他毫不在意，笑道："虽然没了功劳，也吃我杀得快活。"快活才是他杀人的真正动力。在狄太公家，捉住了正在房里幽会的狄小姐和其恋人王小二，把两人的头砍下来，"再提婆娘尸首和汉子身尸相并，李逵道：'吃得饱，正没消食处。'就解下半截衣裳，拿起双斧，看着两个死尸，一上一下，恰似发擂的乱剁了一阵"。我想，李逵在杀人中绝对高潮迭起，其快感不亚于性快感。

解析了李逵、悟空乃至哪吒这种顽童性格，我们也许可将他们杀人放火的行为和未成年人犯罪联系在一起。未成年人犯罪之所以和成年人犯罪有着不同的特点，原因是他们的心理年龄决定他们的犯罪动机，这在成年人看来，往往不可理解。成年人犯罪往往出于正常人的一些欲望，如金钱、美色、复仇，等等，且大多成年人犯罪前会对犯罪收益和犯罪风险做一番考虑。而未成年人有时不知道犯罪行为的危害性，也不知犯罪的后果，为了一点点小事甚至好玩就犯罪。李逵每次杀人，脑中根本没有"风险"二字。年轻时在山东老家打死人逃了出来，自跟了宋公明后，每次杀人时必定光着膀子，奋勇向前。他的这种杀人行为已不是为了具体的世俗利益，而是一种行为艺术。

由于李逵、悟空心理上处在似懂非懂的顽童年龄，他们对政治也往往是一知半解，甚至天真得滑稽，但这种天真中却往往包含最简单的常识。悟空初出江湖时，将天庭的游戏规则看得和他的花果山一样简单直接，根本不在乎天庭复杂的人事关系和种种派系。而李逵对宋江的权谋不能理解，常常实话实说，戳到宋大哥的痛处。当卢俊义生擒了史文恭后,宋江假装依照晁盖的遗言,将头把交椅让出。两人在推辞时,李逵大叫:"哥哥偏不直性!前日肯坐,坐了今日,又让别人。这把鸟交椅便真个是金子做的?只管让来让去!不要讨我杀将起来。""若是哥哥做个皇帝,卢员外做个丞相,我们今日都住在金殿里,也直得这般鸟乱。无过只是水泊子里做个强盗,不如仍旧了罢。"真是童言无忌,羞煞宋江等人。

控制他们就像对小男孩一样,玩具和皮鞭同时预备。如来和观音用五行山、紧箍咒和取经成名的诱惑控制了孙猴子;宋江用小惠和所谓的兄弟义气笼络住李逵,再通过戴宗让他吃吃苦头,心生忌惮,铁心为他效劳,最后一杯毒酒打发了这个顽童。

两大间谍的比较

看过《水浒传》的人都知道,梁山泊队伍中,第一大间谍头子就是神行太保戴宗。他是老大宋江最仰仗的亲信。而另一个情报收集高手,是坐第二把交椅的卢俊义的亲信燕青。

梁山好汉排座次中,戴宗排名在三十六天罡中第二十名,不仅排在黑旋风李逵之前,也排在最早参加革命、和晁天王一起智取生辰纲的刘唐和阮氏三兄弟之前。在业务分工中,充当了"总探声息头领",带领另四名有刺探情报天赋的乐和、时迁、段景住、白胜,专司情报收集工作。

从古至今,任何一个军事集团的存在,都离不开情报,情报工作的作用无论如何估计都不过分,血雨腥风的征伐之间,总是伴随着重重的谍影。因此,负责情报工作的多是非常能干与忠诚的,如千年后戴宗的一个同宗,老蒋手下的"军统头子"戴笠。

而戴宗,除了会"插着两个纸马",能日行八百里的神行术,还有一些察言观色的小聪明,符合打探情报的基本要求外,在《水浒传》一百单八将里面,他并不是最佳间谍头子的人选。我们可以在江州宋江题写反诗后,从他的作为中看出他在做间谍方面的缺陷。

蔡九让戴宗传信给自己的老爸——当朝太师蔡京,请示如何处理宋江。在梁山专门坐探情报的朱贵酒店休息时,被朱贵用放了麻药的酒菜轻轻松松地放倒,随即搜出他携带的蔡九家信和奉送给父亲的礼物。这就是后来总司梁山情报工作的戴院长初出江湖的"处女秀",演得如此窝囊。这样的低级错误恐怕连时迁、乐和都不会犯,武松在十字坡酒店都那样机警。

在萧让、金大坚伪造蔡京的回信和印鉴被黄文炳识破后,蔡九将戴宗唤来盘问:"我正连日事忙,未曾问得你个仔细。你前日与我去京师,那座门入去?""我家府里门前,谁接着你?留你在那里歇?""你见我府里那个门子,却是多少年纪?或是黑瘦也白净肥胖?长大也是矮小?有须的也是无须的?"

戴宗的回答破绽百出:"小人到东京时,那日天色晚了,不知唤做甚么门。""小人到府前寻见一个门子,接了书入去。少刻,门子出来,交收了信笼,着小人自去寻客店歇了。次日早五更去府门前伺候时,只见那门子回书出来。小人怕误了日期,那里敢再问备细。""小人到府里时,天色黑了,次早回时,又是五更时候,天色昏暗。不十分看得仔细,只觉不怎么长,中等身材,敢是有些髭须。"这番谎言,不要说在蔡府中长大的知府容易识破,就是在和蔡府没有多少瓜葛的人面前,也经不起推敲。

作为一个小吏,戴宗在市井人物中,算得上言语乖觉、办事利落。可这位能哄骗一般人物、能敲诈罪犯财物的戴院长,却对都城一无所知,太不应该。东京作为巍巍帝都,有哪几个门,从江州去应该从哪座城门进去,这是打探情报者必须具备的常识。就算戴宗因为事情急迫带着假书信来见蔡九,也应该从其他渠道了解京城和蔡府的大概情况。戴宗连这个准备工作都没能做，可见并不是个办大事的人。撒谎时更见得他见识浅陋，如井底之蛙。他把赫赫相府描绘成一个门可罗雀的寒儒的住宅：到府前需"寻"一个门子，这说明蔡府门前冷落鞍马稀，两次接触的都是同一个门子，蔡府的排场还不如一个知府；公子派人来送书，并非一般官员来送礼，就简单地接了书信礼物，让公子的手下自己去找旅馆，与常规不合。要知道当时蔡京权势熏天，前来走门子的各地官员多如牛毛，相府办事的家人不但人数众多，而且分工细致、等级森严。稍有头脑的人都会想到，而这位戴院长却将京城相府当成江州的土财主家。

既然戴宗才智能力并不出众，为何能充当情报间谍头子这一重要职务？唯一的解释是：他是梁山泊老大宋江的第一心腹。梁山泊在宣传上自称"忠义"，但一帮人物的出身形形色色，社会背景复杂，更兼几个山头的人合并在一起，宋江没有驾驭他们的绝对把握。那么负责情报工作的人不但关系到这个集团的安危，更关系到集团领导人个人权力的稳固。纵观《水浒传》人物，前期随晁盖上山的人和王伦旧部，宋江显然不能托以大事（吴用主动改变立场，但是军师一样的角色，负责的必是全盘军事工作），后来上山的卢俊义和二龙山、少华山、桃花山人马，和宋江更类似一种"联盟"关系。真正算作宋江心腹中的心腹的，只有两个：江州大牢里对他备加关照的戴宗和李逵。李逵只能做宋江的第一打手；而戴宗从跟随宋江开始，就特别能理解主人心思，能自动维护主子权威，是个自觉自愿的奴才，情治大权，不交给他交给谁？古今中外，负责情治工作的人总是主子最信任的，如戴笠虽然死的时候才是个中将，但他是老蒋的老乡加门生,在老蒋尚未取得绝对权威时,戴笠已经是老蒋的马仔了——奴才识主公,是门学问也是场赌博。江州的风云际会让戴宗结识宋江,戴宗就决心跟下去,果然后来投桃报李。而刘唐是晁盖的第一心腹,当他打听到梁中书将送一笔生日礼物给他的老丈人蔡京,想到要送"一笔大富贵"给晁保正,作为见面之礼,当被雷横等衙役抓获时,晁盖谎称刘唐是自己多年未曾谋面的外甥给予了开脱。可惜刘唐所托非人,晁盖一死他就没人照应了。

戴宗首先是吴用推荐给宋江的,为了宋江免受牢狱之苦,让戴宗给予照应。宋江这位能对普通差拨、管营使银子,拉关系的能吏,到了江州监狱后,"次日,宋江置备酒席,与众人回礼。不时间,又请差拨、牌头递杯,管营处常常送礼物与他。宋江身边有的是金银财帛,单把来结识他们。住了半月之间,满营里没有一个不欢喜他"。

半个月间这位不在乎钱财的宋公明哥哥为什么单单不去结识最管用的戴院长,而且此人是吴用推荐的?当差拨提醒宋江:"贤兄,我前日和你说的那个节级常例人情,如何多日不使人送与他?今已一旬之上了。你明日下来时,须不好看。"宋江回答道:"这个不妨。那人要钱,不与他。若是差拨哥哥但要时,只顾问宋江取不妨。那节级要时,一文也没!等他下来,宋江自有话说。"

从这里可以看出宋江过人的权诈,对一般的公人,他仅仅是想用钱财收买,保自己平安而已。对吴用推荐的重量级人物戴宗,已不能简单地用钱财巴结了,他看得出戴宗是他在江州乃至以后必须依仗的人,对戴宗不能像对普通差拨那样,用钱财打发，必须从心理上收服他。于是宋江故意摆足架子，将戴宗冷落，勾起戴宗怒火，坐等戴宗出场，先营造一种冲突气氛，等戴宗来见自己时，再拿出吴用的推荐信，亮出自己的名号，获得一种心理上的优势。

当戴宗怪罪数日已过，新来的配军不给自己送银子，亲自来威胁宋江时，宋江说出吴用和自己的大名，一下子就征服了戴宗。然后戴宗在为宋江摆酒接风时，又介绍了另外一个牢子李逵认识宋江。此时，宋江在江州有了自己的基本人马，整整一卷《水浒传》，宋江真正的事业应从这里开始。

宋江和戴宗、李逵江州相会，直可与刘、关、张的桃园会，唐僧五行山下见悟空相比。宋江、刘备、唐僧三位老大的毕生事业，最原初的人马就是这时收罗的，以后无论他们收编了多少干将，干出了多大的事业，最信任的还是初出江湖时收罗的亲信。洪、杨对紫荆山起义的兄弟，老蒋对黄埔一期的学生，都有一种特殊的感情。当刘备举蜀汉全国之力，征伐东吴，要为最初跟自己打江山的两位弟弟关羽、张飞报仇时，诸葛亮明明知道这是一条死路，但不管孔明为蜀国立下多大的功勋，不管他对刘备多么重要，自古"疏不间亲"，在皇帝和结义兄弟之间的感情面前，他的苦谏是微不足道的。

自此，宋江最重要、最隐秘的事情，总是交给戴宗带领李逵去办，间谍头头这个职务不给戴院长给谁？

《水浒传》中最有间谍素质的，乃是燕青，最成功的间谍活动是柴进和燕青合作干成的。

燕青是梁山"二把手"卢俊义的心腹。这位小乙帅哥"更兼吹得，弹得，唱得，舞得，拆白道字，顶真续麻，无有不能，无有不会。亦是说得诸路乡谈，省得诸行百艺的市语。更且一身本事，无人比得。拿着一张川弩，只用三枝短箭，郊外溜生，并不放空，箭到物落，晚间入城，少杀也有百十个虫蚁。若赛锦标社，那里利物管取都是他的。亦且此人百伶百俐，道头知尾。""这燕青，他虽是三十六星之末，却机巧心灵，多见广识，了身达命，都强似那三十五个。"燕青简直就是一个天生当间谍的料！武艺高强，熟悉各地风俗，能讲多种方言，赌场、官场、风月场的路子摸得门清，戴宗和他比，简直是个什么都不懂的村夫。

世家子弟柴进和小帅哥燕青联手，伴宋江进东京演出的那幕戏，真可以进间谍培训教材。宋江虽然器重戴宗，但他很明白，进东京那样的龙潭虎穴，靠戴院长那两下子是不行的，所以他必须仰仗柴进、燕青两人。

柴、燕二人先禀宋江之命前去探路。为了骗取进皇宫的通行证——簪花，两人合演的双簧那样精彩。在酒店里见到皇宫值班的官员，燕青向那位王观察行礼，王观察说："面生并不相认识。"燕青说道："小人的东人和观察是故交，特使小人来请。""莫非足下是张观察？"那人道："我自姓王。"燕青随口应道："正是教小人请王观察，贪慌忘记了。""随口"，可看出燕青随机应变的能力。李部长的秘书和司机认识张部长，而公务繁忙的张部长难以认识李部长的秘书、司机，这很正常，况且下人见了官员，因为紧张而忘事也很自然。

当王观察见到柴进时，自然也不认识。可柴进笑道："小弟与足下童稚之交,且未可说,兄长熟思之。"像东京城内的官员,自然社会关系多,有些儿时的朋友忘记了也属正常。再加上柴进优雅的气度以及和燕青天衣无缝的配合,王观察即使半信半疑也难以驳回柴进的面子。

酒至半酣,这是人警惕性最差的时候,柴进抓住时机套出了"簪花"的秘密。喝完酒后当着奉承自己的儿时好友,喜欢显摆也是常有的事情。"每人皆赐衣袄一件,翠叶金花一枝,上有小小金牌一个,凿着'与民同乐'四字,因此每日在这里听候点视。如有宫花锦袄,便能够入内里去。"不经意间就泄漏了国家机密。柴进、燕青然后用麻药放倒了王观察,柴进换了他的衣服和宫花,进了皇宫。等转了一大圈后,回到酒店的包间,依然将宫花衣服换回来。他们抓住了王观察这些官僚们的弱点,即使知道自己的衣服曾被人家借用过,为了乌纱,也绝不可能主动去上司那里汇报。柴进在宋徽宗办公的睿思殿里消除"山东宋江"四个字,其实质意义是先向朝廷示威:禁苑重地我随时可进。吓唬一下皇帝后再找招安的门路就容易一些。

后来征方腊时,依然是柴进和燕青,潜入方腊内部,取得了方腊的信任。柴进被招为驸马,燕青被封为奉尉,成为攻占方腊清溪洞的"第五纵队"。柴进主动申请潜入敌部时,唯一的条件是:"情愿舍死一往,只是得燕青为伴同行最好。此人晓得诸路乡谈,更兼见机而作。"乖乖,在此之前,燕青说过东京话、山东话,还不为奇,毕竟离大名府不远,他竟然连鸟语一样的浙江话都能说,天才间谍!

燕青接近李师师那番表演更显露他过人的机灵。当老鸨问他:"小哥高姓?"燕青答道:"老娘忘了,小人是张乙的儿子张闲便是,从小在外,今日方归。"——这小乙哥,天生一个白相人的模样,再加上"世上张姓李姓王姓的最多",这开勾栏瓦肆的老鸨,迎来送往,阅人无数,哪能把每一个人记得清清楚楚?这老鸨的熟客中,自然有姓张的客人,于是说:"你不是太平桥下小张闲么?你那里去了,许多时不来?"这燕青当然顺杆往上爬,套住了老鸨,便顺利见到了李师师。如果是戴院长前来,那个做派,加上说一口江西话,甭说见李师师,估计城门都难以进去。

体现燕青之间谍全面素质的还在后面。当李逵元夜闹了东京后,燕青等人的身份已经暴露,但为了受招安,必须见到大宋朝的皇帝,燕青此时履险而去,可见他的胆量,也能见他的自信。"如今小弟多把些金珠去那里(李师师那里)入肩,枕头上关节最快。小弟可长可短,见机而作。"燕青非常了解李师师这样的欢场女子,而且也认定在专制的社会里,枕边风比什么都重要。

然而由于燕青并非宋江的心腹,宋江不能信任他,说了句:"贤弟此去,须担干系。"戴宗立马主动请缨,陪伴燕青去东京——戴宗此时的使命,便是替宋江监视燕青。

此番进京,东京城自然加强了警戒,可燕青拿着假冒的公文,两下就骗过了守城的卫士。先是摆出开封府办事人员的威风训斥了门卫一顿,然后将假公文"劈面丢将去道:'你看,这是开封府公文不是?'"吓得监门官对卫士喝道:"既是开封府公文,只管问他怎地?放他入去!"只有将狐假虎威的开封府公人演得逼真,才能轻易骗过监门官。

待到再次见到了李师师，燕青更是体现了一个职业间谍的优秀素质，先是巧施"美男计"，迷住了李师师。等到李师师动了情后，为了不坏梁山泊的大事，拜李师师为干姐姐，堵住了师师的非分要求，又不得罪李师师。真是个好汉子。

可戴宗对燕青却是那样的不放心。当燕青向其讲述和李师师交往的情形后，戴宗说："如此最好！只恐兄弟心猿意马，栓缚不定。"燕青道："大丈夫处世，若为酒色而忘其本，此与禽兽何异？燕青但有此心，死于万剑之下！"戴宗有点难为情地说了句："你我都是好汉，何必说誓！"燕青回答说："如何不说誓，兄长必然生疑。"对宋江的多疑、戴宗的小人之心，燕青早就明镜似地了解，但为了梁山的兄弟，他情愿被怀疑，被监视。

真正促使皇帝了解梁山人的心态、最后顺利被招安的第一大功臣是燕青，但燕青此时未必真的愿意招安，而是为了完成领导交办的任务——这才是真正的好间谍。因此燕青也是最清醒的，他早看出了兔死狗烹的下场。劝卢俊义隐居未奏效后，"收拾了一担金珠宝贝挑着，竟不知投何处去了"。并给宋江留下一首诗：

雁序分飞自可惊，纳还官诰不求荣。
身边自有君王赦，洒脱风尘过此生。

这样早留后路、全身而退的间谍，古今中外能有几人？宋江的第一心腹戴宗，此时目睹兄弟们的惨死，也明白过来了，效仿了燕青，纳还官诰不受。可惜没有燕青那样隐居江湖的准备，也没有燕青的生存本事，最后死在东岳庙里。

逃避的艺术

看《水浒传》的人，对梁山水泊中的智多星吴用印象很深。这个足智多谋的读书人，无论是在晁盖时期，还是在宋江时期，他都是军师的角色，几次梁山的重要转折时期，都是吴用起了关键作用。第一次，他陪着晁盖上梁山投奔王伦，在他的策划下，用激将法，让林冲火并了王伦，夺了水泊，迎来了梁山第一个兴盛时期；第二次是晁盖去世后，留下遗嘱，谁擒获射杀他的仇人史文恭谁就当山寨之主，最终是卢俊义擒获了史文恭。他又进行周密策划，让梁山违背晁盖的遗嘱，拥戴宋江成为山寨之主；到了后期，他又是宋江招安政策的积极实施者，促使了招安大业的完成。这个人天生就是辅佐主公的军师角色，他不会有自己的主张，老大的主张就是他的主张，他的使命就是推行老大的方针政策落实。不管是谁当老大，他都会这样做。可以说，没有吴用，就没有梁山水泊的事业。

但还有一个人，他的计谋不亚于吴用，但神出鬼没，不像吴用那样过于积极地辅佐老大，而是有选择性地贡献自己的智慧，这个人就是公孙胜。你可以说吴用是绝顶聪明的人，但公孙胜比他更加高明。吴用总是过于紧密地把自己和老大捆绑在一起，一荣俱荣，一损俱损。宋江被一杯御酒赐死后，托梦给吴用，吴用和花荣赶到宋江坟前，上吊自杀。《水浒传》吟咏

这一悲剧:

> 红蓼洼中托梦长,花荣吴用各悲伤。
> 一腔义血元同在,岂忍田横独丧亡。

其实对吴用来说,他和主公宋江,义气是其次,关键他已经把自己的前程赌在宋江的身上,没有了退路。宋江要是当了皇帝,他当然是宰相。宋江死了,他也没法活下去。而同样担当谋士角色的梁山前期核心人物之一公孙胜,比他清醒得多,所以能全身而退。

公孙胜是梁山水泊事业的元老之一。晁盖和吴用、阮氏三兄弟、刘唐正在商量如何做生辰纲那桩大买卖时,公孙胜这位云游道士自己上了晁天王家门,告知官兵押送生辰纲经过该地的消息。书中写道,他把晁盖十几个庄客打倒,晁盖以为他是来化缘。他对晁盖说:"今有十万贯金银宝贝,专送与保正,作见面之礼。"晁盖笑着说,你说的是不是生辰纲。公孙胜正当懊恼的时候,吴用闯进来,故意吓唬公孙胜:你好大的胆!刚才商议的事情,我都知道了。这听起来是玩笑话,其实这说明从一开始,吴用和公孙胜就有既生瑜、何生亮的竞争关系。这样一个好消息,他给晁盖送信送晚了。就好比你看到一个非常有意思的笑话,准备讲给朋友听,刚一开头,朋友就说听过了,你心中肯定不舒服。这生辰纲要经过黄泥冈的消息,刘唐第一个来报信,吴用又是晁盖招来商量的,阮氏三兄弟是当地人,有武艺,晁盖需要他们合作。而因为有了吴用,公孙胜确实有些多余,特长就显不出来了。

如果说公孙胜要避免和吴用同类项竞争,那么只有在宗教方面做文章,如果能整出一套精神上的控制术来帮助宋江驾驭各将士,那么他的作用就是不可替代的。

可公孙胜从上梁山开始,就是仅仅作为排名于吴用之下的谋士、用巫术退敌的道士而存在,从来就没有尝试过用道教或别的什么形而上学的东西团结广大梁山将士,武装这些强盗的头脑。

中国历史上,凡是搞得动静比较大的造反,大多有些神秘的宗教在起作用。"苍天已死,黄天当立;岁在甲子,天下大吉",张角等人首先是以精神领袖的面目出现,控制了相当多的信徒后,才将精神领袖与军事领袖的角色合二为一,向大汉王朝发难。

后来中国历代老百姓造反,几乎都采用这种模式。只是用以号召信徒们的神、佛的名称不同而已。从张天师到摩尼,到弥勒佛,直到太平天国时从西洋贩来的上帝和耶稣,历经千年,这些把戏的内核却一点没变。

但宗教对梁山人的心灵来说,几乎不起什么作用,这大概是梁山人一开始造反的路径与历朝大规模的造反不一样的原因。历朝历代凡是大规模的造反,其事先的宗教准备工作都做得非常充分。必将先有一个宗教人物长期在民间秘密传教,制造各种舆论,宣传自己的神迹,一点点扩大信徒群。张角在社会矛盾日益尖锐的汉末,首先打着治病救人的幌子出现,等一旦拥有三十六方的教徒，匹夫振臂一呼，完全可以使朝廷震动。元末，彭和尚、韩山童也是利用波斯传来的摩尼教，扩大影响，而黄河挖出一只眼睛的石人，无非是因势利导，利用黄河工地民工聚集，事先安排的一幕戏的准时出演而已。太平天国起事之前，拜上帝教的准备活动更为漫长。无论理论还是舆论、骨干、基本群众、地域选择，都经过反复的考虑调查，最后在紫荆山起事，立即如滚滚洪流席卷大地。

梁山集团和上述这些造反者相比，就是一场临时凑在一起的抢劫。首先，它的两任领导都不是宗教领袖，甚至没有任何的宗教情怀。宋江只会死抠从儒家借过来的"忠义"二字，加上传统的权谋术。晁盖整个儿就是个没有长远目光的莽夫。最初起事仅仅为了财富，事败后不得已上了梁山，合并了王伦，但接下来怎样干，谁也没谱。梁山在滚雪球似的发展中，队伍的壮大、训练、整合从来就没有一定之规。小偷、小商小贩、落难的贵族、倒霉的军官、不安分的小官吏，通过各种途径来到梁山，他们没有共同的精神领袖，没有共同遵循的铁的纪律，没有对某种神或教义的内心信仰，完全为活命、为利益而聚。为利而聚，必然容易为利而散，这样的队伍，战斗力是非常有限的。因此我们看到他们在几次偷袭中成功了，但在大规模的运动战中吃尽了苦头。

而有着宗教信仰的集团往往有种视死如归的气概。湘军攻进天王府后，死守天王府的太平军将士集体举火自焚，这样的精神才是造反者和当权者拼杀的最大资本。历史上宋江是否征伐过方腊，已无定论。但方腊确实是在浙南起事的，而且方腊部众多是明教教徒——外人说他们"吃菜事魔",因而也叫他们"魔教"。宋江部征辽、田虎、王庆都无一伤亡,唯独南征方腊,十亡七八,是否因为方腊部有宗教的凝聚力?方腊的皇叔、弟弟、女儿、丞相、尚书,不是惨烈战死就是自杀。《水浒传》中写道:"按宋鉴所载,斩杀方腊蛮兵二万余级。"这仅仅是守护方腊老巢帮源洞的将士。我们设想一下,如果梁山集团不是被招安,真的让宋兵攻破城寨,宋江的手下有方腊手下这样忠诚吗?

既然梁山不是一个靠宗教组织起来的队伍,有了吴用,公孙胜的处境就有些尴尬。但他是何等聪明的人,明白自己的处境,于是干脆想方设法远离权力斗争的旋涡,保全自己。当好汉们劫了江州的法场,营救宋江上了梁山后,梁山兵强马壮,但公孙胜看出了晁盖、宋江之间必将有冲突,于是趁机说要回家探视老母亲,然后就消失了,不再问江湖的是非。直到第五十二回,因为高廉会巫术,领着神兵将梁山的人马打败,这时候公孙胜又有了他不可替代的作用。最了解公孙胜的还是他的竞争对手吴用,吴用对宋江说,要破高廉的妖法,只有把公孙胜请回来。于是宋江派出自己的心腹戴宗、李逵两人,好不容易才将公孙胜请回来。等到晁盖死后,梁山众人排定座次,他排在第四位,和排第三位的吴用同为掌握机密军师。在宋江大力推行求招安的路线后,他又看出了危机,再次选择了逃避。在梁山人全部受招安,被派去征讨辽国,取得了胜利,等到再平定田虎、王庆后,他更加看明白了,梁山的兵马永远不可能被朝廷好好安置，一定要当成炮灰送死才罢休。于是在第一百一十回中，他又以奉养老母的名义，永远地消失了。他在辞别宋江的时候，那番话说得有情有理。他说："若是小道半途撇了仁兄，便是寡情薄意。今日仁兄功成名遂，只得曲允。"——当年劫生辰纲，公孙胜是出主意的人之一，因此梁山有难，他不得不管，现在宋江受招安了，当了大官，也就违背了公孙胜当初的意愿，他没有理由再陪着宋江玩下去，直到被朝廷玩死。公孙胜是梁山重要人物中第一个主动退隐的。他这一走，就开启了梁山众好汉，"飞鸟各投林"，"白茫茫一片真干净"的悲剧序幕。

梁山中还有一个和公孙胜一样明智的人，李俊。李俊比公孙胜走得更远，他扬帆出海，到了不属于中华的域外之地。

黯然销魂者，唯别而已。对古代中国人而言，最痛苦的离别并非亲友情人之别，而是告别了父母之邦、生养之地，远去异国他乡，而且可能一别便是永诀。

其实在春秋战国时期，在天下共主周天子这一名义的元首之下，列国之间的人才流动是很频繁的，也没有所谓背叛故国的说法。只要不是去夏就夷，而是在华夏文化的大体系下，去哪个国家都行。如商鞅离开迫害他的魏国，去了秦国，用变法奠定了地处西北黄土高原的秦国称霸群雄的基础；后期李斯从楚国来到秦国，摆脱了"厕中之鼠"的命运，去做"仓中之鼠"，一直做到相国。连孔子都说："笃信好学，守死善道。危邦不入，乱邦不居。天下有道则见，无道则隐。邦有道，贫且贱焉，耻也；邦无道，富且贵焉，耻也。"这话说得再明白不过了，只要守住你心中的"道"，不要抛弃自己的理想，离开动乱、不安宁的国家，选择那些幸福的乐土，是完全正当而明智的。

在中华大地分成若干个独立的政治单元、各诸侯国之间相互进行人才竞争的时期，能人可以待价而沽，且有较大的选择自由，东方不亮西方亮。而江山一统后，天下英雄都进了皇帝的袖兜里面，你只能老老实实做忠臣，即家奴义仆，皇帝因为没有竞争，而是做垄断性买卖，他给你的价格就比较随意了，因而怀才不遇的人就比较多了。"不才明主弃"以后怎么办，要么如柳永般在放荡中麻醉自己，要么就像黄巢那样，找个机会反他娘的一把。

庾信淹留北地，作《哀江南赋》，哀叹的不是离开故土，而是离开了江南的文化家园，如果北地完全汉化，完成以夏变夷了，庾信没准还会说"此间乐，不思蜀"了。李陵之所以连累了司马迁，连后来许多读书人都不原谅他，因为他去的不仅是被发左衽的胡地，而且是与大汉朝处于交战状态的敌国匈奴。

皇家可以负你，而你不能负皇家。这是历代皇家加上一些忠实的愤青们逐年锻造得越来越牢固的混账理论，你要是违背这一理论就是汉奸，"狗不嫌家贫，子不嫌母丑"理所当然。我的朋友五岳散人写过一篇文章《我们不是小孩也不是狗》，对这一千百年来看似天经地义的说法狠狠驳斥了一番。连两千年前的孟子时代都能认识到，君王视百姓为草芥，百姓便可视君王为寇雠。当齐王问孟子，大伙一起攻打纣王，是不是臣弑君。孟子的回答是那样干脆："我只听说过杀了一个叫纣的老匹夫，没听说谁杀了君王。"如此反动的言论，难怪千年后的叫花子皇帝朱元璋读了，依然气得吹胡子瞪眼睛，并说要是这老头活在我大明朝，早就将他砍头了。伟大的中华文明发展到明清的结果是，皇帝不但要占有你的身子，而且必须占有你的灵魂。虽桀纣之君，你也必须视之如尧舜，对他要无限忠诚无限热爱。

这种说法，到了宋代由一班吹鼓手包装后重新上市，显得更有理论权威了。因此自宋以后，坦然"走异路，去异地，去寻找别样的人们"，是需要勇气的。好在《水浒传》中的李俊、童威、童猛自小就是杀人放火的不安分人物，他们飘然出洋，心理的负担可能要小得多。

有人说《水浒传》后五十回非施耐庵的手笔，是别人的狗尾续貂，但就算是续写，我认为比高鹗续写《红楼梦》高明多了，李俊等人的命运安排就是非常精彩的情节。在即将遭遇鸟尽弓藏之命运时，李俊等人看到危机。如何从困境中走出，将危机化为机遇，那需要对局势清醒的认识，需要非常高超的智慧。

且说李俊三人竟来寻见费保四个，不负前约，七人都在榆柳庄上商议定了，尽将家私打造船只，从太仓港乘驾出海，自投化外国去了，后来为暹罗国之主。童威、费保等都做了化外官职,自取其乐,另霸海滨,这是李俊的后话。诗曰:知几君子事,明哲迈夷伦。重结义中义,更全身外身。浮水舟无系,榆庄柳又新。谁知天海阔,别有一家人。

这三人的选择,和傻乎乎上套的宋江、卢俊义、吴用、李逵相比,不知高明了多少,即使比逍遥快活的燕青、云游天下的公孙胜、假戏真做而出家的武松,也更明智、更有价值。

揭阳岭上,过一辈子谋财害命的地霸生活,非李俊、童威、童猛真心所愿,他们和宋江、吴用等人一样,有着比较高远的政治追求,所以他们也和宋江一样,竭力结交天下的英豪,以备不时之需。他们认为凭自己的名望和实力,还不足以成事,必须依靠一棵更大的树。这棵树现在找到了,就是名满黑白两道的宋押司宋三郎大哥。为此,他们在宋江和戴宗即将被处斩时,及时出手相救,赌了一把,积累了后来上梁山的资本。但他们这种行为和晁盖的报恩、李逵的愚忠不太一样,这是种及时的投机。当梁山诸人在江州城里劫了法场以后,逃到江边,被滚滚的大江挡住,正在束手无策时,李俊和童氏兄弟、张氏兄弟及时出现来接应,这是大旱降甘霖之举。当张顺说:"今日我们正要杀入江州,要劫牢救哥哥,不想仁兄已有好汉们救出,来到这里。"这是张顺、李俊他们为了表忠心的矫情之语,这些开酒店、划渡船、贩私盐、操纵渔市的"揭阳派"人物,太明白生意之道,不会轻易做亏本的买卖。让他们单独去劫法场,没这个能力只能白白送死,因此他们不冒这个险。当宋江被救出来后，他们当然要及时出力，好参与分一瓢羹。以宋江之谋，对这些小伎俩自然心知肚明，但都是彼此心照不宣，将来的路还很长，兄弟们还得互相照顾。

因而，就如我在前面所说的那样，虽然宋江结识"揭阳派"人物早于戴宗、李逵，但"揭阳派"从来就是有着独立立场、清醒认识的一个小集团，宋江的大哥权威不能真正影响其心灵。因此从梁山的扩大发展到招安，他们都有着独立的判断。所以，当战袍未解，梁山的队伍又被派出去征讨方腊之时，他们预料到此去凶多吉少。当李俊在太湖中遇见和他们当年干相同买卖的费保四人时，一见如故。费保还特意问起了张顺，李俊回答说："张顺是我弟兄，亦做同班水军头领，现在江阴地面，收捕贼人。改日同他来，却和你们相会。"此时，李俊不但在为自己，也在为他的"揭阳派"兄弟寻找退路，费保的一席话，正说到李俊的心坎上：

> 小弟虽是个愚卤匹夫，曾闻聪明人道：'世事有成必有败，为人有兴必有衰。'哥哥在梁山泊，勋业至今，已经数十余载，更兼百战百胜。去破辽国时，不曾损折了一个兄弟；今番收方腊，眼见挫动锐气，天数不久。为何小弟不愿为官？为因世情不好。有日太平之后，一个个必然来侵害你性命。自古道：'太平本是将军定，不许将军见太平。'此言极妙！今我四人，既已结义了，哥哥三人，何不趁此气数未尽之时，寻个了身达命之处，对付些钱财，打了一只大船，聚集几人水手，江海内寻个净办处安身，

以终天年，岂不美哉！

作者借太湖水贼之口，道出了千古王朝更替，都未曾改变的历史规律，即不论才与不才，在这个世上生存都是第一要务，如何生存也是最大的学问，无论是功臣还是草民概莫能外。李俊听这番话后大喜而拜："仁兄，重蒙教导，指引愚迷，十分全美。""容待收伏方腊后，李俊引两个兄弟，径来相投，万望带挈。是必贤弟们先准备下这条门路。若负今日之言，天实厌之，非为男子也。"不但费保，包括李俊，实际上已经看到了征讨方腊的非正义性，自己当年反朝廷，招安后再去攻打当年的同盟军，他们就失去了天下人的道义支持。当年在梁山自诩"替天行道"，方腊干着同样的事情，难道不是"替天行道"？此时，在朝廷心中，他们依然是反贼，在百姓心中，他们是叛徒。他们违背了江湖的"大义"，那么他们也就丧失了支撑这个集团的最后一根柱子。

特别是看到同样为水军头领的好兄弟张顺丧生于涌金门，而张横又病故在途中后，更坚定了他们及时而退的决心。因此李俊诈称得病，骗过了宋江。然后三人汇合太湖群雄，扬帆出洋，开辟了另一番新天地。燕青对卢俊义，戴宗对宋江，还有放不下的主仆情结，而李俊以合伙人平等的心态对待宋江，因此没必要对他说实话——当年看到和你合伙买卖有赚头，就把全部资本注入你那里，现在看再这样下去就会血本无归了，那不如及时撤资，另找合伙人去海外发展。燕青的生存之道和当年范蠡一样，放弃了自己当初的追求，做陶朱公那样的富翁。

但我想他们即使有豪宅美妇，晚年想起青春年华的烽火岁月，到底意难平。而李俊等则不然，他们视野更开阔，在海外实现了自己的抱负。

李俊这样做，不是逃兵，而是非常非常明智的选择，他没必要给宋江殉葬，天地那么广阔，能活下来，就是最大的胜利。

大约从唐宋开始，中国人虽然熟悉"普天之下，莫非王土"，但已经明白：天下之外，更有天下。唐之强盛让外夷艳羡不已，因此不是走投无路，人们是不会去海外发展的。元朝灭亡后，从明代开始，随着航海技术的发展，以及像番薯、棉花等传入中土，人们对海外有了更多的认识。当故乡成为"危邦""乱邦"时，去国怀乡是他们自然的选择。金庸的武侠小说里，也塑造了两个李俊式的人物，就是明初远走西域的张无忌和明末漂流到南洋的袁承志。

正如宋江、吴用这些聪明人没有彻底参悟透彻，而李俊、费保这些粗人却能做出正确选择一样，读书人往往有故国之心理负担、明君之痴迷幻想，他们要么屈身去迎合皇家的取用标准，要么不得已隐居于山林。但福建、广东、浙江等沿海的百姓，既没有那些个幻想，又有现实的生存压力，于是纷纷去了南洋。

可此时中央王朝的态度和以英王为代表的欧洲君主截然相反。明清的皇帝，采取了严酷的禁海政策，片帆不能出海。你想呀，煌煌天朝，富有四海，老百姓却活不下去，只能到海外去讨生活，朝廷多没有面子呀，因此对下南洋的偷渡客，必须严加打击。当这些人在海外遭受委屈时,想让"天朝"为子民们撑腰,可如乾隆这样的"明君"都认为,那些天朝弃民,自己叛离祖宗社稷,到外面受人欺负,那是活该!就像一个老爷子一样,自己不把身边的子孙当人,还以"父母在,不远游"等歪理将子孙绑在身边,连人家走出家庭到外面寻找做人资格的机会都不给。而来到新大陆的欧洲人,虽然许多也是遭受宗教迫害或是对旧欧洲失望的难民,但人家国王不阻拦,甚至还提供方便。因此,欧洲人才能开万顷碧波,把他们的文化输送到全球。人家国王至少给臣民用脚投票的权利。

孔子那个时代,至少还有"乘桴浮于海"的自由,宋代以后,特别是明清,百姓有这个自由吗?只有到了清末,国门被别人打开了,在惶恐与惊奇中,中国人开始被动地大批"浮于海",王朝想拦已经拦不住了,因为清廷已经快完蛋了,日益失去了对臣民的控制力。

家庭—江湖—朝廷：三位一体的罗网

少年时看《水浒传》和《西游记》，我最喜欢的三个人物是李逵、孙悟空和哪吒。恐怕许多人和我有相同的心路历程。

为什么会喜欢这三人？现在想来，是因为他们叛逆，他们敢于冲破束缚，挑战权威，而且他们武艺高强。这符合一个处在父母和老师管教下的男孩的心理期许，就像现在的孩子痴迷网络游戏一样，将自己的梦想寄托在虚拟人物上。

可最终李逵、孙悟空、哪吒反抗成功了没有？没有！从最开始在家庭家族中的造反，到江湖上的扬名立万，最终折腾一番，依然被朝廷或者说无所不在的体制驯服。家庭、江湖、朝廷，结成三位一体的罗网，是那样无边无际。

大凡叛逆者，总循着这样的造反之路：先是对家庭、家族的权威的挑战，然后是对政权的挑战。在家国同构的中国，叛逆者第一次造反往往是反抗父母、家族的权威，逆子容易从贼，而求忠臣必入孝子之门，这种"忠孝"的孪生关系反映了几千年王朝权威与家族权威的同质性。

悟空是石头里蹦出来的猴子，据说是日月所孕育，所以他是没家的野孩子，没有家族权威的羁绊，他的童年就是顽劣生事的童年。学得七十二变诸般本领后，他造反的矛头首先对准的就是更大的家——神仙世界的统治者。他大闹龙宫和天宫，去阎罗殿将自己除名，表明他原本是一个彻底的自由身，无论最高统治者玉帝也罢，还是手握生死的阎王也罢，种种的权威都该打倒。

哪吒出生在一个贵族家庭，父母都是有身份的人，他的叛逆之路更艰难，更不为世所容。他从挑战父权开始，进而挑战王权，直至以剔骨还父、寄身莲藕的决绝，清算和父母最后一点"债权债务关系"。

对于李逵这样穷人家的孩子来说，家庭的庇护能力有限，那么束缚能力同样有限，这二者是成正比的。贾宝玉生活在钟鸣鼎食之家，处处感觉到大家族那些规矩对他的管束，他超级厌恶，渴望挣脱。可是他忘了，约束他的贾府同时给他提供了巨大的保护，等到贾府败落，他流落江湖，唯一的出路就是当和尚了。

无论是野孩子悟空，还是穷人家孩子李逵，抑或是主动和高贵门第决裂的哪吒，最后我们都看到了他们的归宿——回归体制内，当年的叛逆少年修成正果，成长为父母和朝廷都倚重的忠臣孝子。当他们被招安后，最大的贡献是去围剿那些和他们当年一样的叛逆者，如哪吒奉命去捉拿不听话的孙猴子；猴子被唐僧从五行山下救出来后，就以杀他当初的同道者——诸多妖魔鬼怪为第一要务。

三个人中，哪吒的江湖生涯最短，或者说几乎没有，他的造反是单枪匹马，是昙花一现，可以说仅仅是一个不听话的少年在青春期搞点小破坏。这是因为对他而言，家庭和朝廷的力量实在太巨大，对他而言，那可真是家国一体。他父亲是玉皇大帝的重臣，他的家庭就是天庭的分支，他要走到江湖上自立山头，实在太难了。而悟空呢，作为无父无母的野孩子，他没有家，在山野中长大的他，一迈步就入江湖。在水帘洞前他的胆略让群猴信服，成了独霸一方的美猴王，取得了江湖地位。而当一个江湖人士的地位急剧上升，就一定会对朝廷构成威胁，他和天庭的冲突是不可避免的。而李逵呢？《水浒传》中没有涉及他少年时父母如何教导他，想必是一个父亲早亡母亲管不住的调皮孩子，没钱上学，只能和一群古惑仔混在一起，最后打群架打死人，负案外逃。这种家庭束缚很弱的穷人家孩子，是江湖帮派最佳的预备役人士，他要不跟随宋大哥上梁山，那宋大哥们还能靠谁当马仔？

在中国传统社会结构中，家族与朝廷这两端巨大，而在家与朝之间，民间社会的空间极小。甚至可以说，中国人只能生活在两大权威的阴影下：家庭和朝廷。二者之外，你无处可逃，而且这两种权威互相强化与维护。父母教儿子，最崇高的使命是"精忠报国"，做朝廷之忠臣；统治者则喜欢"孝治天下"，不肖之子没有做"忠臣"的资格。朝廷不但默认家族对其成员有处置的"自由裁量权"，甚至不惜动用国家机器来维护这种家族权威。就如哪吒那样，你成功地还了父亲的债，但朝廷出手，依然将你拉回来，让你重新做李天王的儿子，那个比家更大的"家"，你根本挣脱不了；对于无家可归的孙猴子，为了保证他对玉皇大帝、如来佛的忠诚，给他找了个家，让懦弱无能但朝廷百分之一百放心的唐三藏做他的师父，并给予三藏充分的授权念"紧箍咒"。李逵这个从小没有受过多少家庭温暖的孩子，进入江湖，反而容易受制于"拟家庭"关系，也就是说他必须跟一个大哥，先跟戴宗后跟宋江。当他回家接母亲上梁山途中，母亲被老虎吃掉，他和传统"小家"的最后一点联系没有了，完全融入到梁山这个"大家"中间。当梁山接受招安，"大家"散伙了，李逵对朝廷再不满，也不得不跟着大哥进入体制，最后又被体制吞噬。

三个叛逆者最后回归了体制，除了死亡外，在中国这是他们唯一的出路。中国的历代统治者，也一再确认家国的同构同质，以表明自己对子民有着天然的处置权。古语说"百善孝为先，论心不论行，论行天下无孝子"，也就是说，衡量是不是孝子要看他有没有一颗时时刻刻"孝顺"的心，而不是对父母的回报行为。无论你对父母做多少回报，都偿还不了父母生养你的"债"。而当政者也以这种父母的角色出现，你所有的一切，都是朝廷、政府给你的，你只能精忠报恩，而且必须时时怀着一颗"忠心"，君可以负臣，当政者可以负老百姓，但臣不能负君，老百姓不能负当政者。雍正皇帝就曾经对臣子们说：关键看你们的心，你们有一颗忠心，无意办了错事，朕也不责怪。

中国古代，父母、当政者大多是这样对待子女和百姓的。当政者也乐于把自己装扮成包揽一切的父母，父母虽然打你们，骂你们，那是为你们好，你们必须无条件地服从。李逵、孙悟空、哪吒这三个著名叛逆者的结局都是如此，如果整个社会的结构不变，谁又能挣脱得了家庭江湖朝廷这三位一体的罗网？

杨志的买官、卖刀与渎职

《水浒传》中的职业军人落草为寇,各有不同的路径。后期的呼延灼、徐宁、关胜、孙立等人是在宋江的极力招揽下,半推半就上的梁山;前期几位武官中,杨志落草的原因和家破人亡的林冲、打抱不平的鲁智深不一样,他从一开始就非常明确地划清与贼寇的界线,甭说泄漏国家机密的宋江没法和他相比,就是鲁达、武松这些公人,对国家的忠贞都不如他。

杨志在北宋末年的乱世中,能时时警惕自己不同流合污的原因,除了职业军人的素养之外,他还有种家族的荣誉在激励和约束自己,他是"三代将门之后,五侯杨令公之孙"。从大宋开始,"杨家将"几乎是国家之柱石、朝廷之忠臣的代名词。他的祖先在无数的冤屈、陷害、征战与死亡中,都没有改变家族的忠贞传统,他自然不会随随便便做个不肖子孙。

可是对外战争消停后,作为功勋盖世的杨门之后,他只能流落关西,而无数高俅那样的弄臣却手握权柄。即使这样,杨志还是勤勉地办事,试图在体制内靠自己的能力一点点往上走。他应过武举,做到殿司制使官。他对人生道路的企盼和林冲一样中规中矩,无非靠一身武艺安身立命。可命运没有给他这个机会,他先失了花石纲,后丢了生辰纲——他的时乖运蹇,看似由无数偶然促成,但仔细分析起来,却是那个黑白颠倒、奸佞当道的社会现实的必然结果。

宋徽宗贪图享受,盖万岁山大征花石纲,不但搞得民怨沸腾,作为将门之后的杨志也深受其害。花石纲在渡黄河时被风吹翻,掉进了水中。这本是不可抗力造成的,如果有机会申诉,朝廷能查明真相,其过错大概是选择押送时对气候、水文条件判断有所失误而已,不至于逼其逃到他处避难。可上面的大官是不会给你讲理的,否则就不会有《水浒传》中的世界了。在流亡中杨志依然没有放弃对体制的幻想,罪过被赦免后,他想到了"跑官买官"——五尺热血男儿、功臣后裔、武艺高强的前制使也不得不走这条路。"今来收的一担儿钱物,待回东京去枢密院使用,再理会本身的勾当。"金圣叹为此评点道:"文臣升迁要钱使,至于武臣出身,亦要钱使,岂止为杨志痛哉!"此时的杨志,违背自己家族刚正的传统,主动去适应官场的潜规则。但即使这样,因为没有靠山,他也未能成功。

王伦为了找个本领与林冲不相上下的人制约林冲,就热情主动地邀请杨志入伙,杨志不为所动。但他绝非是表演宋江第一次被晁盖挽留在梁山,为表示自己的忠心和所谓的名节,拿一把刀要自杀那样的"秀",而是非常婉转地拒绝了王伦:"重蒙众头领如此带携,只是洒家有个亲眷,见在东京居住,前者官事连累了他,不曾酬谢得他,今日欲要投那里走一遭,望众头领还了洒家行李,如不肯还,杨志空手也去了。"跑官的钱财可以不要,但决不屈身做贼,言语温和却态度坚决,话中无一字自表忠于朝廷,但耿耿忠心可昭日月。

可是，"将出那担儿内金银财物，买上告下，再要补殿司府制使职役。把许多东西都使尽了，方才得申文书，引去见殿帅高太尉"。钱花光了，官没谋成，反而被高太尉臭骂了一顿——拿了钱不办事，此时大宋朝枢密院连潜规则都不讲了。前朝先烈的后代杨志碰到了高太尉这种不讲理的新权贵，他能有什么办法？杨志已经将全部家产赌在"谋官"上，可是输得干干净净，此时连生存都成问题。那么他剩下的生存赌资是什么呢？

此时，杨志对朝廷的怨恨更深了："王伦劝俺，也见得是。只为洒家清白姓字，不肯将父母遗体来点污了，指望把一身本事，边庭上一枪一刀，博个封妻荫子，也与祖宗争口气，不想又吃这一闪。高太尉，你忒毒害，恁地刻薄！"他最后只能去卖刀。杨志此时卖的不仅仅是一把宝刀，将出卖的是代表军人尊严和家族荣誉的象征。读杨志卖刀，我不由得想起秦琼卖马，英雄落魄，在出卖他最珍爱的物品同时，也在出卖自己的理想与抱负。

即使是虎落平阳，碰到牛二这种地痞的纠缠，杨志依然表现出一种职业素质：忍让谦恭。牛二活该倒霉，被逼到无路可退时，连兔子都会咬人，何况连日来饱受委屈的杨制使？牛二死不足惜，可惜的是，世代忠良的杨家后代，与体制渐行渐远了。

刺配到大名府后，蔡太师的女婿梁中书还算有点眼力，看出了杨志的价值。梁中书也不得不如此。大名府地处大宋北疆，是对付第一强敌辽国的最前线，完全靠一帮吹牛拍马的混蛋是不济事的。杨志接受了一项最艰巨的政治任务，为梁中书押送给蔡太师的生日礼物上京。当然现在看来，这女婿兼下属的送礼行为是私人事务，可在公权力私属化的王朝内，送礼自然也是最重要的公家事务。

有着丰富底层经验的杨志对完成这项任务的风险是有充分估计的，他对大宋朝廷在民间的威望与基层控制力也是非常了解的。可笑的梁中书在前一年给老丈人的礼物被人劫了后，虽然明白要选个有能耐的押送官，可竟然提出在运送生辰纲的小车上，插上"敬贺太师生辰纲"的黄旗。这位镇守北疆的重臣天真得可以，他以为官场内吓人的名号能够吓住江湖上的盗贼。在官场内待的时间长的人，总有权力能包办一切的迷信。可他不明白，只有别人认可你这种权力，你的权力才有用，如果人家压根儿不认可这种权力，再大的名号，哪怕把道君皇帝的圣旨搬出来，也许连吓鸟雀的稻草人都不如。

对于靠裙带关系上去的官员们的智慧，杨志恐怕只能心中嘲笑。他历数了途中的险恶："紫金山、二龙山、桃花山、伞盖山、黄泥冈、白沙坞、野云渡、赤松林，这几处都是强人出没的去处。"

堂堂大宋太平世界，从大名府到首都，竟有这么多的坎。开始迷信权力的梁中书这回又迷信武力了，吩咐多派军校押送。杨志一语道出"天机"："恩相便差一万人去，也不济事，这厮们一声听得强人来时，都是先走了的。"

古代的官军，在手无寸铁的老百姓面前，很有战斗力，一碰到真正的强盗，大多如此。最后梁中书只得依照杨志的建议，让押送人员化装成生意人，悄悄地连夜往东京赶。

堂堂大宋地方政府办公事，却如做贼一样不敢声张，明明是政府军，却不敢穿戴官服，只得装成百姓。和朝廷关系越近，安全系数越小，对应当保境安民的朝廷来说，真是莫大的讽刺。梁中书也非完全信任杨志，他派了夫人的亲信奶公谢都管，并两个虞候，以押送夫人私人礼物为名，随途监视杨志。

杨志据理力争，甚至以撂挑子相威胁，争来了他对押送队伍的指挥权。此非杨志贪权，而是他敬业的表现：深知路远途险，必须号令统一。饶是杨制使算无遗策，但作为一个配军出身的押送总指挥，那些梁中书的亲信是不把他放在眼里的。当杨志催打军士快速通过危险地带时，谢都管显出了他的威风，他责骂杨志："我在东京太师府里做奶公时，门下军官，见了无千无万，都向着我诺诺连声。不是我口栈，量你是个遭死的军人，相公可怜抬举你做个提辖，比得芥菜子大小的官职，直得恁地逞能！"高官身边的奴才大多是这种口吻，他们以伺候权贵为荣，不要说是当"奶公"，就算替权贵舔痔，也是无比荣耀。当杨志说"如今须不比太平时节"，便被忠实的奴才上纲上线："你说这话，该剜口割舌，今日天下，怎地不太平？"在以说谎话为晋升之道的社会，说真话却是罪过。所有的人，包括高官、奴才和百姓，只要都掩耳盗铃，齐颂太平，似乎就真的太平了。要是做个说皇帝光屁股的小孩，不但不会给他糖果，可能真的会"剜口割舌"。

正是因为杨志有太师亲信掣肘，他没有真正的权威，放松了警惕，使晁盖等人有机可乘，才失陷了生辰纲。生辰纲的失陷，杨志固然有渎职之过，可军汉的偷懒，"奶公"谢都管的横加干涉，都是重要原因。但有失陷花石纲后的遭遇，杨志知道回到大名府，他百口莫辩，甚至会有性命之忧，除了逃亡，他还能干什么呢？谢都管和军士便和天下做公的人一样，首先是撇清自己，继而顺理成章地订立攻守同盟，诬陷杨志和强人合伙劫了生辰纲。"杨志"这个姓名，非是作者随意为之。"杨"表明他不愿侮辱父母清白，要延续忠心报国的家族传统；"志"则说明这是个志向远大的军人。但有国难报，有志难酬，杨志只得背离家族传统，违背自己的人生理想。

杨志两次办公差，是用自己的本事去赌前程；积攒全部财产去买官，是想用钱去赌前程；卖祖传的宝刀，是用家族最后的遗产来求生存。但是他都赌输了，只剩下一条路，用自己的生命去赌生存。

渎职以后，无法律救济渠道；花钱买官未成，潜规则也不给他提供补偿。在明暗两种规则中都寻求不到公平时，落草是唯一的选择。

史进落草：处在兵匪之间的民团

史进是梁山一百单八将中第一位出场的。此人是华阴县的一个"富二代"，为人爽利大气，武艺一般，毕竟他少时由一些混饭吃的武师指导，童子功没打好。禁军教头王进对其点拨只有半年时间，料想进展也有限。书中所言"史进打这十八般武艺，从新学得十分精熟"，不无夸张。

他家虽然没有矿，却多有田宅和为他家干活的庄户。史进本衣食无忧，不需要去打家劫舍，干刀口舔血的勾当。和生活所迫当盗贼、被官府冤枉生命即将不保不得不上梁山不一样，史进的落草为寇竟然是自己主动防备贼寇所导致的。

少华山被朱武、陈达、杨春三个头领带领五七百个喽啰占领，常常下山抢粮，直接威胁到史家庄的安全。史进不得不早做准备，他杀猪宰羊，大宴庄民，牵头将这些庄户人家组织起来，"修整门户墙垣，安排庄院，设立几处梆子，拴束衣甲，整顿刀马，提防贼寇"。史进在家乡自办民团，其目的是为了保护乡亲和自家的人身安全和财产安全。

中国历史上的民团兴办的缘由绝大多数和史进办民团一样，为了自保，很少有忠于朝廷、替官家剿贼的自觉，或者说这样的意识很淡薄。按理说，百姓缴纳了皇粮国税，官府就应该提供保卫百姓不被贼寇抢劫、伤害的公共服务。然而在中国古代，处乱世时，官兵根本保护不了老百姓的安全，他们对老百姓的残害比匪贼更甚，故有"匪来如梳，兵来如篦"的说法。

吴用远赴石碣村策动阮氏三兄弟参加抢劫生辰纲团伙时，阮小二讲述他们兄弟不敢去水泊里捕大鱼的原因，是王伦和林冲占据了梁山水泊。吴用故意问及"如何官司不来捉他们"，阮小五的回答是：

> 如今那官司一处处动弹，便害百姓。但一声下乡村来，倒先把好百姓家养的猪、羊、鸡、鹅，尽吃了，又要盘缠打发他。如今也好叫这伙人奈何！那捕盗官司的人，那里敢下乡村来。

老百姓要想保护自家生命与财产，凑钱办民团是最为靠谱的。史进就是出于这种朴素的目的而将庄户人家武装起来。

史进因为办民团，结交了朱武等三位头领，最终走投无路，流落江湖，不得不为寇。这大概是早先他自己料想不到的结局。

陈达要强行借道去抢劫，史进阻拦，两人交战，陈达被擒。朱武、杨春施苦肉计，向史进下跪，让史进把他两人也抓起来一并送到华阴县衙门请赏。史进被感动了，不但放回了陈达，且备下好酒好菜招待三位头领，并与他们结为好友，不时地相互馈赠礼物。

史进如此做，固然有讲江湖义气的成分，如他所寻思的，"他们直恁义气！我若拿他去解官请赏时，反教天下好汉耻笑我不英雄"。但我以为更重要的原因是他做了理性算计。史进这样的地主，对官府没什么好感，师父王进被高太尉报复的事更让其看透了官府。他办民团仅仅是为了保家卫乡，只要达到这个目标就行。朱武、杨春做出束手就擒的样子是计谋，肯定留了后手。史进何必真和少华山这伙强盗结下血海深仇呢？如此山寨的人必然向史家庄报复，打仗是要死人的。他们这些庄户人家尽管组织起来了，但面对的是脑袋别在腰带上的一伙亡命之徒——后来祝家庄和梁山的过节惹出了灭门之灾。史进和少华山头领结为朋友，史家庄不用拿庄户的生命做代价，而保得了一村平安，岂非最理想的状态？至于少华山的贼寇对华阴县官府造成的压力，史进何必去操那个闲心？

由于猎户李吉的告密，华阴县县尉、两个都头，带着三五百兵士，中秋之夜包围史家庄。朱武三个头领只带着几个跟随，正在庄上和史进喝酒。这祸事是史进的庄客带来的，出于道义，他不但不能将三个头领押送给官府，而且必须保证三人平安离开史家庄。即便他将三人送给官府，难保事后官府不会秋后算账，追究他"通匪"之罪。如此，本为了防贼寇的史家庄民团在史进带领下，和三个贼寇头领并肩一起与官军交战。书中描写道：

> 庄里史进和三个头领全身披挂，枪架上各人挎了腰刀，拿了朴刀，拽扎起，把庄后草屋点着。庄客各自打拴了包裹。外面见里面火起，都奔来后面看。且说史进就中堂又放起火来，大开了庄门，呐声喊，杀将出来。

民团作为自卫组织,处在兵匪之间。官家好好利用,能帮助官兵剿匪;如果官府得罪了他们,他们很可能和匪贼合流,与官府为敌。在中国历史上,这是常态。

清咸丰、同治年间,太平军、捻军起事,中华腹地大乱。安徽宿松人段光清正在浙江做官,他做过鄞县等多个县的知县、宁波知府、宁绍台道和浙江按察使。他在《镜湖自撰年谱》中对绿营兵战斗力之低下,以及民团模糊不定的面目有过精彩的记录。那时候,浙江一带的士绅,甚至包括一些地方官,很讨厌官军来此地驻防。这些营兵战斗力差,往往闻风而逃。"长毛"不来时,他们抢掠百姓、勒索大户、逼迫地方官供养粮草器械,倒是好手。

1853年,小刀会起事,占领嘉定、上海县城,宁波震动,当地伏莽蠢蠢欲动。为了保证府城的安靖,段光清组织宁波城内的商铺居民携带兵器巡夜,"每夜于百户内派二十名巡夜,五夜一周,巡一夜可息四夜,亦不十分辛苦"。城西有一个绿营兵开设的店铺。清代的绿营是雇佣兵制,当兵吃粮职业化,兵饷低,还常被长官克扣,许多兵靠做小生意或手艺挣钱,当兵倒成了副业。其战斗力可想而知。这绿营兵对地保说,他不能参加民间组织的巡查,因为要随营官查夜。段光清把那个营兵叫来,说了一席话:

> 尔不必对我说官话,若营中果每夜出巡,何须百姓巡夜?今我劝百姓巡夜,原欲其互相保卫耳,百姓不言苦,营兵反畏劳乎?

段光清还敲打这个营兵,既然吃粮当兵,本职工作是白天操练,晚上缉贼,为什么还能在城西开店?我带你去见营官,问问你是不是真的军人?营兵一看遇到硬茬了,马上服软,老老实实参加百姓的巡夜。

鄞县南乡姜毛山一些不法之徒受上海小刀会的鼓励,纠集起来打家劫舍。当地一个大户顾宏康兄弟,为人强悍而正直。顾宏康看到这些打枪的人都是附近乡村的,问他们:"你们这样公然大胆地抢掠,不害怕官法吗?"抢夺者回骂他一句:

此时尚以官法吓人,我等既先抢尔家。

顾宏康知道官府靠不住,马上回到家中,连夜发信,邀齐二三十家富户,在附近的公庙中聚议。每家每亩地先捐钱一千文,很快就筹集了三万多串钱,以公庙为指挥中心,训练了六百多团勇。

这支民团后来成为段光清倚重的力量。姜毛山匪有一夜纠集了两千人去攻打宁波城,经过顾家所在的村庄时,被顾氏的民团伏击,大败。团练俘虏了十九名匪徒,顾宏康带团勇连夜押送其中三名到宁波城报信,要求段光清老爷派绿营兵去顾家的庄子里再把剩下的十六名俘虏提到城里。可绿营兵怕土匪报复,一个也不敢去。没办法,段光清只得亲自带领数名广勇(受招安的潮汕籍海盗布兴有部下)和家丁,连夜赶到顾家的庄子里将那十六名俘虏提到城里,次日正法。

绿营兵怕匪贼,一至于斯。剿"贼"无胆的绿营兵,虐民的手法却层出不穷，因此营兵和"匪"，在自卫的民团眼中，都是害人虫，没什么区别。对顾氏兄弟的民团，浙江官员有不同的看法，无非害怕坐大，段光清的前任在巡抚面前大讲顾氏兄弟的坏话。亏得段光清是个能员，尚能笼络住顾氏兄弟，使其为官府所用。

民团与官兵的冲突时有发生。清军的总兵明玉泰率部进入浙江，扰民特别厉害，民团对其恨之入骨。明部从金华进入到缙云的桃花岭下，当地民团高喊太平军杀到，明玉泰的兵未战先溃，被民团斩杀过半。曾国藩率领湘军在江西与太平军作战时，本来出自团练的湘军和当地民团时有冲突，有一次几十名宝勇被当地民团截杀。

咸丰十年，江南大营第二次被太平军踏破后，由于北面、西面的防线尽失，浙江成为清军与太平军交战的重灾区。段光清记载了诸暨县官兵与百姓势若水火的仇恨：

> 诸暨防兵不下二万，百姓与兵视若仇敌，每遇贼来，非官兵烧百姓房屋，即百姓放火烧官兵营盘；贼来无须打仗，止望火起处随即扑来，无不取胜。

对于民间团练，官府的态度素来是矛盾的。官兵不能保民安境，希望民团能起来自己保护自己；但又担心民团难以驾驭，仗着武装力量对抗官府。史进操练民团御贼却最终从贼的故事，不能仅仅以小说家言来看待。

结语 天道无常 谁人可替

宋江一统梁山后，一百单八将排定了座次。梁山水泊虽是落草之地，可俨然有小朝廷的建制。世上大多做强盗的人不会明明白白说自己是强盗，一旦强盗做大了，总想办法来漂白自己。

宋公明在忠义堂外面，设有飞龙飞虎旗、飞熊飞豹旗、黄钺白旄、青幡皂盖、绯缨黑纛——这可是大宋皇帝的仪仗。祭献了天地神明后，又立起了"替天行道"的杏黄旗。宋江一方面僭越朝廷的制度和礼仪，另一方面又将"忠义"挂在口上，还自称是"替天行道"，这比寻常强盗"杀富济贫"的口号还要虚伪。"杀富济贫"虽然也大多是胡说八道，强盗头子自己吃肉，小喽啰只能喝汤，普通的老百姓能不被骚扰就谢天谢地了，但这口号却不掩饰自己强盗的本色。而"替天行道"则是彻头彻尾的政治上的骗人幌子，将自己造反的行为蒙上一层合法性的外衣。它不是简单的官逼民反，也不是简单的杀富济贫，而是代表着上天——这个谁也没有见过的神秘主人，来人世间主持公道，惩恶扬善。这种口号具有超验性，可以自己无限制地进行解释。宋江打出这样的政治口号也是必然的选择。他没有"拜上帝教"可选择，更没有先进的理论可以选择，公孙胜除了装神弄鬼，也提不出任何对梁山人有吸引力的理论。总不能梁山搞到这么大的规模，还对一帮老兄弟们说："我们造大宋的反，是为了银子为了美女为了进东京城享受荣华富贵。"——其实许多兄弟们心里都是这样想的。"千里做官只为财"，而"风风火火闯九州"的强盗，其目的也差不了多少，只是彼此的路径略有区别而已，因此做官和做贼在"公关形象"的塑造上，手法惊人地相似。再贪墨的官员也说自己只是替皇帝守牧一方，是为老百姓做主的；再残暴的强盗也会说自己是要铲除人间的不平。而宋江没能像洪秀全那些更高明的强盗那样，从西方贩卖来一些基督教的教义加以曲解，给老百姓许诺一个虚无缥缈的天堂，他只能从中国传统的旧货铺里翻出来一些老古董——"天道"这张糊里糊涂朦朦胧胧但遮掩百羞的面具，这面具被历史上争夺权力者使用过无数次，我宋公明用它一次又何妨？

"替天行道"的杏黄旗一旦树起来，对内宋江可以和大家一起回避"强盗""反贼"这些听起来不舒服的词，对外则留有很大的回旋余地。能完全代替大宋，"夺了皇帝的鸟位"，则可以将"替天行道"的旗号延伸为"天命所归"；如果没这能耐，只能走"杀人放火受招安"的老路，"替天行道"是为回归体制寻找合理的解释。

"天命""天道"可算是中国历史上说得最多但最说不明白

的词。什么是"天道""天命"？谁有资格"奉天承运""天命所归"？谁又有资格"替天行道"？这种代理资格谁授权？这样的授权需不需要一定的程序？

这些聚讼几千年的概念，不但宋江这个文面小吏说不清，就是历朝历代那么多的大儒也未必能说清。"天道""天命"最终总是成了"暴力最强者"夺取和巩固权力的自我标榜。翻开历史，我们看到"天道""天命"总是归赢的那一方任意解释。输了的就是"贼道""乱命"。"胜王败寇"的历史规律很好地解释了所谓的"天道""天命"的虚伪性。既然它是个假东西，那么谁都可以借用。夏商周三代，邈远幽古，许多史实都散落在神话传说中，但从那时起，"天命""天道"的大旗就被一切兴兵造反的人打了出来。

成汤伐夏桀，作《汤誓》，王（汤）曰："格尔众庶，悉听朕言，非台小子敢行称乱，有夏多罪，天命殛之。"翻译成现代白话就是："告诉你们这些小老百姓，都来给老子仔细听着。不是俺这个人敢随便造反作乱，而是夏桀这人罪恶滔天，上天命令我来灭掉他。"于是，历数了那一段历史上很有名的夏桀罪状，老百姓都说："时日曷丧？予及汝皆亡！"（那个毒日头啥时候能完蛋，我情愿和你一起灭！）"夏德若兹，今朕必往。"（夏王的德行如此不堪，今天我必须不畏艰险带领大伙去讨伐他。）历史上的夏桀是否真的这样混蛋，今天也没有找到确切的记载，想必这小子也有点胡作非为。当时没有美国民选总统那样搞电视辩论，成汤单方面的控诉是否和事实吻合，几千年后不得而知，反正汤赢了，即使夏桀有什么为自己辩论的档案，想必也被后来的胜利者毁灭或篡改掉了,只留下《尚书》中汤的一面之词——因为历史是胜利者写的,中国的话语霸权早已存在。

成汤搞夏桀的这套把戏,到了他的子孙商纣王执政期间,又被商的敌人周武王完完全全学过去了,而且加以发扬光大。周武伐纣,洋洋洒洒作了《泰誓》和《牧誓》,为文的篇幅气势及占据道德制高点的自信,比《汤誓》进步多了。不过虽文有简繁之分,理由却完全一样。武王姬发说:"今商王受(即纣),弗敬上天,降灾下民,沉湎冒色,敢行暴虐,罪人以族,官人以世,惟宫室、台榭、陂池、侈服,以残害于尔万姓,焚炙忠良,刳剔孕妇。皇天震怒。"反正就是数落商纣种种劣迹,简直是头上长疮,脚底流脓,坏透了!什么酒池肉林,什么炮烙之刑,什么破开孕妇的肚皮呀,大约《封神演义》中关于这位鹿台自焚的国王残暴的故事,源头就是这篇文章。"肆予小子发,以尔友邦冢君,观政于商。""天佑下民,作之君,作之师,惟其克相上帝,宠绥四方。""商罪贯盈,天命诛之。""天矜于民,民之所欲,天必从之。尔尚弼予一人,永清四海,时哉弗可失。"

将商纣师说成恶贯满盈的暴君后,周武王就可以大谈特谈自己进攻商国的合法性。武王的聪明在于他已经将天意和民意微妙地混为一体,"天视自我民视,天听自我民听"的儒家思想在这篇檄文里已经可以窥见。因为纣王荒淫无度,残害百姓,已经得罪了上天,上天让我姬发来出头,给老百姓讨个公道。我既在维护天道,更在维护广大百姓的根本利益。俺就是在为民做主，完全可以代表他们。老百姓支持的事情，上天一定同意的。仔细分析，这是个自己预设前提的推理，前提是纣是坏蛋，得罪了上天，我是好人，代表上天。因为纣残害百姓，于是获罪于天，百姓不堪其苦，希望有救星出现。我是上天派来的，我了解到百姓的普遍要求，于是我上承天命，下应民心，代表广大百姓讨伐纣王那小子，而且我会给老百姓带来幸福与安定，"永清四海"，自然我就是正义之师、仁义之师。

当时没有现代的国际法，但周和商是不同的两个国家，这是没有问题的，商因为强大，名义上是周等小国的共主，但彼此的关系很松散，周是一个独立的西土国家。武王讨伐商纣的理由似乎就是"人权高于主权"，人家商纣剖大臣的心也好，开孕妇的肚皮也好，宠幸自己的妃子也好，盖高高的形象工程鹿台也好，那是人家的家务事，用现在的话来说，这是内政，你管得着吗？可武王不但要干涉人家的内政，而且是大大地干涉，他纠集一支联合国部队，东渡孟津，进入商国的领土，而且理由冠冕堂皇，为了东方那些苦难的老百姓。就像布什和布莱尔组成联军进入伊拉克一样，有很多很多理由，其中一条理由好像是为了拯救伊拉克人民，要救民于水火。呵呵，照阴谋论的推测，还不是看上伊拉克的石油？就像武王东进一样，是看上肥沃的中原大地了。

可中国的史书认为这种干涉是正确的。武王的部队是不是正义、仁义之师？当年牧野之战要是纣王赢了怎么办？仁义和赢得战争没有必然的联系。秦王扫六合，成吉思汗的铁蹄踏遍欧亚，难道他们是仁义之师吗？仁义之师不一定赢，但赢了的部队就可以说自己是仁义之师。谁敢反对?

因此,当我看到宋江在忠义堂前树起"替天行道"的大旗时,我总感觉有些滑稽。连李逵这样抡着斧头见人就砍的主儿,都敢说是在行天道。他在三十六天罡中称"天杀星",用公孙胜师父罗真人的话来说,他是上天恨天下失德,派来专门杀人的。杀人的理由都这样充分,就如张献忠屠川一样。难怪匈奴人之王阿提拉蹂躏欧洲,后来欧洲人说那是"上帝的鞭子"。

"天道"的解释权归暴力最强者所有。天道不仅仅是"元规则",它超出了社会活动的一般规则,超过了法律道德,整个社会存在的最原初的理由都是暴力最强者给予的,在天道的旗帜下,赢者的任何行为不仅是可以接受的,可以容忍的,而且是必须赞美的,必须找出一大堆理由给予理论支持的。

德配于天,这里的"德"只能是一种自说自话。

天道无常,谁人可替?

我的回答是:天道无常,人尽可夫。

附录一 禁《水浒传》的那些往事

"花生米与豆干同嚼,大有核桃之滋味。得此一技传矣,死而无憾也!"

这是清代顺治年间苏州大才子金圣叹被处死前留下的含着血泪的幽默段子。后世人读到这则故事,不由得一声长叹:读书人,真命苦。

金圣叹罹祸被杀,直接原因是作为生员的他,充当了民间意见领袖的角色,在顺治驾崩后的国丧期内,组织地方士民去孔庙哭灵,抗议地方官对苏州百姓的盘剥。用血腥手段平定江南的清朝统治者对这种有胆有识有强大动员能力的汉族读书人,决不会手软。杀金圣叹乃是恐吓天下士子,自此,江南士气黯然收。

金圣叹走到这一步,也可以说是性格使然。他对《水浒传》的精彩批点充分显示了他的性格与胆识。他认为一百单八将

"不得已而尽入于水泊"是"乱自上作",肯定了梁山水泊好汉的反抗。

《水浒传》全名为《忠义水浒传》,小说取材于北宋末年北方一场规模并不大的底层民众起义。元末明初,天下大乱,各地底层民众纷纷揭竿而起,反抗蒙元统治,梁山水泊众多好汉的故事迎合了这样的社会背景,在民众中间广为流传,并不断地被加工,人物与故事越来越丰盈。施耐庵对这些流传于民间的故事进行整理和再加工,创作了一部完整的《忠义水浒传》。作为一位士大夫,施耐庵对梁山人造反故事的处理是非常讲究政治的。"水浒传"前冠以"忠义"二字,宋江等人"只反贪官不反皇帝"的主张,宋江造反的目的是为了招安,招安后受朝廷派遣征辽征方腊……这些都是施耐庵"政治正确"的体现,如此,这部书才可能印行。

而金圣叹则不然,他腰斩了《水浒传》,把受招安、征辽、镇压方腊等回目全部砍掉。而且他在批点文字中,高度褒扬了反抗性强的鲁智深、武松、李逵诸人,处处贬损以造反为手段、目的为受招安而做大官的宋江、戴宗诸人。如此,腰斩后的《水浒传》只剩下造反的故事了,全书凸显的主题成了"造反有理,招安有罪"了,完全没有了忠于朝廷的"政治正确性"。

金圣叹何其大胆,他的结局,可谓是性格决定命运。

尽管施耐庵针对统治者,给《水浒传》留下了一个光明的尾巴,宋江诸人受招安的结局,一定程度淡化了统治者对这部书的反感,但毕竟读者看重的是生动曲折的故事和活灵活现的人物。《水浒传》处处生动地描写了官员的贪婪残酷、下层人走投无路的反抗,也在许多细节上渲染了反抗行动的暴力和血腥。就如《金瓶梅》这类小说,主旨是以西门庆纵欲而死的下场宣扬淫荡无好报的因果,但具体场景描写过于露骨。因此,《水浒传》从成书伊始,就不招统治者待见,在不同时代被列入禁书名单。

朱元璋以造反起家,建立明朝的功勋集团不过是成功的梁山水泊一百单八将。但屁股决定脑袋,造反者在反抗暴政时,秉持的是"造反有理"理念,梁山水泊的故事应该曾激励着元末大大小小的造反者——包括朱元璋和他的部下。一旦造反者打下江山坐了龙廷,就得防备别人造反,宣传的则是"造反有罪"了。

明太祖朱元璋在位时,《水浒传》成书不久,流传还不算很广,屡行"文字狱"的太祖没有就这部书下过禁令。朱元璋死后,明朝处于上升阶段,国力和民生状况都不错,社会矛盾没有那样剧烈,明朝统治的道义合法性还比较充足,因此,《水浒传》的传播没有受到官府大规模的干预,甚至一些士大夫非常推崇这部奇书。明代学者胡应麟说,"今世人耽嗜《水浒传》,至缙绅文士亦间有好之者"。"嘉(靖)隆(庆)间一巨公案头无他书,仅左置《南华经》,右置《水浒传》各一部。"《水浒传》从嘉靖到崇祯一百多年间,刊印了31次。而到了崇祯朝,社会背景发生了根本的变化,明朝统治者面临着与元末蒙古统治者相同的危局,大明国遍地烽火,李自成、张献忠等人纷纷起事,更有山东李青山在梁山故地聚众造反,明朝社稷危若累卵。《水浒传》此时变成了统治者眼中最不合时宜的一部书。

崇祯十五年四月,刑科左给事中左懋第向皇帝上书,请求朝廷颁令焚毁《水浒传》,奏章言:"一曰焚贼书、易贼地名、正其必不肯作贼之心。李青山诸贼啸聚梁山,破城焚漕,咽喉梗塞,二京鼎沸。诸贼以梁山为归,而山左前此莲妖之变,亦自郓城梁山一带起。臣往来舟过其下数矣。非崇山峻岭,有险可凭;而贼必因以为名,据以为薮泽者,其说始于《水浒传》一书。"也就是说,左大人把《水浒传》看作"造反教科书"了。崇祯皇帝从其意,下旨"着地方官设法清察本内,严禁《(水)浒传》"。这是《水浒传》问世后第一次遭到最高统治者的禁毁。

但禁《水浒传》也挽救不了大明江山。两年后,李自成破北京,崇祯帝自缢煤山。

满清入主中原后,作为统治者,清王室是在明朝内部起义军和官军内斗两败俱伤时而得渔翁之利的,对底层的造反更为警惕。所以,清朝统治者进了紫禁城不久,就开始大规模禁书。康熙在位六十一年,五次下旨禁"淫邪"之书。雍正、乾隆继承且强化了这一政策。有意思的是,朝廷禁书,首先打的是"扫黄"的旗号,要求禁毁那些"宣淫诲诈,备极秽亵,污人耳目"的小说,渐渐地,"扫黄"扩大到"打非",《水浒传》这类宣扬暴力反抗的书列入禁毁之列。乾隆十八年,上谕第一次点名批判《水浒传》,禁止将《水浒传》翻译成满文——可见当时《水浒传》之流行。第二年,福建道监察御史胡定上奏:"阅饬刻《水浒传》,以凶猛为好汉,以悖逆为奇能,跳梁漏网，惩创蔑如。乃恶薄轻狂曾经正法之金圣叹，妄加赞美；梨园子弟，更演为戏剧；市井无赖见之辄慕好汉之名，启效尤之志，爰以聚党逞凶为美事，则《水浒》实为教诱犯法之书也。"胡御史在上奏中翻出九十多年前被杀的金圣叹"妄加赞美"《水浒传》的旧事，更把这部书定性为"实为教诱犯法之书也"。皇帝准其奏议，下旨曰"《水浒传》一书，应饬直省督抚学政，行令地方官，一体严禁"。

清朝最大规模的一次禁毁淫邪、暴力小说、戏曲，是同治七年江苏巡抚丁日昌提议的。丁日昌是广东人，但长期依附曾国藩、李鸿章，属于湘军系高官。他参与了与太平天国的战争，目睹了底层人士造反的巨大冲击力。湘军于同治三年攻克太平天国的首都南京城，四年后任江苏省最高长官的丁日昌即上书请禁毁《水浒传》显然和当时历史背景大有关系。

对丁日昌的奏请，朝廷自然批准，并诏令天下，"至邪说传奇，为风俗人心之害，自应严行禁止，著各省督抚饬属一体查禁焚毁，不准坊肆售卖，以端士习而正民心"。

同治年间，地方督抚势力坐大，对朝廷的诏令总是有选择性执行。查禁那些流行书，对多数官员来说，是卖力不讨好。——这个市场太庞大了，因此多数地方官并没有认真执行。但这禁书建议的提出者丁日昌，当然不一样，在他的辖区内，那可是真刀真枪地干。

丁日昌这次禁书，强度远远超过前朝历次。其一是有专门的机构，即"设官书局"，刊印《牧令书》（相当于政策汇编）《小学》等宣扬王朝官方意识形态的书，希望以此来冲抵"淫邪之书"对士民的危害。其二是禁书的范围特别广，共计156种。《水浒传》《西厢记》自然是重点禁绝书目。丁氏在全省发布的饬文称："水浒、西厢等书，几于家置一编，人怀一箧。原其著造之始，大率少年浮薄，以绮腻味风流，乡曲武豪，借放纵为任侠，而愚民鲜识，遂以犯上作乱之事，视为寻常。"其三是不但禁小说，而且禁戏曲本子，禁一些剧目公演。在156种禁书之外，增加111种《小本淫词唱片目》，一些折子戏、弹词、民间小调，如《杨柳青》《男哭沉香》《龙舟闹五更》《扬州小调叹十声》《王大娘补缸》等皆列入禁绝目录。

丁日昌在同治年间的官场堪称能吏，历史却对其禁绝《水浒传》等书的"政绩"开了两个残酷的玩笑。

一是他设局张榜，轰轰烈烈查禁书，为那些禁书起到了很大的广告作用。时人议论道："按以上各书，罗列不可为不广，然其中颇有非淫秽者。且少年子弟，虽嗜淫艳小说，奈未知真名，亦无从遍览。今列举如此详备，尽可按图而索，是不啻示读淫书者以提要焉夫！"

二是他生了个坑爹的儿子，其行为给了老爸"净化文化环境"的工作莫大的讽刺。丁日昌的长子丁惠衡，是个捐班知府，最喜眠花宿柳。同治八年十月（丁日昌大规模禁书第二年），丁惠衡和堂兄弟即丁日昌的侄子丁继祖逛妓院时，和太湖水师后营右哨勇丁徐有得、刘步标争风吃醋，大打出手。没占着便宜的丁氏兄弟叫来亲兵营，将徐有得用军棍打伤致死。这事闹大了，丁日昌上奏自请处分，朝廷命两江总督马新贻（这是老佛爷安排到湘军势力范围两江来掺沙子的）审理此案，丁惠衡逃逸。而一心要抑制湘军势力的马新贻要追查到底。不久，丁惠衡还没有归案，马新贻却在校场检阅后回官署的途中被张汶详刺死。这就是轰动一时的"刺马案"。朝野许多人怀疑张犯乃受丁氏父子指使，报复马新贻。此案最后不了了之，张汶详被处死，案件到底没能查个水落石出。受降级处分的丁日昌正逢母亲病逝，于是借丁忧之名离开官场，五年后复起。

不知当时朝野人士听到丁日昌公子嫖娼与人斗殴，擅用亲兵将人打死的消息后，会不会想：这丁家少爷如此品行，是受《金瓶梅》的毒害，还是受《水浒传》的影响呢？

附录二 借《水浒传》反思中国社会

题 记

十年砍柴的《闲看水浒》最早是在网上连载，在收获了巨大的点击量的同时也引发了读者许多的思考。有一点是相当明确的，这本书的本质并不是要对《水浒传》进行分析，作者只不过是在借着《水浒传》这个标本对中国历史进行反思。重新思考历史是当前学术界的一种潮流，并非学界出身的吴思先生以他的《潜规则》和《血酬定律》为历史研究带来了新声，而同样不是学界出身的十年砍柴则以《闲看水浒》为《血酬定律》做了一个最好的注解！

《水浒传》折射的是中国的国民本质

《新京报》：中国的文学典籍汗牛充栋，你为什么想到了闲看

《水浒传》呢?

十年砍柴:评《水浒传》要评出新意确实很困难。但一部小说问世后,受到了那么多不同层次、不同职业的国人关注,从达官显贵到引车卖浆者之流,从博学鸿儒到陋村的穷秀才,都愿意就《水浒传》说上几句,这个社会现象本身就非常值得研究。所以我想,《水浒传》所描写的一切,可能和我们这个民族的精神内核有太多的契合点。你能找出一本对中国人影响超过《水浒传》或《三国演义》的其他小说吗?《水浒传》讲顺民变暴民,但暴民最终被招安变成奴才的过程,其中有许多对底层社会的生存状态和谋生智慧的描写;而《三国演义》则是讲权谋讲厚黑。这两本书深深地影响了华人乃至同属儒教文明圈的东亚其他民族,这也促使我把《水浒传》当成社会学和历史学的著作来看。它和《三国演义》都深刻地揭示了我们的国民性。

《新京报》:你在"看水浒"前,加了一个"闲"字,是否在表达一种阅读态度呢?

十年砍柴:对。"闲看"就意味着这不是一个文学批评者一本正经地在做学问,而是成千上万的读者中的一个,在阅读中感悟出了些什么。我想自《水浒传》问世以来,这种阅读状态应当是最普遍的。普通人看《水浒传》会觉得好看、痛快,这种简单的感受实质上揭示了最本质的阅读功能：阅读从来不是像外科大夫那样去解剖一个东西，倘若如此，阅读将会变得索然无味。阅读是读者和作者的一种心灵碰撞，作品激活了读者心底的某些东西，于是读者在阅读中得到了某种情绪的释放，获得了某种快感或者也可说是麻醉。对中国人而言，《水浒传》能最大限度地提供这种功能，那么就回到我上面所说的，必须从文化学、社会学的角度来做解释。

宋江是成功政治家的"标本"和"原型"

《新京报》：宋江等三十六人横行河朔是历史上一场规模很小的起义，它没法和陈胜吴广起义、黄巾起义、绿林起义，以及黄巢起义相比；从与现代的时间距离来看，也不如李自成起义、洪秀全起义离得近，可为什么《水浒传》的故事能如此广泛而持久地影响中国人呢？

十年砍柴：首先《水浒传》中的人不仅仅是造反，也不仅仅是招安。他们根本没有像洪秀全那种从金田起义开始就要与清廷决一雌雄的气魄。《水浒传》中的人物都是小人物，他们曾经只想过着殷实、安逸的日子，可在社会的惊涛中，他们没办法把握自己。这种深深的无助感、这种小草一样的生存状态，历史上大多数的中国人都能体验到。最后他们都因缘际会地上了梁山。这是小人物在生存困境中结下的一种"互助组织",梁山人所谓的兄弟情谊,其实都是建立在彼此结盟才能生存的需要上的。他们这些小人物在那个时代没办法独活,因而必须结成命运共同体。

《新京报》:你在书中分析了不能文不能武的小吏宋江能坐第一把交椅的原因。你认为宋江这样的人在历史上是否是一个"标本"?

十年砍柴:没错,宋江就是一个"标本"。从秦朝完蛋后,在权力场上成功的基本上是宋江这样的人,如出身贵族的项羽有扛鼎之勇,就是斗不过出身小吏的地痞刘邦。这不能简单地用厚黑、虚伪来解释。吴思先生在《闲看水浒》的序言中提到:"在宋江和刘备身上,我们可以找到一个深刻答案。这二位都以仁慈体贴著称,在他们身上,暴力集团的成员们寄托了最佳预期,血酬收入最大化的预期,在他们的麾下卖命,可以卖个好价钱。因此,刘备和宋江无须逞匹夫之勇,他们的才干是当好一个商人,扩大地盘,获取血利,然后公平分配。"宋江和刘备的成功就在于他们深刻地了解当时中国人的人性、当时中国的世情。这种人性和世情就是:实在的人情、虚幻的原则。

告别"水浒情结",前路漫漫

《新京报》:在你看来,《闲看水浒》中揭示的这种"实在的人情、虚幻的原则",在当代是不是还在继续起作用呢?

十年砍柴:应该是吧。我的职业是记者,而且关注最多的是法制类题材。法制最重要的就是"规则",社会按规则运行。可在实际生活中,我发现我们这个社会并不缺已经公布的规则,这些年立法的步伐很快。可这些规则越到基层越变样,往往是规则让步于人情(人情是广义的,它可以由交情构成,也可由金钱来购买)。在呼吁法治建设的同时,我想不能忽视对中国国民性的改造。这个工程比颁布公正的法律、选拔优秀的司法人员、强化各种监督体制还要艰巨。

《新京报》:书中有几篇文章曾经发布在网上,在网友中影响较大,你认为原因何在?

十年砍柴:从19世纪末开始,中国经历着"三千年未有之大变局",这种转型、这种变化至今尚未完成。这是一种朝着民主、法治、文明方向变化的转型。在这种转型中,每个中国人特别是年轻人或多或少会思考:我们如何走向未来。尊重规则,告别梁山可能是许多人共同的愿望。一个民族必须具备创新能力,告别国民心中那些不合时宜的"水浒情结",当然是创新的应有之义。如果《闲看水浒》能够发生影响,我想其意义应该就在这里吧。

载2004年7月《新京报》,采访者涂志刚